Olivia Meyer

VIBES OF CHAOS

Ascension

Der Text enthält potenziell triggernde Inhalte und an einigen Stellen eine derbe Sprache. Eine Liste der Content Notes findet sich auf der letzten Seite des Buches.
Achtung, Spoilergefahr!

In Kapitel 9 wird eine Playlist erwähnt. Bei Interesse findet ihr sie unter diesem Link: https://open.spotify.com/playlist/0FP12ttcdEyEEnDwDOulxD
oder mit der Suchfunktion auf Spotify:
»Bei guter Laune (Noctis)«

Chaospony Verlag, Sandra Lina Jakob, Goethestraße 1, 55218 Ingelheim

Lektorat: Josephine Awgustow
Umschlaggestaltung: Sandra Lina Jakob
Satz: Sandra Lina Jakob

Alle Figuren, Orte und Geschehnisse sind von der Autorin frei erfunden. Ähnlichkeiten mit real existierenden Orten, Begebenheiten oder tatsächlichen Ereignissen, lebenden oder verstorbenen Personen sind rein zufällig.

ISBN: 978-3-947682-16-4

Für den Typen mit dem frechen Grinsen in der brennenden Bibliothek. Ohne dich wäre das Buch viel eher fertig geworden.

Backdrop: Meist eine Plane oder Fahne, die in den Hintergrund der Bühne gehängt wird und häufig den Bandnamen und/oder das Bandlogo zeigt.

Stagebox: Ein Verteilerkasten auf der Bühne, der die Verbindung zwischen Bühnenverkabelung und Mischpult herstellt.

Line-Check: Eine Überprüfung, ob die einzelnen Kanäle richtig angeschlossen sind und ob deren Ton-Signal zum Mischpult übertragen wird. Im Gegensatz zum Sound-Check findet allerdings keine genaue Einstellung statt.

Kapselheber: Ein anderes Wort für Flaschenöffner, das kaum jemand kennt.

KAPITEL I

»Nein.« Ich warf den Zettel achtlos zur Seite. »Nein.« Nächster Zettel. »Nein. Nein. Und nein.« Der Rest des Stapels flog durch den Raum. Ich stand von der abgewetzten Ledercouch auf, ging zum Fenster und rieb mir die Stirn mit den Händen. Dann kramte ich eine eingedrückte Packung Zigaretten aus der Hosentasche, schnickte eine heraus und steckte sie an.

»Ey, was ist denn mit der hier?«, hörte ich Daemons Stimme hinter mir. Ich drehte mich um und sah ihm dabei zu, wie er eines der Blätter aufhob und hochhielt. »Scheiße, Mann. Du hast genau die Blutlache getroffen.« Er wedelte das Papier durch die Luft und verteilte damit überall kleine rote Spritzer.

Ich musste lachen.

»Zeig mal«, sagte unser Wolf, der sichtlich neugierig einen Blick auf das Bild werfen wollte.

»Hm. Viel erkennt man ja nicht mehr, aber das hier könnte dich interessieren.« Daemon fuhr mit dem Finger die Konturen auf dem Foto nach.

Ich runzelte die Stirn, ging einen Schritt auf ihn zu und nahm ihm den Zettel weg.

Tatsächlich. Auch wenn das Blatt blutverschmiert war, konnte man ein winziges Detail des Passbilds noch gut erkennen: einen kaum sichtbaren Glanz in den Augen des Mädchens.

»Alles klar. Die nehmen wir.« Zufrieden zog ich einmal kräftig an meiner Zigarette und pustete Rauchkringel gegen das Papier. »Sehe ich das richtig, dass von euch keiner Lust hat, die Scheiße hier aufzuräumen?« Ich deutete mit dem tropfenden Zettel in der Hand in einer ausladenden Geste durch den Raum.

Beide verzogen das Gesicht.

Ich warf die Zigarette in eine der Blutlachen auf dem Teppichboden und zuckte mit den Schultern. »Okay. Dann fackeln wir hier einfach alles ab.«

KAPITEL 1

»Dann unterschreibst du noch hier … hier und hier.«

Mit leicht zittrigen Fingern setzte ich mein Kürzel an die gewünschten Stellen. Mein Herz schlug mir vor Freude und Stolz bis zum Hals. »Habe ich jetzt meine Seele verkauft?« Ich bereute den versuchten Scherz sofort, als ich den irritierten Blick meines Gegenübers wahrnahm.

»Nun ja, eigentlich sind wir nicht an Seelen interessiert«, entgegnete der Mann im Anzug, »eher an musikalischem Support. Aber jeder so, wie es ihm beliebt.« Er grinste frech.

Ich war mir sicher, dass mein Gesicht in diesem Moment jeder Tomate unschlagbare Konkurrenz gemacht hätte. Meine Wangen glühten.

Da stand ich nun zusammen mit meinen drei Mitstreitern an einem Stehtisch eines bekannten Plattenlabels und hatte einen Vertrag als Vorband für die nächste Tournee der Stormkillers unterzeichnet – zumindest für die erste Hälfte der Tour. Überhaupt mit jemandem wie Aaron Hofmann, deren Manager, sprechen zu dürfen, war schon eine Ehre. Und ich musste in so einer Situation unbedingt versuchen, witzig zu sein. Wenigstens hatte ich die Hoffnung, dass er sich so meinen Namen merken konnte. Aber wer erinnerte sich wohl an so etwas Klangvolles wie »Christina Stockert«? Ich hätte mir einen Künstlernamen zulegen sollen …

»Sind wir durch?«, fragte Réiltín – oder Rey, wie wir sie nannten – neben mir.

Aaron quittierte das mit einem Nicken und drückte jedem von uns noch eine Visitenkarte mit der Nummer seiner Assistentin in die Hand. Anschließend brachte er uns zur Tür und wies uns die richtige Richtung nach draußen.

»Fühlt sich unwirklich an«, flüsterte Carsten, dessen Vertragsexemplar ein wenig in seinen Fingern zitterte. Ha! Ich war nicht die Einzige mit zu hohem Adrenalinpegel.

»Aber so was von. Und irgendwie auch verdammt cool. Hey, wir werden berühmt!«, sagte Tyler und knuffte mir in die Rippen. Eigentlich war er nur einen halben Kopf größer als ich, aber die Euphorie ließ ihn wie einen Riesen wirken.

Erschrocken machte ich einen kleinen Satz zur Seite. »Lass das! Lass uns lieber drauf anstoßen.«

»Das Erdbeereis hat recht. Ich habe noch Sekt im Kühlschrank. Mitkommen«, entschied Rey.

»Erdbeereis?«, hakte ich pikiert nach.

»Ja. Deine Gesichtsfarbe normalisiert sich langsam wieder. Sonst bist du ja eher Typ Kalkstein.«

»Vielen Dank, du blöde Kuh!«, blaffte ich zurück. Klar, unter Reys Make-up-Schichten konnte man ihre natürliche Hautfarbe nur erahnen. Ich fragte mich, ob außer ihr selbst überhaupt noch jemand wusste, wie sie ohne Contouring und Highlighter aussah.

Tyler rollte mit den Augen. »Kommt schon Mädels, habt euch lieb! Immerhin verbringen wir demnächst viel Zeit miteinander. Ganze fünf Wochen!«

Rey verzog die Schnute zu einem Schmollmund und ich warf ihr ein Küsschen zu. Sie fing es auf eine entzückende Art mit ihrer Hand auf und lächelte. »Alles wieder gut.«

Wir setzten uns in Bewegung Richtung Reys WG, die nur ein paar Straßen weit entfernt lag.

»Ich muss noch mit meinen Dozenten reden. Urlaubssemester beantragen und so«, überlegte ich laut auf dem Weg vor mich hin. »Habt ihr das schon gemacht?«

»Nö. Brauche ich auch nicht. Wir haben so gut wie nichts mit Anwesenheitspflicht und zu den Klausuren sind wir ja zurück«, antwortete Tyler.

Rey nickte zustimmend.

»Ihr wollt während der Tour lernen? Ernsthaft?«, fragte Carsten ungläubig und fuhr sich mit der Hand durch seine blonden Locken.

»Nicht jeder hier studiert Informatik, du Vogel.« Tyler lachte. »Wir kriegen das schon hin. Ich lese mir das Skript durch und gut ist. Da ist noch genügend Zeit, wenn wir wieder da sind. Und eine kleine Tourpause haben wir ja auch – plus Weihnachten.«

Eigentlich hat er recht, fand ich. Was soll schon passieren? Dann gibt es dieses Semester eben einen Schein weniger. Das ist nicht das Ende der Welt. Und wer weiß, vielleicht hänge ich das Studium ohnehin an den Nagel, falls wir entdeckt … Ich schob den Gedanken beiseite.

»Hey Vanilletörtchen, die Tür ist auf, du darfst reingehen.« Tyler holte mich in die Realität zurück.

»Vanille jetzt, ja? Danke, du Roggenstulle.« Ich zog beide Augenbrauen hoch, als ich an ihm vorbei in den Hausflur trat.

Tyler grinste, Rey grinste, Carsten verzog das Gesicht zu einer Grimasse, die eventuell ein Grinsen imitieren könnte.

Hinter mir fiel die schwere Haustür ins Schloss und ich stapfte voran zu Reys Wohnungstür. Ich war in der Vergangenheit oft genug hier gewesen, um den Weg durch den verwinkelten Altbau im Schlaf zu finden. Oder besser: in Gedanken. Und davon schossen mir gerade Tausende durch den Kopf …

KAPITEL 2

»Klappt alles mit dem Anhänger?« Réiltín wirkte nervös.

Carsten nickte.

»Und der Wagen? Noch mal alles durchgecheckt?«

Carsten nickte erneut.

»Technik? Alle Kabel da, die wir brauchen? Hast du dran gedacht, das mit dem Wackler auszutauschen?«

Carstens Nicken sah allmählich genervt aus. »Ja. Alles erledigt. Zimmer sind ebenfalls gebucht, falls du das als Nächstes wissen willst.«

»Puh, okay.« Rey kaute auf ihrer Unterlippe herum und wischte sich eine Strähne ihrer roten Locken aus der Stirn.

»Hey, wird schon alles schiefgehen«, versuchte ich ihr und mir einzureden. »Sind ja noch zwei Tage, bis es losgeht.«

»Habt ihr euch eigentlich die Verträge noch mal genau angesehen?«, fragte Carsten.

»Wenn ich ehrlich bin … nein«, gab Tyler zur Antwort.

»Das dachte ich mir«, entgegnete Carsten, ohne auf eine Antwort von Rey oder mir zu warten. Was auch nicht nötig war, denn Reys Gesichtsausdruck nach zu urteilen, hatte sie den Vertrag eher gerahmt über ihr Bett gehängt als einen Blick hineinzuwerfen. Ich hatte mir mein Exemplar zwar tatsächlich noch einmal zur Lektüre gegriffen, allerdings nur die Hälfte verstanden. Ich vertraute einfach darauf, dass Aarons Erklärungen zu den einzelnen Punkten stimmten.

»Es geht um den Tontechniker«, fuhr Carsten fort. »Einerseits ist es super, dass uns auch der Stormkillers-Techniker abmischt und wir nicht mal was dafür zusätzlich zahlen müssen. Andererseits …« Er machte eine lange Pause, die mir gar nicht gefiel.

»Was andererseits?«, hakte Rey alarmiert nach.

»Nun ja … es ist kein Geheimnis, dass Vorbands bewusst schlechter dargestellt werden. Zu leise, nicht gut abgemischt … eben um den Headliner in größerem Glanz erstrahlen zu lassen.«

»Ach Quatsch, du siehst doch Gespenster«, warf Tyler ein. »Das wird schon passen. Oder willst du deinen Eltern etwa noch mehr Geld aus den Rippen leiern? Ich meine, ich bin denen echt dankbar, dass sie uns finanziell so unterstützen und die Übernachtungen zahlen. Ich finde auch, wir sollten ihnen das von der Gage – zumindest einen Teil – zurückzahlen.«

Carsten sah ihn mit großen Augen an. »Du hast es wirklich nicht verstanden, oder? Welche Gage?« Er lachte kurz auf. »Leute, wir spielen für lau, das ist euch doch wohl hoffentlich klar? Keine Gage, keine Übernahme der Reisekosten, kein Catering. Immerhin ein paar alkoholfreie Getränke pro Abend sind drin. Das war's.«

»Oh«, entfuhr es mir. Ich schielte zu Rey, konnte aber aus ihrer Reaktion nicht deuten, was sie gerade dachte. Tyler hingegen sah ein wenig entsetzt aus.

»Und was machen wir nun mit dem Tontechniker?«, fragte ich in Carstens Richtung – darüber, wie wir seinen Eltern das Geld zurückgaben, konnten wir uns schließlich später noch Gedanken machen. Abgesehen davon hatten sie eh genug. Unternehmerfamilie. Und das war wohl auch ein bisschen der Grund, warum wir uns überhaupt mit Carsten arrangiert hatten. Sicher, er spielte gut, aber eigentlich passte er mit seiner Art so gar nicht in unser Team aus der rothaarigen Réiltín mit ihren irischen Wurzeln mütterlicherseits und den wachen, hellgrünen Augen, dem flippigen Tyler mit seinen kurzen Dreads und dem strahlendsten Lächeln dieser Welt und … mir. Ich war rein optisch wohl die Langweiligste unter uns, mit meinen schulterlangen, glatten, schwarzen Haaren. Und die wirkten selbst neben Carstens blondem Wuschelkopf unspektakulär – von den anderen ganz zu schweigen.

Rey hatte mir einmal erklärt, dass es für meine Hautfarbe wohl nicht mal passendes Make-up gäbe. So blass, wie ich sei, könne nur noch Theaterschminke helfen. Immerhin konnte sie aus dem Stegreif einschätzen, dass Tyler wohl »Hauttyp 4« sei.

»Wir können es eigentlich nur drauf ankommen lassen und das Beste hoffen. Euch scheint es ja nicht zu stören«, beantwortete Carsten meine Frage. »Im Zweifelsfall müsst ihr Mädels ihn halt etwas bezirzen, damit das was wird.«

»Du hast sie ja wohl nicht mehr alle!«, pampte Rey ihn an.

Carsten hob abwehrend die Hände. »Okay, okay. Schon gut. War nicht so gemeint.«

Eine dicke Schneeflocke fiel durch mein Blickfeld. Dann noch eine und noch eine. Nicht ungewöhnlich für Mitte November. Ich hielt die Hand auf, um eine zu fangen.

»Auch das noch. Reicht es nicht, dass es so eiskalt ist? Ich hasse Fahren bei Schnee! Und die Strecke übermorgen ist immerhin 300 Kilometer lang. Hat die Karre wenigstens Winterreifen drauf?«, meckerte Tyler.

»Na klar. Seit Oktober, wie sich das gehört«, entgegnete Carsten ein wenig pikiert. Leider war Tyler der Einzige unter uns, dessen Führerschein es erlaubte, einen Anhänger zu ziehen. Und da wir unsere Instrumente, Koffer und uns selbst nicht zusammen in den Kombi quetschen konnten, mussten wir einen Teil wohl oder übel in einen Hänger auslagern. Der Kombi gehörte Carsten, den Anhänger hatte er von Bekannten geliehen.

»Okay, dann lasst uns mal reingehen und den ganzen Kram zusammenpacken. Morgen komm ich dann zu dir«, Tyler deutete in Richtung Carsten, »und hole Auto plus Anhänger. Dann verladen wir alles, was hier ist. Und übermorgen geht's los!« Tyler grinste von einem Ohr zum anderen, drehte sich um und verschwand im Inneren des Gebäudes, in dem sich unser Proberaum befand.

»Jo«, quittierte Rey das, klatschte einmal in die Hände und ging hinterher. Ich fing noch eine weitere dicke Schneeflocke und tat es dann den beiden gleich. Dicht gefolgt von Carsten.

KAPITEL 3

»In 50 Metern rechts abbiegen. Dann befindet sich das Ziel auf der linken Seite.« Die freundliche Stimme des Navis hatte uns sicher zu unserem ersten Hotel gelotst.

Wir waren sogar halbwegs früh dran. Durch die Schneefälle der letzten beiden Tage hatte Tyler Bedenken gehabt, später als »mitten in der Nacht« zu starten. Und so saßen wir seit 8:00 Uhr heute Morgen im Auto, gut gelaunt – zumindest soweit die Uhrzeit es zuließ – auf dem Weg zum ersten Gig der Tour.

»Woah! Was ist das denn bitte für ein geniales Hotel?« Es war Rey, die es aussprach, aber wir alle empfanden wohl dasselbe.

Carsten grinste. »Ich dachte, beim ersten Auftritt sind wir vielleicht ein bisschen nervös, da wäre ein etwas besseres Etablissement angebracht – damit wir uns wenigstens keine Gedanken um unbequeme Betten machen müssen. Außerdem ist die Location hier ziemlich nah dran. Die nächsten sind dafür aber günstiger.«

Wir alle starrten ihn mit offenen Mündern an.

Ich fand als Erste meine Sprache wieder: »Wow! Das ist so … wow! Danke Carsten! Überraschung gelungen!«

Tyler stellte das Gespann auf dem hoteleigenen Parkplatz ab und wir schnappten uns unsere Taschen.

Durch eine große Drehtür gelangten wir in die riesige Lobby.

»Carsten? Wie viele Sterne hat dieser Bunker?«, flüsterte Tyler.

Carsten schwieg und hielt stattdessen seine flache Hand mit gespreizten Fingern nach oben. Das Grinsen stand ihm dabei immer noch im Gesicht.

»Fünf? Oh Mann, ich war noch nie in einem 5-Sterne-Hotel. Das ist ja der Wahnsinn!«

Ich kam mir irgendwie falsch vor mit meinen Chucks auf dem blank polierten Marmorboden und den zerrissenen Jeans über den Leggings vor edlen Blumentöpfen mit palmenähnlichen Pflanzen. Überall spiegelten sich Lichtpunkte, es war hell, freundlich und furchtbar edel. Wir folgten Carsten zur Rezeption und versuchten, nicht weiter aufzufallen. Die Menschen hier in der riesigen Lobby unterhielten sich mit gedämpften Stimmen.

»Zimmer 206 und 207 im zweiten Stock. Der Concierge wird Sie begleiten«, sagte die Dame hinter dem Tresen.

Wie in einem Hollywood-Film huschte ein Angestellter in einer Livree um uns herum, nahm die Schlüsselkarten in Empfang und deutete auf einen Gepäckwagen.

Wir legten unsere Reisetaschen darauf und folgten dem Mann, dem Wagen, unseren Taschen und den Schlüsselkarten in den Aufzug.

Als Erstes erreichten wir Zimmer 206. Der Concierge entriegelte die Tür. »Bitte sehr, die Damen. Die Herren müssten sich noch ein klein wenig gedulden, ich bin gleich wieder bei Ihnen.« Mit einer einladenden Geste gab er Rey und mir zu verstehen, ihm in das Zimmer zu folgen. Während wir drinnen wie angewurzelt stehen blieben und uns umschauten, angelte er unsere beiden Taschen und Reys Schminkkoffer vom Gepäckwagen und stellte sie ans Fußende der Betten.

»Ihre Schlüsselkarten lege ich Ihnen auf den Schreibtisch. Sie können sie aber auch gerne an der Rezeption hinterlegen, falls Sie sie nicht auf einen Ausflug mitnehmen möchten. Wenn Sie sich entschieden haben, welches Frühstück Sie bevorzugen und wann Sie es gebracht haben möchten, dann rufen Sie bitte kurz an der Rezeption an. Wählen Sie dazu am Telefon einfach die Null. Ich wünsche Ihnen einen angenehmen Aufenthalt.«

Ich starrte ihn mit offenem Mund an. Die bringen uns das Frühstück aufs Zimmer? Das ist ja besser als bei Mama!

Rey erholte sich vor mir von ihrer Schockstarre und begann hektisch in ihrer Handtasche zu wühlen. »Einen Moment noch. Hier, bitte. Äh, vielen Dank.« Sie drückte ihm zwei Euro in die Hand.

Der Mann deutete eine Verbeugung an, sagte »Vielen Dank« und ging zur Tür. An seinem Gesicht konnte man deutlich erkennen, dass er Reys Trinkgeld für einen ganz schlechten Scherz hielt und es vermutlich besser gewesen wäre, sie hätte es einfach gelassen. Nachdem er die Tür hinter sich zugezogen hatte, ließ ich mich erst einmal auf eines der beiden Queensize-Betten fallen.

»Du hättest dem ruhig auch was geben können, dann hätte der nicht so pikiert geschaut«, raunte Rey vom anderen Bett aus.

»Ich hab da überhaupt nicht geschaltet. Sorry«, antwortete ich.

»Ja, ist ja auch egal. Er wird uns deshalb schon nicht ins Frühstück spucken. Hey, wirf mal die Karte da neben dir rüber.«

Ich hatte keine Lust, mich großartig zu bewegen, also war mein Sichtfeld etwas eingeschränkt. Aber tatsächlich, auf dem Nachttisch stand eine aufgeklappte Karte des Frühstückangebots. Irgendwie schaffte ich es, sie mit der rechten Hand zu angeln und in einem Rutsch Richtung Rey zu werfen.

»Danke Chris. Oha, hier gibt es sogar Champagnerfrühstück am Bett. Ich werd bekloppt.«

»Stehen da Preise dabei? Vielleicht sollten wir erst mal mit Carsten reden, was er genau gebucht hat.«

»Spielverderber.«

»Ich weiß. Lass uns mal nebenan bei den Jungs klopfen. Wir sollten schließlich auch irgendwann mal los zur Location. Bevor ich in diesem sagenhaft weichen Bett einfach einschlafe.« Unweigerlich musste ich gähnen.

»Hier nichts abstellen!«, wurden wir freundlich direkt nach der Ankunft an der Veranstaltungshalle begrüßt.

»Wir laden doch nur aus, damit wir Hänger und Auto bei dem Regen nicht so lange offen lassen müssen«, rechtfertigte uns Tyler.

»Mir egal, hier darf nichts rumstehen, also räumt den Kram da weg, und zwar zackig! Wer seid ihr überhaupt?«

»Flight of the Snowflake. Wir sind die Vorband heute Abend«, schaltete sich Carsten ein. »Wo können wir unsere Sachen denn hinstellen, damit sie nicht stören?«

Diplomatisch wie immer. Ein bisschen beneidete ich ihn um dieses Taktgefühl – mir lag eher die Holzhammer-Variante im Blut.

»Da rein, erste Tür links«, antwortete der Mann nach kurzer Überlegung. »Ihr könnt aufbauen, wenn die Stormkillers mit ihrem Aufbau und Soundcheck durch sind. Dann packt ihr euren Kram auf der Bühne davor hin. Backdrop dabei?«

»Ja klar«, antwortete Carsten.

»Maße?«

»Drei mal zwei.«

»Okay, das passt. Ich bin übrigens Chris, Stagehand.« Er hielt Carsten die ausgestreckte Hand entgegen.

»Freut mich, Chris. Das hier sind Rey, Tyler und ebenfalls Chris. Und ich bin Carsten. Begleitest du die Tour oder bist du nur hier für die Location zuständig?«

»Ich reise mit. Wir werden also ein paar Abende lang zusammen zu tun haben. Und jetzt räumt den Krempel da weg.« Damit drehte er sich um und verschwand im Gebäude.

Mittlerweile hatte sich der Regen zu leichtem Schneefall gewandelt. Es war zwar erst 16:00 Uhr, dennoch herrschte draußen schon Dämmerlicht. Unser Equipment stand jetzt in dem angegebenem Raum, der sich als großzügige Abstellkammer entpuppt hatte. Noch drei Stunden bis zum Einlass. Carsten und Rey waren auf der Suche nach jemandem, der in der Lage war, uns zu sagen, wann wir endlich anfangen konnten. Tyler und ich blieben bei unseren Instrumenten und Kabeln. Wohlweislich hatten wir ein paar Flaschen stilles Wasser eingepackt – was sich als sinnvoll herausstellte, da wir bislang keine Hinweise auf die versprochenen Getränke finden konnten. Aus reiner Nervosität hatte ich auch schon einiges davon getrunken und rutschte nun ein wenig unruhig auf der Kiste, die ich zum Sitzen auserkoren hatte, hin und her.

»Mir liegen die Nerven etwas blank«, murmelte Tyler.

»Frag *mich* mal. Und aufs Klo muss ich auch noch. Und ich habe Hunger.«

»Und dir ist kalt?«

»Ja. Mädchenmodus ist vollständig geladen.«

Tyler lachte und das schien unsere Nerven ein wenig zu entkrampfen.

»Ich begebe mich mal auf die Suche nach einer Toilette und schaue, ob ich irgendwo was Essbares finde.« Mit diesen Worten hopste ich von der Kiste und ging in Richtung der offen stehenden Tür.

»Bring mir was mit!«, rief Tyler mir nach.

»Vom Klo?«

Er lachte wieder. Und auch ich musste jetzt etwas grinsen.

Tyler hatte die Gabe, durch seine bloße Anwesenheit Ruhe und Zuversicht auszustrahlen. Bei unseren früheren Auftritten hatte ich mich immer wieder dabei ertappt, einen Blick zu ihm am Schlagzeug zu werfen, wenn mein Lampenfieber zu groß wurde. Er wusste das wohl, denn er lächelte mich jedes Mal an und ich war ihm dafür mehr als dankbar. Ein wirklich guter Freund – nicht nur auf der Bühne.

Ich bog auf den Flur nach links ab, vorbei an einigen Türen, manche offen, manche geschlossen. Irgendwann stand ich in der Haupthalle, in der geschäftiges Treiben herrschte. In einer Ecke erspähte ich Rey und Carsten, die sich mit jemandem unterhielten.

Ich entschied allerdings, zuerst dem Wegweiser mit den stilisierten Weiblein und Männlein zu folgen. Er führte mich aus der Halle hinaus, durch den Vorraum, in dem gerade ein Merch-Stand der Stormkillers aufgebaut wurde, und vorbei an der Bar, die sich in unmittelbarer Nähe befand. »Warme Brezeln« stand dort auf einem Schild. Nun ja, besser als nichts. Leider war die Theke noch nicht besetzt, aber es war immerhin ein heller Streifen am Horizont der Hungerwüste.

Die Toiletten waren vor Beginn des Einlasses noch angenehm sauber. Irgendwo mussten auch welche im Backstagebereich sein, ich hatte mich allerdings nicht getraut, jemanden danach zu fragen.

So geht das aber nicht weiter, tadelte ich mich selbst. Ein bisschen mehr Selbstvertrauen bitte!

Auf meinem Rückweg durch die Halle passte ich tunlichst auf, niemandem der umherflitzenden Leute in die Quere zu kommen. Carsten sprach mittlerweile mit jemand anderem, Rey war nicht zu sehen.

Zurück in unserem Abstellraum fand ich sie schließlich.

»Hey«, machte ich mich bemerkbar.

»Nichts zu essen?«, fragte Tyler direkt.

»Draußen gibt es Brezeln, aber wohl erst später. Wir hätten von irgendwo was mitnehmen sollen. Morgen sind wir da schlauer«, gab ich zurück.

»Okay. Ich gehe mal raus und suche einen Bäcker. Ich brauche ohnehin frische Luft. Und hier kann ich gerade nichts tun. Ich bin auf dem Handy erreichbar.« Rey wirkte etwas resigniert. Sie schnappte sich ihre Winterjacke und schlurfte nach draußen.

»Also weiter warten, hm?« Ich schaute Tyler an.

Er zuckte mit den Schultern. »Darauf wird es hinauslaufen. Ich geh mir auch mal kurz die Füße vertreten und Wasser wegbringen. Du bleibst hier, ja?«

Ich nickte.

Durch die offenen Türen zog kalte Winterluft in die Kammer und ich begann zu frösteln. Ich setzte mich auf die Kiste, die Tyler bis eben warmgehalten hatte, und zog mein Handy aus der Tasche. 56 ungelesene Nachrichten in 17 verschiedenen Chats. Dazu eine ganze Handvoll Facebook-Benachrichtigungen und ein paar von Instagram.

▯ *Mama (16:04 Uhr):* Wie geht es euch? Habt ihr schon alles fertig für heute Abend? Gib mal ein Piep von dir! Hals- und Beinbruch für nachher! Küsschen, Mama.

»Wir warten noch auf den Aufbau, gerade komme ich mir furchtbar verloren vor und die Stimmung ist auf dem Nullpunkt«, wollte ich wahrheitsgemäß antworten. Ich entschied mich aber lieber für eine harmlosere Variante.

▯ *Chris (17:08 Uhr):* Alles okay, gerade keine Zeit, hab dich lieb!

Schließlich wollte ich nicht den Rest des Abends damit zubringen, meine Mama am anderen Ende Deutschlands zu beruhigen, die sich vermutlich große Sorgen gemacht hätte – oder mit ihrem berühmten »Hab ich dir doch gleich gesagt, das ist eine Schnapsidee! Konzentriere dich lieber auf dein Studium!« reagiert hätte.

Also ging ich Nachricht für Nachricht durch und beantwortete sie – immer so, dass weitere Nachfragen von vornherein ausgeschlossen wurden. Zwischendurch entschied ich mich noch für ein Selfie auf dem Gepäckberg. Oder eher für viele Selfies. Nach ungefähr 30 Versuchen hatte ich endlich eins, das sich mit sehr vielen Filtern in ein halbwegs fröhliches Bild verwandeln ließ. Ich schickte es direkt in meine Instagram- und Facebook-Timeline, zusammen mit den vielversprechenden Hashtags #gehtlos, #party, #konzert und #yeay. Zu ausschweifenderer Kreativität war ich im Moment nicht fähig.

»Schöner Mist«, hörte ich Tyler im Flur schimpfen.

»Nicht zu ändern«, entgegnete Carsten.

Ich packte mein Handy in die Tasche und wartete, bis sie in die Abstellkammer einbogen.

»Was?«, fragte ich.

»Wir haben zwar das Backdrop dabei, aber leider kein Ständerwerk oder zumindest ein Gestänge, mit dem man es von der Decke hängen könnte. Für heute muss es wohl ohne gehen. Die Schlaufen, die dran sind, reichen leider nicht«, antwortete Carsten.

Unweigerlich begann ich, an meinen Fingern zu knibbeln. »Na ja, das ist ja jetzt nicht der Untergang. Wo kriegen wir denn eine passende Stange her?«

»Lasst uns morgen Vormittag zum Baumarkt fahren. Die Location morgen ist ja gerade mal 70 Kilometer entfernt, die Zeit sollten wir haben. Vielleicht verrät uns bis dahin hier auch noch einer der Helden, was wir genau brauchen. Vielleicht dieser Chris. Der scheint hier am ehesten Ahnung zu haben«, sagte Tyler.

»Ganz ehrlich Jungs, dass irgendetwas schiefgehen würde heute, war ja eigentlich klar. Und wenn es nur ein fehlendes Backdrop ist, ist ja alles gut«, versuchte ich die beiden aufzuheitern.

»Da hast du recht. Wir werden das Kind schon schaukeln.« Tyler hielt erst Carsten seine Hand entgegen, der mit einem High-Five einschlug, dann mir. Ich fühlte mich gleich wieder besser.

»Essen fassen!«, rief Rey von der Tür. »Was gibt es zu feiern?«

»Wir können das Backdrop nicht hängen, werden die Bude aber trotzdem rocken.« Tyler grinste weiterhin. Gut so.

»Na dann, auf in den Kampf. Ich habe belegte Brötchen und Kaffee für alle aufgetrieben. Und vielleicht können wir dann auch irgendwann mal aufbauen.«

Mein Handy verriet mir, dass es bereits 18:00 Uhr war. Carsten und Tyler hatten unsere Kisten mittlerweile so umgestapelt und auf dem Rollwagen gelagert, dass wir in der bestmöglichen Reihenfolge an Instrumente, Kabel, Verstärker und sonstige Habseligkeiten herankamen. Wir ahnten, dass es schnell gehen musste, wenn wir endlich das Startzeichen erhielten.

»Haben die uns vergessen oder wollen die uns verarschen?«, fragte Tyler Rey, als sie wieder von ihrem Ausflug zur Toilette zurückkam.

»Die sind gerade am Soundcheck der Stormkillers. Kann nicht mehr lange dauern. Die scheinen übrigens auch mittlerweile mal eingetroffen zu sein. Zumindest steht vorne an einer der Türen ein Typ mit Aufschrift ›Security‹ auf der Jacke. Vielleicht sollten wir allmählich mit dem ganzen Kram in die Halle wandern.«

»Dann mal los.« Tyler klatschte einmal in die Hände und schob den Rollwagen Richtung Flur. Wir anderen schnappten uns den Rest der Kisten und Taschen und folgten ihm.

Kaum hatten wir die Halle erreicht, deutete Chris uns mit einer Handbewegung zu warten. Wir blieben brav stehen und er setzte sich zu uns in Bewegung.

»Paar Minuten noch, dann seid ihr dran. Fasst bloß nichts an, was irgendwo auf der Bühne steht. Ich helfe euch gleich. Wartet hier.« Damit verschwand er in einem anderen Teil der Halle.

18:15 Uhr. Die Halle war nur sporadisch geheizt und mir war kalt.

18:25 Uhr. Ich zitterte, aber ich glaubte schon länger nicht mehr daran, dass das nur an der Kälte lag.

Der Soundcheck war abgeschlossen, einzelne Personen wuselten noch auf der Bühne umher und rückten Dinge zurecht oder klebten Kabel fest. Da kam Chris auf uns zu.

»Auf jetzt!«, rief er in unsere Richtung und ging voran zu den Stufen, die auf die Bühne führten. Kaum hatten wir zu ihm aufgeschlossen, wurden hinter uns auch schon die Absperrgitter für den Pressegraben aufgebaut. Er gab uns kurze Anweisungen, wer sich wo positionieren sollte, und schob dann Carsten zur Stagebox. Beide unterhielten sich kurz, dann zeigte Chris in Richtung des Tontechnikers und gab irgendwelche Handzeichen.

Tyler baute konzentriert sein Schlagzeug aus gefühlt Hunderten von Einzelteilen zusammen. Rey und ich kümmerten uns um den Rest der Instrumente, während Carsten die passenden Kabel verteilte und in der Stagebox ankoppelte. Als alle Stecker an ihrem vorgesehenen Platz waren, ging er Richtung Technikpult.

18:48 Uhr. So langsam wurde es wirklich knapp. Ich drehte mich in Richtung Tontechnik, um zu sehen, ob Carsten uns schon Zeichen für den Soundcheck geben würde. Beim Blick von der Bühne in den noch leeren Publikumsraum wurde mir flau im Magen. Und irgendetwas fehlte. Diese kleine, aber für mich gewohnte Barriere. Die Monitorboxen! Es gab gar keine! Entsetzt wandte ich mich zu Rey, die gerade noch ein letztes Kabel verstaute und das Mikrofon ausrichtete. »Rey! Wo zum Geier sind die Monitore?«

Sie runzelte die Stirn und sah mich ratlos an. »Keine Ahnung! Aber ohne wird es ja wohl kaum gehen. Ich höre euch nicht, wenn ich genau vor meiner eigenen Box am Verstärker stehe. Und Carsten hat mit seinem Keyboard noch weniger Chancen – der bekommt ja nicht mal mit, was er selbst spielt.«

… Und ich höre nicht, was ich singe. Großartig. Was für eine Scheiße.

Carsten gestikulierte derweil wild mit dem Tontechniker.

Ich ging von der Bühne in seine Richtung, falls er Hilfe brauchte. Auf halbem Weg kam er mir allerdings schon entgegen.

»Carsten, wir haben keine Monitore! Wie kann das sein? Die Stormkillers brauchen doch auch welche!«

»*Das* habe ich gerade lautstark diskutiert. Wir haben Pech, es muss ohne gehen. Die Stormkillers nutzen In-Ear-Monitoring. Wir hätten uns selbst welche organisieren müssen, wenn wir sie brauchen – meinte der Heinz da hinten.« Er zeigte über seine Schulter in Richtung Technikpult. »Ich wusste doch, dass es scheiße ist, ungesehen auf den Tontechniker der Stormkillers zu vertrauen. Der heißt übrigens ›*Ruprecht Sauerbeck, genannt Beck*‹. Ja, er hat sich mir *exakt* so vorgestellt. Und ja, für einen ordentlichen Soundcheck fehlt auch die Zeit. Er meinte, der Line-Check muss jetzt reichen. Er hätte ein paar sinnvolle Equalizer eingespeichert und mischt den Rest zu Beginn. Ich bin nicht sicher, ob ich ihm das glauben soll – aber wir haben wohl ohnehin keine andere Wahl.«

Mir fehlten die Worte und mir wurde schwindelig.

»Carsten? Kriegen wir Licht von vorne?«, rief Rey von der Bühne herunter.

Carsten drehte auf dem Absatz um und ging wieder zu seinem neuen Freund Beck, dem Menschen, den er aktuell wohl am meisten auf dieser Welt hasste.

Um 19:02 Uhr wurden wir von der Bühne getrieben, indem das Licht gedämpft wurde. Aber wir hatten es tatsächlich geschafft – alles war so weit aufgebaut und wir dafür klatschnass geschwitzt.

»Wasser trinken, umziehen, bitte«, jammerte ich.

Doch bevor ich irgendetwas davon in die Tat umsetzen konnte, kam Chris auf uns zu. »Hier, eure Bändchen. Nicht dass ihr nachher nicht wieder reinkommt, wenn ihr kurz an die frische Luft geht.« Er lachte. »Alles okay bei euch?«

Nein. Nichts ist okay! »Ja klar!«, hörte ich mich sagen. »Können wir uns irgendwo umziehen?«

»Das kommt darauf an, wie viel Privatsphäre dir beim Umziehen wichtig ist.« Er grinste auf eine Art und Weise, bei der ich mir nicht sicher war, ob er es witzig oder widerlich gemeint hatte. »Ich zeig euch mal den Aufenthaltsraum für den Pöbel.« Damit ging er voran und wir eilten etwas konfus hinterher.

»Hier stehen Kisten mit Wasser oder Cola, da könnt ihr euch bedienen. Umziehen könnt ihr euch theoretisch in jeder beliebigen Ecke, wenn ihr dabei allerdings alleine sein wollt, dann würde ich euch die Porzellanabteilung empfehlen.«

»Äh …?«, kam von Rey.

»Die Toilette«, erklärte Chris. »Passt auf, ich erkläre das jetzt einmal und es gilt für die gesamte Tour: Die Stormkillers haben einen abgetrennten Bereich, der geht euch nichts an. Wenn es backstage nur einen Lokus gibt, dann ist der für die Stormkillers reserviert. Gleiches gilt für Garderobenräume. Ihr könnt unseren Crew-Bereich mitnutzen, da findet ihr auch immer Getränke. Euren gesamten Kram bringt ihr immer da unter, wo ich es euch sage. Den will ich hier nicht auch noch rumfliegen haben. Ihr könnt euch vor und nach eurem Auftritt hier aufhalten. Wenn ihr das Konzert sehen wollt, dann könnt ihr durch die Seitentür raus, es liegt aber am jeweiligen Security, wie oft der das Spiel mit dem Hin und Her mitmacht. Flaschen bleiben hier drin.«

»Danke«, murmelte ich. Die anderen nickten.

Damit verließ uns Chris wieder und wir blieben zu viert zurück.

»Gut. Folgendes«, sagte Carsten, »wir haben keine Monitore, das ist – gelinde gesagt – ganz großer Mist. Aber wir hatten das schon einmal, erinnert ihr euch? Der Katastrophen-Gig an der Uni, bei dem wir kurzfristig eingesprungen sind? Das ging auch irgendwie. Wir sollten unsere Setlist noch mal überdenken für heute und auf Nummer sicher gehen. Keine großartigen Publikumsinteraktionen. Chris, du sagst die Titel auch sicherheitshalber immer an. Du kennst unsere besten 20, wähle einfach so aus, wie es bei den Stormkillers-Fans am besten ankommt. Licht habe ich geklärt, wir bekommen Frontlampen, damit niemand«, er sah zu Rey, »blind spielen muss.«

Ich zitterte durch eine Mischung aus Kälte, Aufregung, Frust und einer aufkommenden Panik.

»Wir sollten uns umziehen«, sagte Rey. »Mir egal, ob hier gleich wer reinkommt, ich gehe einfach da in die Ecke. Seid so nett und stellt euch ein bisschen davor als Sichtschutz. Ich mache mich ja nicht komplett nackig, da geht das schon. Wäre es ohnehin viel zu kalt für. Chris, komm schon. Oder willst du so bleiben?«

Ich schüttelte den Kopf, nahm meine Tasche und folgte ihr. »Es ist kalt. In der Halle war es gerade auch nicht allzu warm. Ich verzichte auf bauchfrei und packe mich lieber etwas dicker ein. Auf der Bühne habe ich nur LEDs gesehen, die geben keine Hitze ab.« Meine Stimme zitterte ebenfalls. Das konnte heiter werden.

»Guter Plan.« Rey nickte vor sich hin und begann, verschiedene Kleidungsstücke aus ihrer Tasche zu ziehen. »Ich glaube, uns traut ohnehin niemand eine tolle Show zu. Falls sich überhaupt jemand in die Halle verirren sollte, bevor die Stormkillers dran sind. Irgendwie hatte ich mir das alles anders vorgestellt.«

»Mädels, nicht die Köpfe hängen lassen. Wir rocken das schon und morgen sind wir besser vorbereitet.« Tyler klang tatsächlich zuversichtlich.

Ich entschied, meine Thermoleggings einfach unter der zerrissenen Jeans zu lassen und zog verschiedene Tops übereinander. Zusätzlich noch Armstulpen. Warm wurde mir trotzdem nicht. Rey schien sich auch am Zwiebellook zu versuchen, dennoch schaffte sie es, dass das Ganze hinterher immer noch figurbetont war. Sie hatte da wirklich ein Händchen für und ich beschloss, sie mal wieder auf eine Shoppingtour zu begleiten.

»Antreten für Farbe im Gesicht«, sagte sie, als sie nach einem kritischen Blick an sich herunter ihre Klamottenauswahl für abgeschlossen erachtete. »Du zuerst.«

Ich setzte mich brav auf einen der Stühle an dem kleinen Tisch und Rey trug mit flinken, geübten Fingern Schicht für Schicht irgendwelche Dinge aus ihrem Schminkkoffer auf mein Gesicht auf. Zwischendurch kamen Anweisungen wie »Augen zu«, »Nach oben sehen« oder »Halt jetzt mal still!«, denen ich widerstandslos Folge leistete.

Mangels Spiegel schoss ich am Ende der Prozedur kurzerhand ein Selfie mit meinem Handy. Sie schaffte es immer wieder, mich lebendiger aussehen zu lassen, als ich mich in Wahrheit fühlte.

Auch Tyler und Carsten wurden abgepudert. Anfangs hatten sie sich darüber beschwert, aber irgendwann hatten sie eingesehen, dass es zwecklos war. »Ich habe mir nicht umsonst die passenden Puder für eure Hauttypen zugelegt, die werden jetzt benutzt, ob ihr wollt oder nicht!« – dieser Aussage konnten selbst die beiden nichts mehr entgegensetzen.

»Chris, nicht träumen. Haare kämmen!«, schimpfte Rey.

19:52 Uhr. Höchste Zeit.

Zwei Minuten später fixierte sie bereits unliebsame Strähnen mit Haarspray auf meinem Kopf.

19:56 Uhr. Schweigend verließen wir den Aufenthaltsraum und gingen zum Seitenaufgang der Bühne. Chris erwartete uns dort bereits. »Ihr seid knapp dran. Nächstes Mal bitte ein paar Minuten früher. Ich hatte schon Bedenken, dass ihr abgehauen seid.«

Er sah auf seine Uhr und dann zu Beck. Nach einem kurzen Nicken gab er uns ein Zeichen, das Licht ging an und wir betraten die Bühne. Zuerst Tyler, da sein Weg zum Schlagzeug am weitesten war. Außerdem brauchte er ein paar Sekunden Vorsprung, um sich richtig hinzusetzen. Er winkte mit seinen Sticks zum Publikum, das ich von meiner verdeckten Position aus noch nicht sehen konnte. Als Nächstes ging Rey zu ihrem Bass, dann Carsten ans Keyboard, auch wenn es von uns aus gesehen am nächsten stand. Schließlich lief ich los, vorbei an Carsten, zwischen ihn und Rey. Ich winkte den Fans zu und mein Lächeln fror augenblicklich ein. Vor mir standen etwa 20 Leute, viele davon zwar im vorderen Bereich des Raumes, doch die meisten unterhielten sich oder schauten gelangweilt auf ihre Handys. Scheiß drauf, dachte ich und warf mir den Gurt meiner Gitarre über die Schulter.

»Einen schönen guten Abend! Wir sind Flight of the Snowflake aus dem schönen Berlin und haben die Ehre, euch schon mal ein bisschen einzuheizen, bevor es mit den Stormkillers dann richtig losgeht!« Die Pause für den Applaus sparte ich mir. Es war klar, dass es keinen geben würde. Immerhin sahen ein paar der Leute kurz von ihren Handys auf. Ich hatte den Eindruck, sie fühlten sich durch mich gestört. »Passend zum Wetter beginnen wir mit ›Winter's Attack‹!«, kündigte ich kurz und schmerzlos unseren ersten Titel an und Tyler zählte ihn wie gewohnt ein. Wir hatten das schon Hunderte Male so getan, daher hatte ich dieses Stück auch ausgewählt. Es war sicher. Sicherer als alles, was mit einem Keyboardintro oder Ähnlichem anfing. Wir legten alle zeitgleich los. Sollte Beck doch mal zeigen, was er draufhatte.

Ich konzentrierte mich auf meinen Text, meine Gitarre und die Anwesenheit meiner Freunde in meiner Nähe. Die anfängliche Panik war verschwunden. Hörte ich da Rufe im Publikum? Es klang wie »Lauter!«, aber ich versuchte, es auszublenden. Beim zweiten Titel wurde mir warm. Sehr warm. Zu warm. Verstohlen sah ich zu Rey hinüber. Ihr musste es ähnlich gehen, einzelne Haarsträhnen klebten an ihren Wangen. Als der

Schweiß begann, mir an den Schläfen hinunterzulaufen, nur knapp an den Augen vorbei, erkannte ich auch, woran die plötzliche Hitze lag. Die LED-Scheinwerfer, die wir gesehen hatten, waren ausgeschaltet. Wir kämpften stattdessen gegen mehrere alte 500-Watt-Strahler an, die direkt aus nächster Nähe auf uns gerichtet waren. Ich hätte schwören können, dass sie am Anfang, als wir die Bühne betreten hatten, noch nicht brannten.

Einen Song später füllte sich der Raum vor uns etwas. Vereinzelt klatschte sogar jemand. Dazwischen nahm ich die lautstarke Forderung nach den Stormkillers wahr. *Noch fünf Lieder, dann sind wir durch.*

»Break!«, zischte Rey in meine Richtung. Sie streifte ihren Bass ab, warf ihre beeindruckende rote Mähne nach hinten und zog das oberste Top aus. Im Publikum war plötzlich Bewegung und einige Typen johlten.

Ich nutzte die kurze Pause, streifte meine Stulpen ab und trank einen Schluck, um Rey mehr Zeit zu verschaffen. Unterdessen fiel auch ihr zweites Top zu Boden. »Klappt ja schon ganz gut mit dem Einheizen, wa?«, rief ich ins Mikrofon.

Vereinzelt skandierte irgendwer »Ausziehen!«, aber noch ließ es sich ignorieren. Ich kündigte unseren nächsten Titel an und wir legten wieder los. Weiter nach Schema F, immer auf Nummer sicher.

Nur noch zwei Lieder und wir hätten es geschafft. Die Halle war mittlerweile relativ voll und in der ersten Reihe sah man sogar ab und zu so etwas wie Tanzbewegungen. Wahnsinn!

Da passierte, was passieren musste. Es begann im linken vorderen Teil der Halle und wurde schnell aufgenommen, getragen bis in die hinterste Ecke. Die Stormkillers-Fans sangen ihren Lieblingsrefrain. Und sie waren laut, sehr laut.

»Nur noch zwei Songs, dann habt ihr es überstanden!« Das Mikro hatte kaum eine Chance gegen die Masse. »Warrior of Wisdom!«, versuchte ich die einheitlichen Fangesänge zu übertönen. Es war einer unserer lautesten und schnellsten Titel, Tyler sagte immer, er habe von allen am meisten »Bums«. Und das stimmte auch.

Wir gaben alles, aber ich bezweifelte, dass uns jemand jenseits der ersten drei Reihen hörte. Die Fans schrien und feierten aus voller Kehle. Wir interessierten schlichtweg niemanden. Und wir waren auch deutlich zu leise eingestellt. Am Ende des Stückes entschied ich eigenmächtig, es gut sein zu lassen. »Danke für eure Aufmerksamkeit, wir sind Flight of the Snowflake und wünschen euch noch viel Spaß mit den Stormkillers!«

Es folgte Applaus. Uns war klar, dass wir nicht gefeiert wurden, weil wir auf der Bühne standen, sondern weil wir sie verließen. Bei unserer obligatorischen Verbeugung schrie ganz vorne jemand: »Von jedem hier fünf Euro, sonst rufe ich Zugabe!« Gelächter rundherum. Wir bewegten uns winkend zum Seitenabgang und ich wäre am liebsten im Erdboden versunken.

Die Strahler erloschen, kaum dass wir außer Sicht waren. Chris gab uns erneut ein Zeichen und wir huschten zurück, um in Windeseile Instrumente und Kabel einzusammeln. Niemand nahm Notiz von uns – und ich war dafür in diesem Moment sehr, sehr dankbar.

»Lasst uns den Kram direkt im Auto verstauen«, schlug Tyler vor.

»Ja bitte. Können wir uns danach irgendwo betrinken? So richtig volllaufen lassen und vergessen, wie oft wir das noch vor uns haben?« Rey sprach aus, was ich dachte. »Die Stormkillers können wir uns auch morgen ansehen. Oder übermorgen. Oder irgendwann, wenn wir uns an diesen Zustand der Sinnlosigkeit gewöhnt haben.« Ich liebte ihren Humor.

»Guter Plan«, antwortete ich knapp und hievte mit Tyler zusammen eine Kiste auf den Rollwagen.

»Wir sollten zum Hotel zurück. Auf dem Parkplatz dort steht der Anhänger relativ sicher. Da ist bestimmt auch irgendwo eine Kneipe in der Nähe«, sagte Carsten.

Wortlos verluden wir unsere Habseligkeiten, genau darauf bedacht, nicht den kleinsten Krümel zu vergessen.

Auf dem Weg nach draußen schaute ich sicherheitshalber auch noch einmal im Crew-Raum nach.

»Schon gespannt auf die Show?«, fragte mich Chris unvermittelt, der sich gerade eine Flasche Cola aus dem Kasten geangelt hatte.

»Nein, heute nicht. Wir sind alle furchtbar müde«, log ich.

»Dann bis morgen – äh, wie war doch gleich dein Name?«

»Chris, Chris. Ich heiße ebenfalls Chris.« Leichter zu merken geht es eigentlich nicht.

»Ah, stimmt. Da war was. Dann bis morgen, Chris!«

»Bye!«

Ich schlurfte zu den anderen, die bereits am Verladen waren.

»Tetris für Erwachsene.« Tyler grinste.

Carsten beförderte eine Kiste nach der anderen hin und her. Ich versuchte, ein System dabei zu erkennen, aber ich scheiterte. »Was zum Geier tust du da?«

»Wertvoll ins Auto, ersetzbar in den Hänger. Es ist zwar ein Luxushotel mit Luxusparkplatz und Luxusgästen, aber zwischendrin kommen da ja auch Assis wie wir unter.« Carstens Erklärung klang schlüssig.

Rey tippelte unruhig von einem Fuß auf den anderen.

»Kalt?«, fragte ich nach.

»Nein, Pippi. Aber ich halte das schon noch irgendwie aus.«

»Blödsinn, ich komm mit. Die Schlange wird sich in Grenzen halten, die haben ja bestimmt schon angefangen zu spielen.«

Dankbar sah sie mich an und ging sofort los, um kurz darauf wieder mit mir im Schlepptau im Gebäude zu verschwinden.

Der Weg durch die Halle war beschwerlich, denn es war mittlerweile brechend voll. Wir konnten uns allerdings gut am Rand vorbeischummeln. Die Bühne lag im Dunkeln und ein Gefühl von Spannung in der Luft.

Tatsächlich waren Vorraum und Toilette wie leer gefegt. Nur vereinzelte Leute standen an der Bar oder hasteten mit vollen Bechern Richtung Halle. Aus den Augenwinkeln nahm ich eine Bewegung wahr – hatte uns da gerade jemand zugewunken? Egal, das musste jetzt warten, ich wollte Rey nicht verlieren, die es plötzlich doch recht eilig zu haben schien.

»Rey, wir brauchen einen Schlachtplan für morgen. Ich will nicht wieder klebend auf der Bühne stehen und erst recht dann nicht weiterschwitzen wie ein Schwein«, brummelte ich in meiner Kabine.

»Die Strahler waren mies. So richtig mies. Wetten, wenn wir uns morgen luftig anziehen, schmeißt der Typ nur LEDs an?«

»Vermutlich. Ich frage mich wirklich, was wir verbrochen haben, dass der uns so auflaufen lässt. Was soll das?«

Ich betätigte die Klospülung und ging zu den Waschbecken im Vorraum. Ein Mädchen lehnte sich gerade über eines davon und zog ihren knallroten Lippenstift im Spiegel nach. Sie erinnerte mich ein bisschen an Schneewittchen. Als sie mich sah, lächelte sie mich an. Prophylaktisch lächelte ich zurück.

»Ihr wart toll!« Mit diesem Satz hatte ich nicht gerechnet.

»Bitte was?«

»Ich fand euch super! Flight of the Snowflake, stimmt's?«

»Äh, ja. Danke. Und hi, ich bin Chris. Das ist Rey.« Ich nickte in Richtung unserer leicht verwirrt aussehenden Bassistin, während ich mir die Hände abtrocknete.

»Anna. Seid ihr übermorgen auch dabei als Vorband? Ich reise den Jungs ein bisschen hinterher und würde mich freuen, noch einmal etwas von euch zu hören. Dann komme ich auch pünktlich, versprochen!« Sie lachte. Es klang ehrlich und war heute das Schönste, was ich gehört hatte.

»Ja, sind wir. Und wow, danke! Sag mal, wie war denn der Sound bei uns? Bisschen zu leise, hm?«, stieg Rey in die Unterhaltung ein.

»Ja, war er. Und nicht sonderlich gut, der Bass zu leise, Drums zu laut. Aber das kenne ich nicht anders von den Bands, die vor den Killers auftreten. Gehört wohl zum Programm, hm?«

»Offensichtlich«, entgegnete ich mit einem Schulterzucken.

»Macht euch nichts draus, ich mag euren Stil. Wir sehen uns Sonntag!« Und damit verschwand sie.

Rey und ich sahen uns an.

»Das war … unerwartet. Aber meine Laune ist jetzt wirklich ein wenig besser.«

Rey nickte. »Lass uns gucken, wie weit die Jungs sind. Vielleicht heitert sie das auch ein bisschen auf, wenn wir von unserem ›Fan‹ erzählen.«

Wir fanden ein kleines, uriges Restaurant ganz in der Nähe des Hotels. Es war nichts Schickes, ein bisschen schummrig und das Schild vor der Tür versprach »Gutbürgerliche Küche«. Tatsächlich gab es Schnitzel in gefühlt 20 verschiedenen Variationen. Beim Blick auf die Speisekarte merkte ich dann auch, wie viel Hunger ich eigentlich hatte. Carstens Magen knurrte zustimmend.

»Auf das Bier freue ich mich fast noch mehr als aufs Essen«, murmelte ich.

»Oh ja!« Tyler ging es ähnlich. »Immerhin haben wir übermorgen einen kleinen Fels in der Brandung im Publikum stehen.«

»Ein Lichtblick.« Carstens Stimme enthielt für meinen Geschmack etwas zu viel Sarkasmus.

»Kommt schon, die war echt nett.« Wir hatten den beiden kurz von unserer Begegnung auf der Damentoilette erzählt. Mich stimmte das nach wie vor etwas fröhlicher.

Rey zog ihr Handy aus der Tasche. »Ich check mal Instagram. Vielleicht sind wir ja noch jemandem aufgefallen.«

»Hm. Ich glaube, ich will das im Moment gar nicht wissen«, schwindelte ich. Eigentlich interessierte es mich nämlich brennend.

»Oh Leute …« Rey starrte mit großen Augen auf ihr Display. »Wir sind bemerkt worden, aber nicht sehr freundlich. Ich schaue mir gerade die Kommentare im Feed der Stormkillers an. ›*Dilettantische Vorband*‹, ›*Hätte man sich gut sparen können*‹, ›*Das einzig Gute war, als die Ische sich ausgezogen hat. Hat nur zu früh aufgehört*‹, ›*Danke für die Warnung, dann geh ich morgen erst später los*‹, ›*Grottenschlechter Sound*‹. Na großartig.«

»Mach dir nix draus. Heute ist alles irgendwie schiefgelaufen«, versuchte ich sie aufzumuntern. Auch wenn mir im Moment eher nach Heulen zumute war. »Lasst uns essen und dann ab ins weiche 5-Sterne-Bettchen.«

»Klingt gut. Und wir beide«, Tyler zeigte auf Carsten, »fahren morgen in einen Baumarkt und organisieren eine Stange für das Backdrop. Dann wissen die Pappnasen wenigstens, über wen sie herziehen.«

»Und Rey und ich machen derweil *was*?«, fragte ich.

»Ihr beide spannt mal aus. Wir müssen um elf aus den Zimmern raus. Frühstück ist bis zehn. Dann fahren wir rüber zur nächsten Station, laden euch entweder an der Pension oder im nächsten großen Shoppingtempel ab, fahren zum Baumarkt und sammeln euch wieder ein. Und dieses Mal packen wir was zu essen ein.«

Tylers Plan klang gut. Wir werden morgen besser darauf vorbereitet sein als heute, dachte ich. Ganz bestimmt.

KAPITEL II

Praktischerweise stand an der Bushaltestelle nur eine Person und ich erkannte sie sofort. Perfekt. Ich brachte den Wagen in der Haltebucht zum Stehen und öffnete das Beifahrerfenster. Dann beugte ich mich etwas hinüber und setzte ein charmantes Lächeln auf. »Hi! Ich hoffe, du hast nicht schon lange gewartet.«

Sie trat auf den Wagen zu, schaute durchs Fenster und blickte etwas unsicher ins Wageninnere. Kluges Kind. Die hinteren Scheiben des Mercedes waren derart dunkel getönt, dass sie von außen nicht hätte erkennen können, ob sich dort noch jemand befand. An ihrer Mimik konnte ich den inneren Kampf erkennen, den sie gerade ausfocht. Die Vernunft auf der einen Seite, das Verlangen nach Spaß auf der anderen. Um ihr die Entscheidung ein wenig leichter zu machen, hielt ich die Papiertüte hoch, die im Beifahrerfußraum lag. »Ich habe Kekse dabei.« Ich musste selbst grinsen. Jemanden mit Keksen dazu zu bewegen, in ein fremdes Auto zu steigen, war wirklich unterste Schublade der Klischee-Kommode.

»Ich … ähm … Hi!«, sagte sie und öffnete die Tür. Ich wartete, bis sie sich eingerichtet und angeschnallt hatte, dann fischte ich mir einen der Cookies aus der Tüte, hielt ihr den Rest hin und fuhr los.

Zwischen zwei Keksbissen brach sie das Schweigen. »Wenn ich ehrlich bin, hätte ich nicht damit gerechnet, dass du wirklich kommst.« Ihre Wangen nahmen etwas rote Farbe an. Sie war wirklich süß. Blonde, lange Locken, ein niedliches Gesicht und – soviel ich durch ihre dicken Klamotten erkennen konnte – eine traumhafte Figur.

»Und ich war mir nicht sicher, ob du wirklich einsteigst«, entgegnete ich und musste etwas lachen. »Ich weiß, die Situation ist irgendwie … schräg, aber ich freue mich echt, dass es geklappt hat.«

»Wohin fahren wir?«

»Hm. Ich hab eine Überraschung für dich vorbereitet. Soll ich es dir wirklich verraten?«

»Ich … äh … das klingt jetzt wirklich … blöd, aber ich habe meiner Freundin versprochen zu sagen, wo ich bin.«

»Ah, verstehe. Klar. Ich habe eine schöne Stelle am hinteren Rand des Stadtwalds entdeckt. Direkt am Fluss. Ich bin gerne draußen, auch wenn es etwas kühler ist. Aber ich habe jede Menge Decken im Kofferraum. Und einen Picknickkorb.« Ich sah sie kurz an, bevor ich meinen Blick wieder auf die Straße richtete. »Und wie gesagt, eine Überraschung wartet dort auch noch. Schick ihr doch einfach deinen Standort, wenn wir angekommen sind.«

»Gute Idee, das mache ich. Und ich habe auch nicht den Eindruck, dass du mich umbringen willst.« Sie kicherte nervös. »Oder hast du eine Schaufel dabei?«

Doch nicht so klug. Sie hätte wissen müssen, dass dort mit Sicherheit kein Empfang war.

Ich lachte laut auf. »Nein, ich habe nicht vor, dich umzubringen. Von mir hast du nichts zu befürchten.« Das entsprach sogar der Wahrheit.

Es war wirklich fast schon zu einfach. Ein paar über Social Media ausgetauschte Nachrichten und schon konnte man sie einfach irgendwo einsammeln wie heruntergefallenes Obst. Schöne neue Welt.

Den Rest der Fahrt plauderten wir über dies und das, belangloses Zeug. Sie entspannte sich zusehends.

Als ich den Wagen endlich am Wegesrand anhielt, hatte ich sämtliche Bedenken in ihr ausgemerzt. Ich entschied, sie nicht an den Standort zu erinnern. Nicht dass sie Panik bekam, wenn sie feststellte, dass sie hier kein Netz hatte. Ich holte Decken und Korb aus dem Kofferraum und sie hakte sich bei mir unter.

»Da ist deine Überraschung«, sagte ich, als wir am Flussufer ankamen. »Ich habe auf deinem Profil gesehen, dass du Pferde magst. Und hier in der Gegend schuldete mir noch jemand einen Gefallen.« Ich zwinkerte ihr zu.

»Oh!«, rief sie verzückt und strahlte über das ganze Gesicht.

Ich stellte das Gepäck ab und ging mit ihr auf das Pferd zu. Wirklich ein bildschönes Tier. Schwarz wie die Nacht, mit glänzendem Fell.

Einen Sattel trug es nicht, lediglich eine Trense, die mit einem Seil locker an einem Baum befestigt war.

»Kann ich es streicheln?«, fragte sie etwas scheu und hielt ihre Hand mit einigem Abstand vor die Nüstern des Tieres.

»Klar. Aber vorher möchte ich erst das hier tun.« Ich zog sie an mich heran, schlang meinen rechten Arm um ihre Taille und legte meine linke Hand an die Seite ihres Kinns. Dann drehte ich ihren Kopf so, dass wir Blickkontakt hatten und unsere Nasenspitzen sich fast berührten. Mit meinem Daumen streichelte ich über ihre Wange. Sie wirkte überrascht, blieb aber entspannt. Ich legte den Kopf etwas schräg und küsste sie sanft auf ihre Lippen.

Sie gefiel mir wirklich.

»Na dann mal ab aufs Pferd«, flüsterte ich. Wir standen immer noch dicht an dicht.

»Hmmm?« Es klang beinahe wie ein Quietschen. Sie machte keinerlei Anstalten, sich zu bewegen.

So süß. So naiv. Ich küsste sie erneut und strich dabei leicht mit meiner Zunge über ihre Unterlippe. Sie öffnete ihren Mund ein wenig und ich tastete mich langsam vorwärts. Es fühlte sich fast romantisch an.

Ich hasste Romantik.

Meine rechte Hand wanderte etwas tiefer, bis ich ihren Hintern erreichte, und drückte sie gegen mein Becken. Aus ihren Bewegungen konnte ich deutlich ablesen, dass ihr Körper auf meinen reagierte.

Meiner allerdings nicht auf ihren. Sie war eben ein normales Mädchen. Und die waren einfach nicht mein Ding.

Das Pferd neben uns schnaubte hörbar Luft durch die Nüstern aus.

Ich beendete den Kuss und grinste. »Hier wird jemand ungeduldig.«

Sie kicherte.

Ich löste mich von ihr und half ihr auf den Rücken des Pferdes. Dann entfernte ich das Seil vom Baum und führte das Tier mit ihr erst Richtung Fluss und von dort ein paar Meter am Ufer entlang.

Schließlich atmete ich tief ein, blieb stehen und sah sie mir noch einmal genau an. Wirklich hübsch.

Mit schnellen Handbewegungen entfernte ich die Trense.

»Was wird das denn?«, fragte sie und ihr darauffolgendes Lachen klang etwas unsicher.

»Wie ich sagte: Von *mir* hast du nichts zu befürchten.« Ich zwinkerte ihr ein letztes Mal zu und trat einen Schritt zurück.

Ihr Oberkörper bewegte sich, was mir verriet, dass sie versuchte, auf dem Rücken des Tieres herumzurutschen. Sie klebte allerdings förmlich fest – eine Eigenschaft, die ich an Kelpies wirklich bewunderte. Saß ein Opfer erst einmal auf ihrem Rücken, war eine Flucht unmöglich.

Ihre Augen weiteten sich vor Panik.

Ich lächelte sie an, winkte ihr noch einmal zu und nahm die Trense mit in Richtung Picknickkorb. Sie schrie, als das Kelpie mit ihr auf dem Rücken in den Fluss stieg. So süß und so naiv.

Ich lümmelte mich auf eine der Decken und machte mich über das mitgebrachte Essen her. Das Kelpie war schließlich nicht das Einzige, was Hunger hatte.

KAPITEL 4

Wir hielten uns an den Plan. Inklusive Frühstück im Bett – allerdings ohne Champagner. Nicht, dass Carsten es uns nicht gegönnt hätte – sondern aus Fairness unserem Fahrer gegenüber. Alle oder keiner.

Gut gelaunt erreichten wir die kleine Pension unweit der nächsten Veranstaltungsstätte. Während Rey und ich uns um die Zimmer kümmerten, steuerten Carsten und Tyler direkt das nächste Gewerbegebiet an, um einen Baumarkt zu suchen.

»Also, wenn ich das richtig sehe, brauchen wir bis zur Location bloß 15 Minuten mit dem Auto. Vielleicht 20, wenn der Schnee noch zunehmen sollte«, murmelte Rey vor sich hin, den Blick auf ihr Handy gerichtet.

»Dieselben Zeiten wie gestern, oder?«, hakte ich ein und begann in meinem Kopf schon, rückwärts zu rechnen, wann was zu tun war.

»Ja, genau. Einlass um 19:00 Uhr, Beginn um 20:00 Uhr. Aufbau vermutlich 'ne Viertelstunde davor.« Sie musste selbst leicht lachen. Ein bisschen Verzweiflung schwang mit.

»Glaubst du, die lassen uns wieder so auflaufen oder war das nur ein Test, ob wir es trotzdem durchziehen?«, fragte ich skeptisch.

»Zumindest kennen wir jetzt die Spielregeln, also lass uns zocken. Ich hab während der Fahrt mal gegoogelt. Wenn wir uns ein Monitoring-System leihen wollen, würde uns das rund 200 Tacken pro Tag kosten. Also müssen wir wohl damit leben, dass wir ohne Monitore spielen. Aber gegen alle anderen Schikanen können wir etwas tun. Lass uns mal mit der Garderobe anfangen.« Damit warf sie ihr Handy achtlos aufs Bett und begann, ihre Tasche auszuräumen.

»Okay …«, brummte ich und breitete ebenfalls meine verschiedenen, als Bühnenoutfit gedachten Klamotten aus. »Gretchenfrage: Bereiten wir uns auf Strahler oder LEDs vor?«

Réiltín runzelte die Stirn. »Tja. Ich würde sagen, wir überraschen ›Beck‹.«

Ihr darauffolgendes breites Grinsen gefiel mir ganz und gar nicht.

Als wir später am Tag den Parkplatz der Halle ansteuerten – mit Carsten, Tyler, einer nahezu professionell improvisierten Aufhängestange für das Backdrop und einem ganzen Korb voll mit Essen im Gepäck – schlich sich trotz aller Vorbereitung ein Hauch von Nervosität in meine Gedanken. *Es kann nichts passieren, wir haben das gestern durchgestanden, also schaffen wir das auch heute.* Ich zog meine Ärmel noch weiter über die Finger. Das Zittern lag nur an der Kälte. Da war ich mir sicher.

Zumindest redete ich mir das ein. Sonderlich erfolgreich war ich dabei allerdings nicht.

»Rey und ich gehen Chris suchen, ihr packt schon mal den Rollwagen, ja?« Carsten erntete nur stummes Nicken.

Nachdem die beiden durch die Eingangstür verschwunden waren, gingen Tyler und ich ans Werk. Es hatte den ganzen Tag immer wieder geschneit, was zu einer knöcheltiefen weißen Schicht auf dem Parkplatz geführt hatte. Der Schnee knirschte unter unseren Sohlen – eigentlich ein angenehm meditatives Geräusch. Ganz und gar nicht meditativ war es hingegen, den beladenen Wagen Richtung Tür zu bugsieren.

»Wo bleiben die denn? Es ist kalt!« Tyler rieb sich die behandschuhten Finger aneinander und tänzelte von einem Bein auf das andere.

»Soll ich gucken gehen?«

»Besser nicht. Chris ist unser einziger Lichtblick hier. Den sollten wir nicht verärgern oder nerven.«

»Aha. Du glaubst also, er ist durch meine bloße Anwesenheit schon genervt?« Ich zog beide Augenbrauen hoch.

»Liebelein. Du weißt, wie ich das meine.« Tyler rang sich ein Grinsen ab und legte mir beide Hände auf die Schultern. »Wir haben uns darauf geeinigt. Carsten ist der Diplomatischste von uns. Und Rey ist … Rey. Deshalb warten wir beide hier, bis wir wissen, wo unsere Sachen gnädigerweise abgestellt werden dürfen.«

»Ja, schon gut.«

Ich rückte meine Ohrenwärmer zurecht und verschränkte die Finger, damit die Handschuhe besser saßen. Dann ging ich ein kleines Stück vom Eingang entfernt vor einem größeren Schneehaufen in die Hocke und begann, darin herumzuwühlen und kleine Mengen in unterschiedliche Formen zu pressen.

»Äh ...? Was wird das?«, fragte Tyler hinter mir.

»Ein Schneemann. Wonach sieht es denn aus?«, antwortete ich, ohne mich umzudrehen. Ich brauchte Ablenkung. Jetzt.

»Hey, auf geht's! Wir wissen, wo wir hinmüssen!« Réiltín schlitterte die Rampe neben der Tür herunter und kam in meine Richtung. »Sorry, dass es so lange gedauert hat«, sagte sie, während sie meine kleine Schneefamilie, die mittlerweile aus fünf Mitgliedern bestand, bewunderte.

Nur widerwillig unterbrach ich meine Arbeit und kehrte in die Realität zurück. Mit einem letzten Blick auf mein Kunstwerk klopfte ich den Schnee von meinen Handschuhen und trottete Rey zum Auto hinterher, während sich die Jungs mit dem viel zu schweren Rollwagen auf der rutschigen Rampe abmühten. Wir schnappten uns, was wir tragen konnten, und folgten ihnen ins Innere des Gebäudes.

Unser Lagerraum war dieses Mal wesentlich näher an der Halle. Das bedeutete zwar längere Wege beim Ein- und Ausladen, aber auch deutlich weniger kalte Zugluft.

Wir stellten uns innerlich darauf ein, dass wir keinesfalls vor 18:00 Uhr aufbauen konnten, und begannen in aller Ruhe, unsere Sachen umzustapeln, damit alles möglichst schnell ablaufen konnte, wenn es so weit war.

»Der ›Aufenthaltsraum für den Pöbel‹ ist hier genau gegenüber«, zitierte Carsten Chris.

»Fein. Dann gehe ich mir direkt mal was zu trinken organisieren«, brummte Tyler. Damit verschwanden beide.

Rey inspizierte unseren Lagerraum. »Gut. Es gibt eine Tür. Die werden wir nachher beim Umziehen brauchen.«

Ich war nach wie vor nicht ganz glücklich über Reys Idee, unsere Klamotten mit Klettband, das die Jungs nach einer kurzen Nachricht von ihr aus dem Baumarkt mitgebracht hatten, zu präparieren. Aber so ganz abwegig war ihr Vorschlag nicht gewesen, also hatte ich zugestimmt. Auf diese Weise konnten wir den Strahlern entgegentreten, ohne unser Set großartig unterbrechen zu müssen.

»Das wird schon. Es ist einfacher, als jedes Mal die Instrumente abzulegen und sich aus einer weiteren Schicht zu pellen.« Offenbar hatte Rey meine Grübelei richtig gedeutet.

Wir schnappten uns den Fresskorb und gingen dann hinüber in den Aufenthaltsraum zu Tyler und Carsten.

Gegen 18:10 Uhr wanderten wir mit unseren Sachen in die Halle. Tatsächlich konnten wir dann sogar schon zeitnah loslegen. Chris war auch heute eine echte Hilfe.

Zurück im Lagerraum verteile Rey Puder auf unseren Gesichtern – zusammen mit jeder Menge Schminke bei mir.

Dann schmissen wir Tyler und Carsten kurzerhand hinaus und zogen uns um. Die untersten Schichten bildeten jeweils ein schwarzes Trägertop und eine Hotpants.

»Ich fühle mich nackig«, maulte ich.

»Ach was. In jedem Schwimmbad sieht man mehr Haut, stell dich nicht so an. Außerdem sieht das süß aus.«

»Süß. Toll.« Mir war kalt.

Es klopfte an der Tür. »Was dauert denn da noch? Los jetzt!« Carsten klang ungeduldig.

»Zwei Minuten!«, rief Rey. Wir brauchten zehn.

Zügig liefen wir den kurzen Weg zur Halle, Chris wartete bereits.

»Immerhin eine Minute früher als gestern.« Er verdrehte die Augen. »Morgen noch mal vier, dann haben wir es geschafft.«

Ich verzog die Mundwinkel, Rey starrte verlegen auf ihre Stiefelspitzen und Carsten sah uns vorwurfsvoll an. Tyler schien in Gedanken versunken.

»Vielleicht schaffen wir morgen ja sogar mal einen Soundcheck?«, fragte ich, es klang schnippischer, als es gemeint war. Das brachte mir böse Blicke meiner Freunde ein. Chris schien unbeeindruckt – er grinste. »Ja, vielleicht.«

Wow.

Dann gab er uns ein Zeichen, uns bereitzuhalten. Das Licht im Zuschauerraum wurde gedimmt, die Bühnenbeleuchtung ging an. Nächstes Zeichen. Wir betraten die Bühne.

Etwa 50 Leute lungerten vor der Bühne herum.

»Hi! Wir sind Flight of the Snowflake aus dem schönen Berlin! Wir vertreiben euch jetzt ein bisschen die Wartezeit – habt Spaß!« Etwa die Hälfte der Leute unterbrach ihre Gespräche oder sah vom Handy auf. Immerhin.

»Unser erster Titel ist ›Warrior of Wisdom‹!« Vielleicht war das der Weckruf, den die andere Hälfte noch brauchte.

Tyler zählte ein und ich bereute meine Entscheidung, mich nicht direkt am Anfang schon ein paar meiner Klamotten entledigt zu haben, sofort. Die Strahler erschienen mir noch dichter als gestern. Und ich blöde Kuh musste auch noch mit einem unserer schnellsten Titel einsteigen. Fuck.

Aber der Plan ging auf. Obwohl der Sound grottenschlecht war – zumindest vermutete ich das auf der Bühne ohne Monitore –, sahen nun deutlich mehr Augenpaare in unsere Richtung. Einige Leute nickten sogar mit dem Kopf im Takt mit. Scheinbar war Beck gerade einen Kaffee trinken, zumindest konnte ich keine Versuche heraushören, das Klangdesaster abzumildern. Egal, wir konnten es jetzt nicht ändern.

Kaum war der letzte Ton des Songs verklungen, riss ich mir die Ärmel meines Shirts ab.

Besser. Viel besser.

Nach jedem Titel fielen weitere Teile unserer präparierten Klamotten zu Boden.

»Woohoooo!«, hörte ich aus der ersten Reihe.

»Weitermachen!«

Pfiffe.

Scheiße. Unsere Musik meinten die nicht. Was hatten wir uns bloß dabei gedacht? In der Theorie klang unser Plan gut. In der Ausführung sah er wohl leider furchtbar billig aus.

Ich blickte zu Tyler. Er lächelte zwar zurück, aber seine Augen sagten etwas anderes. Fuck.

Wir brachten es irgendwie hinter uns, ich moderierte uns ab und wir verließen nach einer Verbeugung die Bühne.

Chris grinste das dreckigste Grinsen, das ich je in meinem Leben gesehen hatte. Er zählte mit den Fingern seiner Hand herunter und als er fertig war, ging das Licht aus und wir sammelten auf der Bühne unsere Sachen ein. Kaum waren wir oben, glomm eine der LEDs über uns langsam auf. Beck musste sie eingeschaltet haben – weniger, um uns bessere Sicht zu verschaffen, sondern vielmehr, damit andere uns sehen konnten. Begleitet wurden wir von teilweise ekligen, aber eindeutigen Blicken, Geräuschen, Gesten, Kommentaren und Gegröle aus den vorderen Reihen.

Ich wollte weglaufen. Alternativ im Boden versinken. Aber ich konnte meine Freunde nicht im Stich lassen. Wir mussten uns beeilen, mit unseren Instrumenten und Kabeln von der Bühne zu verschwinden, und die überall herumliegenden Klamottenteile machten dieses Unterfangen nicht gerade leichter.

»Scheiße, Rey.« Ich war den Tränen nah.

»Wir haben es gleich geschafft.« Ich nahm ihr den zuversichtlichen Tonfall nicht ab.

»Was habt ihr euch dabei gedacht?«, zischte Carsten.

»Lass es«, pampte Tyler, der gerade seine Kisten an uns allen vorbeischob, ihn an. »Es ist nicht mehr zu ändern, also mach sie nicht noch fertiger, als sie eh schon sind.«

Das war zu viel. Ich konnte die Tränen nicht mehr zurückhalten und rannte von der Bühne und aus der Halle hinaus. So eine Scheiße! Beck hatte es wirklich drauf, uns fertigzumachen.

»Warte, Chris!«, rief Rey hinter mir.

Aber ich wollte nicht warten, ich wollte nur weg. Ohne stehen zu bleiben drehte ich mich zu ihr um und lief ein paar Schritte rückwärts. »Ich muss hier raus!« Ich wandte mich wieder nach vorne und prallte in diesem Moment plötzlich gegen etwas, was meinen Lauf abrupt anhielt. Vor Schreck stieß ich einen kurzen Schrei aus. Ich taumelte, aber etwas hielt mich fest.

Noch bevor ich realisieren konnte, was passiert war, hörte ich jemanden reden. Ganz nah. Zu nah.

»So in Eile, ja?«

Unter meinen Handflächen vibrierte es leicht. Ein zarter Lufthauch an meiner Stirn. Und dann dämmerte es mir. Ich war blindlings gegen einen Menschen gerannt. Meine Hände lagen auf seinem Shirt und darunter konnte ich nicht nur seine Muskeln fühlen, sondern auch die Vibration seiner angenehmen Stimme. Unwillkürlich tastete ich ein wenig. Es fühlte sich gut an. Und er roch gut. Wie frisch geduscht mit ein bisschen Moschus und ein bisschen … nach Lagerfeuer. Und nach etwas sehr Vertrautem, was ich aber nicht einordnen konnte. Unwillkürlich bewegte ich meine Nase in Richtung seines Schlüsselbeins. Er roch wirklich gut. Wie in Trance blickte ich nach oben – er war etwas mehr als einen Kopf größer als ich – und in meinen ohnehin schon gereizten Augen bildeten sich neue Tränen vor Scham zu einem Schleier.

Ich war in niemand Geringeren als Kay hineingerannt. Kay, den Leadsänger der Stormkillers. Kay, den absoluten Frauenschwarm. Kay, der überraschend gut roch. Verdammt.

Mir dämmerte, dass ich nach wie vor nicht viel mehr als Unterwäsche anhatte. Meine Knie wurden weich. Aber aus irgendeinem Grund fiel ich nicht hin. Schlagartig bemerkte ich, warum: Er hielt mich fest. Ich wollte vor Peinlichkeit im Boden versinken. Notfalls musste ich eine Schaufel suchen und das Loch selbst graben.

»Sorry«, stammelte ich leise und drückte mich etwas von ihm weg. Zumindest versuchte ich es.

Er hielt mich weiter fest.

»Bist du jetzt fertig mit deiner Fummelei? Nicht, dass es unangenehm gewesen wäre …«

Ich zog meine Hände ruckartig zurück und im selben Augenblick ließ er mich los. Durch den unerwarteten Schwung stolperte ich einen Schritt rückwärts, konnte mich aber fangen.

»Chris! Was zum …?«, raunte mir Rey über die Schulter ins Ohr. Offensichtlich hatte sie ihren eigenen Schock überwunden und aufgeschlossen.

»Ey, das sind doch die Stripperinnen, die sich als Band verkleidet haben, oder?« Jemand lachte und kam aus derselben Richtung wie Kay auf uns zu. Noctis. Er blieb neben ihm stehen und schlug ihm mit dem Handrücken gegen den Oberarm. »Auf. Wir müssen los.« Er würdigte weder Rey noch mich eines Blickes.

Kay dagegen starrte mich unentwegt an. *Jetzt* fühlte ich mich vollkommen nackt. »Ich nehme an, ihr seid heute wieder mit Wegrennen beschäftigt? Vielleicht schafft ihr es ja morgen, mal bis nach der Show zu bleiben.« Kay. Diese Stimme.

Noctis lachte. »Ja genau. Dann seht ihr auch mal Profis bei der Arbeit. Vielleicht lernt ihr ja noch was. Ach so:

Falls ihr noch mal strippen wollt, dann macht das gerne bei uns in der Garderobe. Aber hört dann nicht wieder auf, bevor es interessant wird.« Sein Tonfall klang bösartig.

Er legte Kay die Hand auf die Schulter und schob ihn in die Richtung, aus der wir gekommen waren. Erst das brachte Kay dazu, seinen Blick von mir abzuwenden. Mir wurde kalt. Eiskalt.

Ohne einen Ton zu sagen, setzten Rey und ich unseren Weg fort. Langsam. Sehr langsam. Erst als wir bei unseren Sachen angekommen waren, die die Jungs in der Nähe des Ausgangs gestapelt hatten, atmete ich tief durch. Schweigend zogen wir uns wahllos Klamotten über. Mir war egal, wie es aussah – Hauptsache warm und vor allem bedeckt.

Rey sah etwas aufgewühlt aus, gepaart mit einem Hauch von Sorge – zumindest deutete ich ihren Gesichtsausdruck so.

Ich lag falsch.

»Um Himmels Willen, Chris!« Es klang wie ein Zischen, ein Versuch zu schreien, ohne laut zu werden. »Bist du von allen guten Geistern verlassen? Was stimmt denn nicht mit dir? Wir kämpfen uns hier durch und du sorgst noch dafür, dass wir demnächst gar kein Bein mehr auf die Erde bekommen? Glaubst du, die finden das gut, wenn wir jetzt auch noch die Band belästigen?«

»Ich …«

Rey rieb sich ihre Stirn. Eine dramatische Geste, die sie immer auspackte, wenn sie sauer war. Oder enttäuscht. Ich konnte es nicht genau einordnen.

»Rey, ich … Das war keine Absicht.« Mehr brachte ich nicht heraus.

»Was ist denn los?« Tyler klang besorgt. Dieses Mal war ich mir sicher, mit meiner Einschätzung nicht daneben zu liegen.

»Chris hat gerade die Stormkillers angepisst. Sie halten uns für unfähig, feige und – nach dieser Darbietung eben – garantiert auch für emotional instabil und untervögelt. Wir hatten die Fassade so gut im Griff.« Sie atmete schwer aus.

»Es tut mir leid, okay? Ich bin gelaufen, habe ihn nicht gesehen und bin einfach mit ihm zusammengestoßen. Das kann ja mal passieren.«

»Chris. Süße. Du weißt, ich hab dich furchtbar lieb. Aber der reine Zusammenstoß, wie du es nennst, wäre nicht das Problem gewesen.« Rey zog eine ihrer perfekten Augenbrauen hoch. Ich beneidete sie um diese Fähigkeit.

»Mädels, ich verstehe hier gar nichts. Könnt ihr euch mal ein bisschen klarer ausdrücken?«, meldete sich Tyler zu Wort. »Und das am besten, wenn Carsten auch dabei ist, sonst erklärt ihr es zweimal.«

Wenig später hatten wir alles verladen und standen in der Nähe des Eingangs bei einem Aschenbecher. Tyler war gerade auf dem Weg zur Bar, um warme Brezeln zu organisieren. Ich stapfte ein paar Schritte hin und her und versuchte, die Gedanken in meinem Kopf zu sortieren. Was genau war vorgefallen, was Rey so wütend machte? Eigentlich sollte ich es sein, die sauer auf ihre dämliche Idee mit den Stripper-Klamotten war! Warum bekam ich Kays Geruch nicht aus der Nase? Warum wollte ich das auch gar nicht? Er hatte sich wirklich gut angefühlt durch den dünnen Stoff seines T-Shirts …

Mein Blick fiel auf die Schneemannfamilie, die ich gebaut hatte. Ich ging etwas näher heran. Es waren noch alle da, wider Erwarten hatte keiner der Konzertbesucher sie umgetreten. Aber irgendetwas stimmte nicht, die Schatten sahen merkwürdig aus. Ich zückte mein Telefon und schaltete die Taschenlampe an. Die dunklen Schemen waren keine Schatten, sondern dunkelrote Flecken, die sich über jede einzelne Figur erstreckten. Blut. Eindeutig Blut. Erschrocken wich ich einen Schritt zurück und drehte mich zu den anderen um. Sie standen mittlerweile alle zusammen und knabberten an ihren Brezeln. Ich eilte auf sie zu, das Handy mit der Taschenlampe noch in der Hand und zog an Reys Arm. »Komm mal bitte mit, du musst dir was ansehen.«

»Was ist denn?«, fragte sie, als wir die Schneefamilie erreicht hatten.

»Das da!«, sagte ich leise und deutete mit dem Kopf auf den Schneehaufen. Meine Stimme zitterte.

»Ja, was denn?«

»Findest du das etwa normal …?« Ich war entsetzt.

»Chris. Hast du wirklich gedacht, die überleben das bei dieser Menge an vollgesoffenen Konzertgängern?«

»Ich meine das …« Ich leuchtete mit der Taschenlampe auf mein ehemaliges Kunstwerk. Sie waren kaputt. Weißer, zertretener Schnee. »Das kann nicht sein!« Meine Stimme überschlug sich fast. Ich beugte mich herunter, streckte die andere Hand aus und fuhr vorsichtig durch die oberen Schichten. Dann grub ich etwas tiefer. Der Schnee blieb weiß.

»Ach Süße. Nicht jeder hat einen Sinn für Kunst. Du erzählst mir jetzt aber bitte nicht, dass du deshalb deprimiert bist, oder?« Jetzt klang Rey wirklich besorgt.

»Rey, gerade eben waren die Schneemänner noch vollkommen intakt. Alle fünf. Und überall war Blut!« Langsam wurde ich panisch.

»Lass uns zu den anderen gehen. Deine Finger sind bestimmt schon eiskalt von der Wühlerei.«

Als ich mich nicht bewegte, schob sie mit ihrem Stiefel Teile des Schneehaufens beiseite. »Siehst du? Kein Blut.«

»Ich …«

»Komm, Tyler hat eine Brezel für dich und mit etwas Glück ist sie auch noch warm. Und dann will ich endlich wissen, was zum Teufel vorhin mit dir los war. Fängst du an, Gespenster zu sehen?«

Widerwillig ließ ich mich mitziehen. Ich wusste genau, was ich gesehen hatte. Und es war nicht das, was sich jetzt dort befand.

»Da.« Tyler hielt mir etwas entgegen.

Ich biss ein Stück von der Brezel ab. Lauwarm. Immerhin.

»So, Mädels. Und jetzt bitte haarklein, was vorgefallen ist.« Tyler klang etwas ungeduldig. Kein Wunder, wir standen alle unter Anspannung und es hatte jeden von uns große Kraft gekostet, den Anschein der coolen Band aufrechtzuerhalten. Aber es war für uns keine Option, vor Beck einzuknicken. Oder vor irgendjemand anderem.

»Ich sagte es schon«, nuschelte ich mit einem übergroßen Stück Brezel im Mund. »Ich bin aus Versehen gegen Kay gelaufen, habe mich entschuldigt und gut war es. Nicht mehr und nicht weniger. Und es tut mir leid.«

Rey starrte mich an und schüttelte langsam den Kopf. Carsten und Tyler sahen abwechselnd zwischen uns hin und her und runzelten die Stirn.

Schließlich holte Rey tief Luft. »Chris. Christina. Christina Stockert. So war das nicht.«

»Was meinst du?« Langsam ging mir alles auf die Nerven. Ich schnupperte abwesend an meiner Brezel. Sie roch nach Kay. *Was zum …?*

»Okay, dann erzähle *ich* es halt. Ja, sie ist aus Versehen gegen einen der Stormkillers gelaufen. Ja, es war Kay. Nein, sie hat sich nicht sofort entschuldigt und ist weitergegangen. Sie war überhaupt nicht ansprechbar. Sie hat an seiner Brust rumgetatscht, ihren Kopf an ihn gelehnt, ihn angeschmachtet wie ein handelsübliches Groupie! Das Ganze ging mindestens fünf Minuten lang, bis einer der Zwillinge vorbeikam, uns Stripperinnen genannt und Kay dann mitgenommen hat! Okay, vielleicht war es auch nur *eine* Minute. Aber sie war überhaupt nicht ansprechbar.« Rey war wütend und das sah man ihr an.

»Es war Noctis«, erwiderte ich nur.

»Und sonst hast du nichts zu sagen? Und woher willst du das wissen? Noctis und Ty sehen genau gleich aus.«

»Ich weiß es einfach.« Mehr konnte ich dazu nicht beitragen. Mein Kopf drohte zu zerplatzen. Fünf Minuten? Eine Minute? Das waren keine fünf Sekunden gewesen! »Wir sollten nach dem nächsten Gig mal bleiben und nicht direkt abhauen.«

Um uns herum nahm ich Stimmengewirr wahr. Ein Besucher diskutierte mit einem Security über den fehlenden Abrissstreifen seiner Eintrittskarte. Ein Pärchen trug einen Beziehungsstreit aus. Ein paar Leute standen rauchend herum. Ab und zu hörte man das Geräusch von Glasflaschen, die auf den Boden gestellt wurden. Nur die drei Menschen in meiner direkten Nähe waren still. Ich ließ kurz von den letzten Resten meiner Brezel ab und warf einen Blick in die Runde. Sie starrten mich entgeistert an.

Tyler war der Erste, der seine Worte wiederfand. »Ähm … das klingt jetzt gemein, aber ich glaube Rey.« Autsch.

»Schon irgendwie. Ja«, stimmte Carsten zu. »Reiß dich bitte mal etwas zusammen oder bekommt dir die Tourluft nicht?« Autsch.

»Es waren bloß fünf Sekunden und ihr macht hier so einen Aufstand?« Ich war wirklich gekränkt.

»Vielleicht ist dir das alles gerade zu viel Stress? Ich meine, du hast eben auch Blut gesehen, wo keines war.« Rey klang ruhig. Mit diesem Tonfall versuchte man ein durchdrehendes Kleinkind zu besänftigen.

»Bitte was?«, fragte Tyler.

»Ich habe die Schneefamilie angeleuchtet und alles war voller Blut. Jetzt ist es nicht mehr da. Ich habe mir das nicht eingebildet, ich weiß, was ich gesehen habe.« Das klang wesentlich weniger motzig, als es gemeint war.

Tyler bedachte mich mit einem kritischen Blick, setzte sich aber direkt in Bewegung Richtung Schneehaufen. Er durchwühlte mit seinem Fuß den Schneeberg, dann kam er zu uns zurück und schüttelte stumm den Kopf.

Carsten kniff die Augen zusammen und strich sich mit Daumen und Zeigefinger über die Brauen.

Rey seufzte. »Vorschlag: Wir halten auf dem Weg zur Pension an einer Tanke und kaufen ein Sixpack Bier. Besser zwei. Und später nimmst du ein Bad und entspannst dich mal.«

Damit gingen wir zum Auto.

KAPITEL III

Wortlos nahm ich die Flasche mit dem Rum entgegen, die Daemon mir hinhielt. Das war bereits die dritte, die wir heute Abend angebrochen hatten. Ich trank einen großzügigen Schluck und sah mich im Raum um. Daemon saß auf dem Sessel neben meinem und kaute gedankenverloren auf einem Zahnstocher herum. Auf dem Sofa gegenüber befand sich ein Knäuel aus nackter Haut, Blut und Haaren, das sich rhythmisch bewegte. Das Schauspiel entlockte mir ein leichtes Schmunzeln.

Der gesamte Raum machte einen schäbigen Eindruck, die Sitzmöbel waren abgewetzt und ausgelatscht. Kein Wunder, wenn es hier öfter so zuging – und dessen war ich mir sicher. Dennoch hatte das gesamte Arrangement einen gewissen Stil, das konnte ich nicht verleugnen.

»Ich weiß, was du vorhast, Daemon.« Ich reichte ihm den Rum zurück.

»Hm.«

»Dir ist klar, dass wir beide dann ein Problem bekommen? Du weißt, was passiert, wenn sich jemand zwischen mich und meinen Besitz stellt.«

»Hm, hm.« Er warf den Zahnstocher auf den niedrigen Tisch in der Mitte. »Die hat es dir angetan, was? Aber es liegt nun mal in meiner Natur, mir das Mädchen etwas … genauer ansehen zu wollen. Seit dem Foto bin ich neugierig – und du weißt das, es geht uns allen so.« Er machte eine kurze Pause und trommelte mit den Fingerkuppen auf der Sessellehne. »Was hältst du von einer Wette?«

»Was schwebt dir vor?« Ich griff nach einer der Packungen auf dem Tisch, nahm mir eine Zigarette heraus und warf die Schachtel dann zu Daemon weiter.

Nachdem er sich seine Zigarette ebenfalls angezündet hatte, deutete er mit der Flasche auf die Couch. »Wenn die da kommt, bevor er sie umbringt, teaser ich *deine* Kleine nur an, ohne meinen Schwanz reinzustecken.«

Ich musste schallend lachen. »Das ist absurd. Selbst für dich. Gefällt mir.«

Wir besiegelten den Deal mit einem Handschlag.

Dann nahm ich ihm die Flasche aus der Hand, trank einen großen Schluck, stand auf und ging zur Couch hinüber.

»Rutsch mal«, sagte ich und schlug unserem Kumpel mit der flachen Hand in den Nacken.

»Was ist denn bei dir kaputt …?«, fragte er verständnislos.

Ich legte den rechten Zeigefinger an meine Lippen – die ein Grinsen nicht verbergen konnten – und gab ein »Ssssshhhhhhhh« von mir.

Er schüttelte schmunzelnd den Kopf, rollte sich aber von der Frau herunter, bis er seitwärts zwischen ihr und der Couchlehne lag. Dann stützte er sich auf den Ellenbogen und wartete sichtlich neugierig ab, was ich vorhatte.

Vielleicht wollte sie protestieren, vielleicht auch nicht.

Sie war bereits sehr blass und in einem Zustand nahe dem Delirium. Ich bezweifelte, dass sie noch viel mitbekam, was über einfache Instinkte oder primitive Handlungen hinausging. Aber mehr war ja schließlich auch nicht notwendig.

Ich kniete mich vor die Couch und legte meine rechte Hand in ihren Schoß. Da sie kaum in der Lage war, sich zu bewegen, und auch ihre Augen geschlossen hatte, achtete ich genau auf ihre Mimik. Ich drückte meinen Daumen auf ihre Klitoris und bewegte ihn in kleinen Kreisen. Dabei verstärkte ich den Druck kontinuierlich. Bei der Vorarbeit, die sie schon hinter sich hatte, war mir klar, dass ich mich mit sanften Gesten erst gar nicht aufzuhalten brauchte.

Ihre Atmung beschleunigte sich und ihre Augenlider begannen leicht zu flattern. Gut so. Ich behielt den Druck bei und variierte lediglich die Bewegungen ein wenig, mal Ellipsen, mal Kreise in unterschiedlicher Geschwindigkeit. Ihre Atmung wurde flacher und beschleunigte sich weiter.

Ich schob Mittel- und Ringfinger derselben Hand langsam zwischen ihre Schamlippen. Mein Daumen unterbrach seine Bewegungen dabei nicht. Dann drang ich mit meinen Fingern in ihren Körper ein und krümmte sie direkt so, dass ich ihren empfindlichsten Punkt erreichte. Ein kleiner Atemaussetzer verriet mir, dass ich genau getroffen hatte.

Ich begann, meine Fingerspitzen in schnellem Tempo auf und ab zu bewegen. Ihr Körper reagierte. Und er reagierte heftig. Eine kurze Zeit lang war ich mir nicht sicher, ob das nicht ihr Todesstoß sein könnte. Ihr Kreislauf arbeitete auf Hochtouren, was eine ordentliche Leistung war, gemessen an der Menge Blut, die sie bereits verloren hatte. Unerbittlich führte ich meine Bewegungen fort.

Ihrer Kehle entwichen Laute, die an ein Stöhnen erinnerten. Sie zuckte am ganzen Körper. Ich machte immer weiter und ließ meine Finger so tief in ihr versenkt wie nur irgendwie möglich. Dann plötzlich spannten sich ihre inneren Muskeln an und begannen zu pulsieren.

»Na, geht doch«, sagte ich anerkennend. Welche der Bewegungen ihren Orgasmus letztendlich ausgelöst hatten, konnte ich nicht abschätzen. Aber es war mir auch schlichtweg egal.

Ich zog meine Finger aus ihr heraus und gab ihr einen Klaps zwischen die Beine.

»Fertig?«

»Ja, fertig. Guten … Appetit«, antwortete ich meinem Freund, der sich die Szene die ganze Zeit über schweigend – aber interessiert – angesehen hatte.

Er verzog die Lippen zu einem Grinsen, öffnete den Mund und leckte sich mit der Zunge über die langen, spitzen Eckzähne.

Kopfschüttelnd ging ich zurück zu meinem Sessel. Ich setzte mich gemütlich hin, wandte mich dann Daemon zu und blickte ihn mit hochgezogenen Augenbrauen an – wie einen Schuljungen, dem man gerade eine Lektion erteilt hatte.

»So war das nicht gedacht.« Er klang fast beleidigt.

»Dann hättest du deine Wortwahl besser überdenken sollen. Sieh es ein, du hast verloren und hältst dich von der Kleinen fern. Sie gehört *mir.* Dein ›Anteasern‹, wie du es nennst, ziehst du besser innerhalb der nächsten 24 Stunden durch – bevor ich es mir noch mal anders überlege.«

Ich griff nach einem Taschentuch auf dem Tisch und wischte meine Hand ab. Dann angelte ich mir den Rum. Und dann stellte ich fest, dass unser Vampir offensichtlich schon wieder in die Frau eingedrungen war. Ich musste lachen. »Kannst du dich mal entscheiden, ob du sie ficken oder austrinken willst? Nimm dir mal ein Beispiel an deinem Bruder. Der ist da wesentlich disziplinierter.«

Statt einer Antwort zeigte er mir den ausgestreckten Mittelfinger. Dann sah ich, wie Blut an ihrer Seite hinunterlief. Das Schauspiel würde bald beendet sein.

KAPITEL 5

Ich hatte schlecht geschlafen. Etwas anderes hatte ich auch nicht erwartet. Die Schneefamilie ging mir nicht aus dem Kopf. Ebenso wenig wie Kay.

Fühlte es sich *so* an, wenn man langsam verrückt wurde?

»Guten Morgen!« Im Bett nebenan gähnte Rey. »Noch fünf Minuten, okay?«

Nein, nicht okay.

»Rey?«, flüsterte ich.

»Hm?«

»Ich habe Angst, dass ich wirklich nicht in Ordnung bin.« Eine Träne löste sich aus meinem Auge, kaum hatte ich den Satz ausgesprochen.

»Du hast einfach Stress, Süße. Den haben wir alle. Bei dir wirkt er sich nur … anders aus.«

»Ich habe nicht gelogen. Ich weiß wirklich nicht, was passiert ist. Aber ich weiß, was ich gesehen habe. Es war so real! Was mache ich denn, wenn es wieder geschieht? Oder schlimmer wird?«

»Dann brechen wir das hier ab und suchen dir einen Therapeuten.« Rey klang verschlafen.

»Kannst du bitte bei mir bleiben heute?«

»Ich bin doch immer bei dir.« Sie gähnte erneut.

»Nein, ich meine so richtig. Lass mich einfach bitte keinen Moment alleine. Und sag mir direkt, wenn ich etwas … Merkwürdiges mache, ja?«

»Na klar. Und jetzt gönn mir noch ein paar Minuten.«

Die Straßen waren mehr oder weniger geräumt und führten uns durch eine wunderschöne Schneelandschaft. Die Sonne schien und es war bitterkalt. Wir hatten heute eine Strecke von rund 200 Kilometern vor uns, weshalb wir auch direkt nach dem Frühstück aufgebrochen waren. Ich mochte Tylers Einstellung, lieber zu früh anzukommen als auf den letzten Drücker. Dieses Mal hatte Carsten keine Pension gebucht, sondern ein privates Ferienappartement. Es lag in Laufweite zum Veranstaltungsort, weshalb wir Auto und Hänger kurzerhand dort auf dem Parkplatz abstellten und dann mit unseren Taschen zum Appartement stiefelten.

»Dreckwäsche zu mir! Sofort!«, rief ich, nachdem wir die Wohnung betreten hatten. Die Vermieterin wohnte im selben Haus und hatte uns freundlicherweise ein Tütchen Waschmittel zur Verfügung gestellt. Die Aussicht auf eine unkompliziert zugängliche Waschmaschine stimmte mich fröhlich. Frische Wäsche war eines der Themen, an das ich im Vorfeld keinen Gedanken verschwendet hatte. Und wenn ich die Reaktionen der anderen richtig deutete – sie auch nicht.

Wir verteilten unsere Taschen auf den Betten und begannen direkt, unsere Klamotten zu sortieren. Am Ende hatte ich daraus zwei halbwegs passende Wäschehaufen gestapelt – dafür sollte das Waschmittel reichen. Noch während ich die erste Ladung in die Maschine stopfte, hörte ich Rey hinter mir in der Küche hantieren.

»Houston, wir haben ein Problem!«

»Welches denn dieses Mal?«, fragte Carsten nach.

»Der Kühlschrank ist leer.«

Ich konnte ein Lachen nicht unterdrücken und drehte mich zu Rey um. »Ja. Was genau hast du erwartet? Ich bin eigentlich recht froh, dass dort keine Essensreste der Vormieter drin sind.«

»Schon klar. Aber es ist Sonntag, da können wir auch nichts einkaufen. Und ich habe Hunger.«

»Wir haben noch Reste von gestern. Morgen haben wir ja einen Tag frei, da sollten wir einen Supermarkt unsicher machen und uns auch mit Fertigfutter eindecken. So ›Deckel-auf-kochendes-Wasser-drüber-umrühren-fertig-Zeug‹. Insgesamt brauchen wir für das Problem aber eine Lösung. Wir können nicht ständig irgendwo essen gehen, das macht mein Konto nicht mit.« Tyler war dazugekommen und sprach aus, was ich dachte.

»Also schon wieder Brot, alles klar.« Rey seufzte. »Gibt es hier irgendwo Kaffee?« Ohne auf eine Antwort zu warten, begann sie, die übrigen Schränke zu untersuchen.

»Als ob du schwarzen Kaffee trinken würdest«, murmelte ich, während ich die Waschmaschine anschaltete.

»Fuck.« Arme Rey.

»Jepp. Keine Milch.«

Carsten begann derweil, den Küchentisch zu decken, und stapelte alles darauf, was von unserem gestrigen Fresskorb noch übrig war.

»Carsten, wie ist das eigentlich morgen? Wir haben abends ja keinen Gig. Bleiben wir hier oder fahren wir schon weiter?«, fragte ich.

»Wir bleiben hier. Die Ferienwohnung war günstiger als die nächste Pension. Und ich dachte, hier können wir uns vielleicht auch besser aufhalten. Mit eigener Küche und so.«

»Perfekt.« Ich setzte mich an den Tisch, zückte mein Handy und öffnete meine Notiz-App. »Einkaufszettel«, kommentierte ich mein Tun.

»Instant-Kaffee, Milch, Zucker.« Grundverpflegung für Rey.

»Fertigfutter!« Grundverpflegung für Tyler.

»Reisewaschmittel, stilles Wasser, Obst.« Carsten war wirklich ein vernünftiger Mensch.

Ich tippte fleißig mit und ergänzte Schokolade und Knabberkram. Nebenbei schielte ich auf meine Anzeigen am oberen Bildschirmrand. 17 Nachrichten in 8 Chats. 23 Meldungen bei Facebook, 18 bei Instagram. Konnte warten.

»Hat schon jemand nachgesehen, was die Social Media-Welt von unserem Auftritt hält?«, fragte ich so beiläufig wie möglich in die Runde.

»Ja«, antwortete Rey. »Und nein, du willst es nicht wissen.«

»Na dann. Was ist unser Plan für heute?«

»Ich weiche dir nicht von der Seite, Madame.« Rey hatte es nicht vergessen. Ich warf ihr einen dankbaren Blick zu.

Tyler und Carsten sahen irritiert zwischen uns hin und her.

»Ich habe sie darum gebeten«, ergänzte ich. »Ich stehe wohl etwas unter … Stress und möchte keine Dummheiten machen. Das ist alles. Bleiben wir denn heute zur Show der Killers?«

»Das kommt auf Beck an, hm?« Tyler verzog die Mundwinkel.

»Plan für heute? Ich würde es drauf ankommen lassen und Beck einfach vorher klipp und klar bitten, die verdammten Strahler auszulassen und LEDs anzuschalten. Ich habe nämlich vorhin auch bei Insta ein bisschen recherchiert und ja … ihr solltet euch vielleicht nicht wieder ausziehen. Das war absolut unprofessionell und dafür ist dieser Ausflug hier echt zu teuer.« Carstens Worte taten irgendwie weh. Aber er hatte wohl recht. Unser Image auf einer schlechten Stripnummer aufzubauen, war insgesamt keine so brillante Idee.

»Also dann, hoffen wir das Beste!« Damit biss ich in mein hübsch arrangiertes Käsebrot.

Die Outfits in unserem Gepäck waren aus der Kategorie »nicht zu warm und nicht zu kalt«. Ein paar Äpfel hatten wir noch übrig, ebenso zwei Flaschen Wasser. So vorbereitet machten wir uns gegen 17:00 Uhr auf den Weg zur Veranstaltungshalle. Es war bereits dunkel. Wir hatten beschlossen, heute mal etwas später zu erscheinen, da wir ohnehin wieder nur warten müssten.

Als wir ankamen, begab sich Carsten alleine auf die Suche nach Chris, Rey wich mir nicht von der Seite. Tyler blieb bei uns und wir fingen an, Auto und Hänger zu entladen. Der Parkplatz war weitestgehend vom Schnee geräumt und der Boden durch das Salz trocken. Es war zwar unangenehm kalt, aber wenigstens kroch die Nässe nicht innerlich in uns hoch. Das würde heute ein Kinderspiel werden – zumindest das Verladen.

»Heute ist es mal richtig edel«, erzählte Carsten kurze Zeit später auf dem Weg ins Gebäude. »Wir haben eine Ecke für unseren Kram im Flur, direkt neben dem Aufenthaltsraum. Gegenüber ist sogar eine Toilette für die Crew und für uns.«

Wir folgten ihm durch die Gänge. In einer Nische in einem weiten Teil des Flurs stapelten wir unsere Kisten. Direkt so, dass wir alles für die Bühne griffbereit und von den anderen Habseligkeiten getrennt untergebracht hatten. Man lernt ja schließlich dazu.

»Ich schau mich mal ein bisschen um. Kommst du, Chris?« Reys Idee gefiel mir zwar nicht allzu gut, aber vielleicht konnten wir so irgendwo einen Kaffee auftreiben. Ich nickte und wir zogen los.

In der Halle herrschte geschäftiges Treiben. Sie war nicht allzu groß, aber toll geschnitten. Und in der Mitte verlief quer durch den Raum eine Art Brücke – direkt unterhalb der Decke.

»Das ist ja mal cool«, staunte ich. »Ob man da rauf kann?«

»Hm. Bestimmt für die Presse. Oder VIPs. Jedenfalls nicht für uns.« Rey zuckte mit den Schultern. »Aber cool ist es. Definitiv.«

Wir schlenderten weiter durch die Halle und verließen sie an einem Ausgang, der direkt in die Lobby mit einer riesigen Bar führte. Einer Bar mit einem Kaffeevollautomaten. Und einer Dame, die hinter dem Tresen stand und Gläser polierte.

»Kaffee!«, japste es neben mir.

Ich hielt Rey am Arm fest, damit sie nicht losrannte. Ich wollte nicht rennen. Ich wollte weiter langsam gehen. Langsam. Ohne in jemanden hineinzulaufen. Tatsächlich mussten wir ein paar Mal diversen Mitarbeitern ausweichen, die technisches Gerät herumtrugen oder Merchandise-Artikel zum Stand schafften, der ebenfalls in diesem Raum aufgebaut wurde.

Wir erreichten die Theke und noch bevor die Angestellte Blickkontakt mit uns aufnehmen konnte, hörte ich ein hektisches »Kaffee! Bitte!« von Réiltín zu meiner Linken.

»Oh. Da hat aber jemand Entzug«, antwortete der Typ neben ihr und lachte. Ich hatte ihn gar nicht wahrgenommen.

Es war Beck. Ausgerechnet Beck.

»Bitte? Äh … ja. Ich …«, entgegnete Rey in seine Richtung und wandte sich dann wieder der Barkeeperin zu: »Zweimal viel Koffein mit Milch und Zucker bitte!«

»Tut mir leid, ich habe noch keine Kasse hier. Wir machen erst bei Einlass auf. Um sieben.« Mit einem Kopfnicken zur Kaffeemaschine fügte sie hinzu: »Auch wenn das Ding schon läuft. Sorry.«

Rey gab ein Geräusch der Verzweiflung von sich, das so klang, als würde sie gleich in Tränen ausbrechen.

»Setz die beiden Kaffees auf die Liste. Das ist schon in Ordnung«, sagte Beck zur Kellnerin. »Wir wollen ja Action auf der Bühne und keine müden … *Künstlerinnen.*« Er nippte an seinem Kaffee.

Rey zog scharf Luft ein, ich knuffte sie aber rechtzeitig in die Seite, bevor sie eine schnippische Bemerkung loslassen konnte.

Erwartungsvoll sah ich zur Barlady. Sie lächelte, schob zwei Tassen unter die Maschine und fragte: »Milch und Zucker, ja?«

Rey strahlte. Ich strahlte. Beck grinste.

Den sicheren Kaffee vor Augen beugte ich mich etwas nach vorne über die Theke, um an Rey vorbeischauen zu können. »Beck, kurze Frage. Könntest du die Strahler bitte auslassen heute und stattdessen LEDs anwerfen? Ginge das? Wir wollen die Stormkillers-Fans nicht noch einmal mit unserer … Performance nerven.« Ich setzte das künstlichste Lächeln auf, das ich zustande bringen konnte. Am liebsten wäre ich dem Typen ins Gesicht gesprungen. Kaffee hin oder her. Rey kniff ich zeitgleich in den Unterarm, um sie abzulenken und davon abzuhalten, wie eine Furie auf ihn loszugehen.

»Klar.« Er zuckte kurz mit den Schultern. »Kein Problem. Nur LEDs, keine Frontstrahler. Zieht euch warm an.«

Das war es? So einfach?

»Lasst euch den Kaffee schmecken. Ich bin mal wieder weg, manche hier haben zu arbeiten.« Damit stand er auf und wandte sich zum Gehen.

»Danke«, brachte ich heraus. Dann presste ich meine Zähne aufeinander, um kein »du Arschloch« anzufügen. Ich sah ihm noch hinterher – um sicherzugehen, dass er auch wirklich verschwand.

»Au?« Rey starrte mich an. Erst da fiel mir auf, dass ich immer noch in ihren Unterarm kniff. Ich ließ sofort los und sie schob ihren Ärmel hoch. Meine Fingernägel hatten dunkelrote Abdrücke hinterlassen.

»Sorry!«, rief ich entsetzt und pustete auf die verletzte Stelle.

»Ich werde es überleben.« Sie lachte. »Glaubst du ihm?« Jetzt lachte sie nicht mehr.

»Ich weiß es nicht. Lassen wir es drauf ankommen. Eine andere Wahl haben wir ohnehin nicht.«

Die Kellnerin stellte zwei Tassen mit unglaublich gut riechendem Kaffee vor uns ab. Glückselig ließen wir uns auf zwei Barhocker sinken und genossen schweigend den Doppelsieg.

Es war mittlerweile 17:40 Uhr, als wir zu den Jungs zurückkehrten. Sie saßen im Aufenthaltsraum und unterhielten sich mit Chris und ein paar anderen, die wir nicht kannten.

»Ah! Hey Mädels!« Tyler winkte uns zu sich. »Wir können gleich schon loslegen mit dem Aufbau.«

»Huch!« Etwas Besseres fiel mir nicht ein.

»Ja, heute lief es mal gut.« Chris lachte. Er hob die Colaflasche hoch, als würde er mir zuprosten. Ich lächelte ihn an. Chris entpuppte sich allmählich als Lichtblick.

»Wir haben uns mit Beck unterhalten«, platzte Rey heraus. Schlagartig wurde es etwas stiller im Raum. »Er lässt die Strahler aus und schaltet stattdessen LEDs an. Zumindest hat er es uns so versprochen.« Sie zuckte mit den Schultern. Glücklich sah sie nicht aus.

Chris grinste. »Schade.«

Ich holte tief Luft, um etwas Unflätiges darauf zu antworten, aber er hob schon beschwichtigend die Hände.

»Schon gut, war nicht ernst gemeint. Gut, dass ihr euch besprochen habt. Bis zum Ende der Tour bekommen wir dann auch das mit dem anständigen Ton hin.« Er lachte wieder. Es klang ehrlich, nicht gehässig.

Ich begann, die Welt nicht mehr für abgrundtief schlecht zu halten – aber vielleicht lag meine plötzliche Menschenliebe auch an dem schmerzlich vermissten Koffein, das genüsslich seine Bahnen in meinem Blutkreislauf zog.

Um 18:40 Uhr hatten wir es geschafft. Wir waren fertig mit dem Aufbau und hatten sogar noch Zeit für einen kurzen Soundcheck.

Um 19:50 Uhr standen wir geschniegelt und gestriegelt mit guter Laune in perfekten Outfits – nicht zu warm und nicht zu kalt – am Seitenaufgang der Bühne.

Punkt 20:00 Uhr gingen wir die Stufen in unserer bewährten Reihenfolge hoch. Tyler, Rey, Carsten, ich.

Ich hängte mir meine Gitarre um, schnappte mir das Mikro und erstarrte kurz, als ich Rey in die Augen sah. Darin war blanke Panik zu erkennen. Ich blickte mich kurz um, konnte aber keinen genauen Grund ausmachen.

Rechts von mir rückte Carsten sein Keyboard zurecht und stellte es ein wenig quer zum Publikum. Sein Schatten verdeckte die Tasten teilweise.

»Guten Abend! Wir sind Flight of the Snowflake aus dem schönen Berlin und wir verkürzen euch jetzt ein bisschen die Wartezeit auf die Stormkillers!« Ich machte eine kleine Pause, in der ich meine Finger auf den Saiten in Position für unseren ersten Titel bringen wollte. Ich sah auf meine Gitarre und sah … nichts. Die Saiten lagen verborgen in der Dunkelheit durch meinen eigenen Schatten. Scheiße.

Ich schaute zu Rey und formte mit den Lippen »Winter's Attack«, den Namen des ersten Stücks, das wir spielen wollten. Sie nickte leicht.

»Passend zum Wetter: ›Winter's Attack‹!«, sprach ich ins Mikro.

Tyler zählte an und wir legten los.

Es war eins der allerersten Lieder, die wir geschrieben hatten. Zumindest für Tyler, Carsten und mich. Rey kam erst einige Zeit später zur Band dazu, nachdem unser alter Bassist ausgestiegen war, und ihr fehlte die Routine, die für uns selbstverständlich war.

Beck hatte Wort gehalten und die Strahler nicht eingeschaltet. Die anderen Lichtquellen waren allerdings so angebracht, dass das Licht von hinten kam. Rey und ich waren dadurch gezwungen, mehr oder weniger blind zu spielen. Kein Problem für mich – bei Rey sah es da allerdings anders aus. Sie brauchte für die komplizierteren Passagen Sichtkontakt.

Während eines Instrumentalteils drehte ich mich zu ihr um. Sie begriff sofort und stellte sich mir gegenüber. Das Licht fiel nun von der Seite auf unsere Instrumente, aber ewig konnten wir nicht in dieser Position bleiben. Ich musste zurück zu meinem Mikro. Irgendwie schafften wir es aber, uns ohne einen größeren Patzer durch das Lied zu manövrieren.

Und jetzt? Ich sah Rey an, hob fragend die Augenbrauen und trat einen Schritt vom Mikro zurück. Wieder begriff Rey augenblicklich, was ich von ihr wollte. Ich wusste, warum ich dieses Mädchen so furchtbar lieb hatte.

Sie war mit zwei Schritten beim Mikro. »Dark Desire«, sagte sie hinein – weniger für das Publikum als für uns selbst. Eine gute Wahl. Viel Keyboard, kein komplizierter Basslauf. Ich nickte ihr zu, Tyler zählte ein und wir fingen an.

Einen Titel, der beinahe eine Ballade war, direkt an zweiter Stelle zu spielen, war Wahnsinn. Aber da uns die Mehrheit des Publikums ohnehin nicht beachtete, wollte ich einfach nur ohne Zwischenfälle überleben.

Lied für Lied kämpften wir uns durch. Ich überließ die Auswahl komplett Rey. Trotzdem stand sie häufiger mit der Seite oder dem Rücken zum Publikum als mit ihrem Gesicht.

Scheiß auf die Stimmung, einfach nur Durchkommen. Wir kamen zum letzten Track, der letzten Chance für diesen Abend, vielleicht doch noch den ein oder anderen Konzertbesucher für uns zu gewinnen.

»Warrior of Wisdom«, kündigte Rey an.

Sehr gut. Das war laut und schnell. »Für dich!«, ergänzte sie und zeigte in die Menge, die sich mittlerweile vor der Bühne gebildet hatte. Mein Blick folgte ihrem Finger und mein Herz machte einen kleinen Sprung. Das Mädchen, das wir vorgestern auf der Toilette getroffen hatten, stand dort. Sie winkte und jubelte uns zu und ihre Euphorie schien einige Leute um sie herum anzustecken.

Tyler zählte ein und wir gaben noch einmal richtig Vollgas. Ich konnte den Blick von unserem Fels in der Brandung nicht abwenden. Sie riss mit ihrer Freude alle in ihrer Nähe mit. Sie tanzten. Sie feierten. Zu *unserer* Musik!

»Wir sind Flight of the Snowflake und wünschen euch gleich ganz viel Spaß mit den Stormkillers! Auf bald!«, moderierte ich uns ab. Obligatorische Verbeugung, Abgang. Ich hörte Applaus. Nicht laut, nicht viel, aber er war da.

Ich war glücklich.

Nachdem Beck das Bühnenlicht ausgeschaltet hatte, sammelten wir flink unsere Sachen zusammen und brachten alles zur Nische im Flur.

»Rey, ich bin fucking stolz auf dich!« Ich fiel ihr in die Arme. Carsten und Tyler zögerten nicht lange und taten es mir gleich.

»Ich brauche mehr Übung. Ein paarmal habe ich mich leicht vergriffen«, sagte sie leise und eine Träne lief ihr über die Wange. Sie fing sie mit einem Finger auf, hielt ihn hoch und murmelte: »Ladys and Gentlemen, so sieht wohl Erleichterung aus.« Sie musste selbst darüber lachen und wir anderen stimmten mit ein.

»Sehe ich das richtig, dass wir heute mal bleiben und uns die Show der Killers anschauen?«, fragte ich schließlich in die Runde.

»Auf jeden Fall«, gab Tyler zurück. »Aber vorher machen wir ein Selfie!«

Wir schmissen uns in Pose, Tyler zückte sein Telefon, hielt es hoch und schoss ein Foto. Dann schnappten wir uns jeder noch eine kleine Flasche Cola und stießen lautstark damit an.

Als wir die Halle durch den Seiteneingang direkt vorne am Pressegraben betraten, war es brechend voll. Die Bühne lag noch im Dunkeln, aber das Licht im Zuschauerbereich war bereits gedämpft. Wir kamen also gerade rechtzeitig. Ein Security blickte uns unfreundlich an und ich schubste Rey vor mir Richtung Seitenwand. Wir standen eindeutig zu nah an der offenen Stelle des Pressegrabens.

Plötzlich kam Chris durch den Graben auf uns zu. »Hey. Wollt ihr hoch?« Er zeigte Richtung Decke.

»Ja!«, rief ich, bevor die anderen überhaupt reagieren konnten.

»Dann hopp!« Er gab uns ein Zeichen, drehte sich um und ging in schnellem Tempo auf eine Wendeltreppe aus Metall hinter einem Vorhang zu. Er löste die Kette, die als Absperrung diente, scheuchte uns an sich vorbei und hängte hinter uns sie wieder ein.

Mit Höhenangst wäre der Boden ein nicht zumutbares Abenteuer gewesen, da er nur aus Gittern bestand, aber die perfekte Sicht von der Metallbrücke aus machte es wieder wett. Wir gingen bis zur Mitte und befanden uns dann ungefähr auf der Hälfte der Strecke zwischen

Bühne und Tonpult. Ich stützte mich auf dem brusthohen Geländer ab und beobachtete, wie das Licht im Publikumsbereich erlosch.

In die Menge kam Bewegung. Die Luft über der Bühne wurde von laserähnlichen Lichtkegeln in Violett und Dunkelgrün durchschnitten. Aus den Boxen dröhnte das Stormkillers-Intro. Ich sah verstohlen zur Seite, um die Reaktionen meiner Freunde zu beobachten – sie starrten wie gebannt auf diese Szenerie. Die Lichtkegel bewegten sich langsam, passend zum Intro. Die Nebelmaschinen nahmen ihre Arbeit auf – es mussten tatsächlich mehrere sein. Dann wurde es schlagartig still, die Lampen erloschen und hüllten alles in komplette Dunkelheit. Allerdings nur für den Bruchteil einer Sekunde, denn im nächsten Moment legten die Stormkillers mit ihrem ersten Titel los. Einem schnellen, ziemlich … brachialen Metal-Stück. Ohne eine Ankündigung, ohne ein für uns hör- oder sichtbares Anzählen. Die Lichtfarbe wechselte und tauchte die Bühne in ein dunkles Rot mit helleren Akzenten genau dort, wo sich die einzelnen Bandmitglieder befanden. Wann und wie waren sie auf ihre Plätze gegangen?

Das Schauspiel, das sich uns bot, war episch. Der Sound war perfekt abgemischt, jede noch so kleine Lichtquelle auf den Punkt ausgerichtet. Das Gefühl, das sich in mir breitmachte, war eine schräge Mischung aus ehrfürchtiger Anerkennung und blankem Neid.

Die Menge unter uns tobte. Ich versuchte, es bei einem leichten Kopfnicken und Fußwippen zu belassen. Aus Prinzip.

Kays Stimme …

Sie ging mir durch Mark und Bein. Ich kannte den Song bisher gar nicht, aber ich hatte das Gefühl, als brenne sich der Text direkt in meine Seele. Und das, obwohl er in einer Sprache verfasst war, die ich nicht zuordnen konnte. Er war düster. Sehr düster. Ganz im Gegensatz zur Melodie, die gerade beim Refrain fast schon fröhlich klang.

Ich schaute zwischen Kay und Noctis hin und her. Beide übernahmen im Grunde denselben Part in der Band wie ich. Kay als Leadsänger, Noctis an der Gitarre. Als mein Blick wieder auf Kay fiel, sah er mich an. Mir gefror sprichwörtlich das Blut in den Adern und ein eiskalter Schauer lief mir über den Rücken. Ich war nicht imstande wegzusehen und hielt seinem Blick stand.

»Chris?« Jemand flüsterte in mein Ohr.

»Hey! Chris!« Es wurde lauter.

Dann packte mich etwas an der Schulter und schüttelte mich.

Ich erwachte aus meiner Trance.

Rey stand direkt neben mir und starrte mich an. »Alles okay?«

»Ja. Sorry. Hast du was gesagt?«

»Ich wollte eigentlich nur wissen, ob du auch ein Pfefferminzbonbon möchtest. Aber du hast nicht reagiert. Ist wirklich alles in Ordnung?«

»Ja. Ich konnte nur nicht … wegschauen.« Ich sagte das leise in ihr Ohr, da ich nicht wollte, dass die beiden Jungs meinen Aussetzer mitbekamen. »Es war, als wären Kays und mein Blick ineinander … eingerastet.«

»Vielleicht sollten wir gehen.«

»Warum?«

»Chris, er hat bisher nicht einmal hier hochgesehen. Glaub mir, ich beobachte den die ganze Zeit. Der ist schon echt scharf. Aber das sind sie irgendwie *alle*. Ich steh auf den Look mit diesen … Schlabbertanktops. Mann, wie viel trainieren die für diesen Körperbau?« Rey seufzte.

Ich atmete tief durch. Unten auf der Bühne machte keiner der Jungs auch nur ansatzweise Anstalten, nach oben zu sehen. Warum auch. Ihre Fans waren ja direkt vor ihnen.

Es war spannend, sie zu beobachten, wie sie auf der Bühne untereinander agierten. Tyler und ich hatten seit Langem unsere Art der nonverbalen Kommunikation gefunden und es gab seitdem keinen einzigen Auftritt, bei dem ich mir nicht wenigstens einmal eine Portion Zuversicht durch sein Lächeln abgeholt hatte.

Die Stormkillers hatten das perfektioniert. Sie bewegten sich teilweise absolut synchron – gerade bei Noctis mit der Gitarre und Ty am Bass war es gut zu erkennen. Vielleicht hatten diese beiden auch eine Art Vorteil, weil sie Zwillinge waren. Unterscheiden konnte man sie äußerlich nur an ihren Instrumenten. Die kurzen Blicke, die alle fünf hin und wieder untereinander austauschten, schienen kein Zufall zu sein.

Mir fiel auch auf, dass Dee am Schlagzeug nicht ein einziges Stück anzählte. Dennoch begannen alle zeitgleich, auf den Bruchteil einer Sekunde genau. Ich erinnerte mich daran, dass Beck erwähnt hatte, dass sie In-Ear-Monitoring verwendeten. Vielleicht war das ja des Rätsels Lösung. Wir hatten so ein System ebenfalls schon bei verschiedenen Gelegenheiten im Einsatz gehabt und nach anfänglicher Eingewöhnung konnten wir sogar im Hintergrund ein Metronom mitlaufen lassen.

Während ich vor mich hin grübelte und die Show förmlich in mich aufsog, war Rey damit beschäftigt, ein Foto nach dem anderen zu knipsen. Eigentlich keine schlechte Idee. So einen Ausblick auf die Bühne würden wir so schnell nicht wieder bekommen. Also zog ich mein Handy aus der Hosentasche und öffnete die Kamera. Ich vergewisserte mich, dass der Blitz ausgeschaltet war. Dann zoomte ich ran und hoffte, dass ich genau im richtigen Moment des Lichtgewitters, das auf der Bühne tobte, ausgelöst hatte. Ich tippte auf die kleine Vorschau, um das Bild größer zu begutachten. Für ein Handyfoto hatte es eine erstaunlich gute Qualität. Ich zoomte hinein und verschob das Foto, um jedes Bandmitglied einzeln sehen zu können. Da war Dee an den Drums, dann Bàs am Keyboard, Ty am Bass, Kay … *ach Kay*. Ich konnte einen kleinen Seufzer nicht unterdrücken. Zuletzt rückte ich den Fokus auf Noctis mit seiner Gitarre. Auf dem Bild schaute er mich direkt an. Mit einem frechen Grinsen im Gesicht. Wie konnte das sein? Er hatte doch den ganzen Abend nicht einmal in diese Richtung gesehen!

Ich stupste Rey neben mir an. »Sag mir bitte, was du siehst.« Ich drehte das Display mit der Vergrößerung von Noctis in ihre Richtung.

»Uh!« Das Geräusch klang wie eine Mischung aus Schreck und Verzückung. »Der ist wirklich heiß! Was für ein Lächeln! Schick mir das Bild! Sofort!« Sie schaute mich erwartungsvoll an.

Ich musste lachen. »Klar.« Endlich mal etwas, was ich mir offensichtlich nicht eingebildet hatte. Langsam befürchtete ich, paranoid zu werden.

Nach drei Stunden war das Spektakel vorbei.

Wir waren kurz vorm Verdursten, da wir uns auch in der Pause nicht nach unten getraut hatten – aus Angst, nicht mehr hochgelassen zu werden. Wir steuerten also direkt auf den Ausgang zu, der zum Aufenthaltsraum führte.

Als wir den Raum erreichten, waren dort einige Leute versammelt. Offensichtlich hielt Chris nicht viel davon, in Windeseile abzubauen, sondern genehmigte sich erst mal eine … Zigarette. Eine etwas zu große, dunkle Zigarette. Ein süßlicher Geruch breitete sich im gesamten Raum aus und überdeckte alles andere. Okay, es war ein Joint.

»Und?«, fragte er in unsere Richtung.

»Mega! Das war echt sehenswert!«, antwortete Tyler.

Ich schob mich derweil in Richtung der Getränkekisten durch. In dem Raum war bestimmt ein Dutzend Leute.

»Mal gut, dass ihr heute … noch Zeit hattet.« Chris zog am Joint, bevor er ihn an einen Typen weiterreichte, den ich als Security wiedererkannte. An Rey gewandt fuhr er fort: »Du hattest ordentlich zu kämpfen, ne?« Ein Grinsen konnte er sich nicht verkneifen.

Rey lief knallrot an. Das konnte ich ihr nicht verdenken. Allerdings war Chris Profi genug, dass es naiv war zu denken, ihm sei entgangen, warum sie sich ständig vom Publikum weggedreht hatte.

Ich löste den Blick von meinen Freunden und ging weiter Richtung Getränkekästen. Vor der offensichtlich letzten Kiste kniete ein Typ in schwarzem Hoodie. Die Kapuze hatte er hochgezogen.

»Cola?«, fragte er. Ich ging einfach davon aus, dass ich gemeint war, da ich direkt in seiner Nähe stand.

»Gern«, antwortete ich, in der Hoffnung, dass er wirklich mit mir sprach.

Er nahm eine der Glasflaschen aus dem Kasten, schlug den Kronkorken mit einer gekonnten Handbewegung am Kistenrand ab und reichte sie mir, ohne sich umzudrehen, über seine Schulter entgegen.

»Äh … danke«, sagte ich und griff danach.

Als ich die Flasche mit meiner Hand umschloss, berührten sich unsere Finger. Im selben Moment setzte mein Herz einen Schlag aus und mir wurde heiß. Vor Schreck machte ich einen Satz rückwärts und ließ die Cola los – er reagierte allerdings sofort und hielt sie fest, was ein klebriges Unglück über seiner Schulter verhinderte.

Einen Augenblick später stand er auf und drehte sich um, die Flasche noch immer in der Hand. Er war etwa einen Kopf größer als ich. Ich fand mich schlagartig in die Situation von gestern mit Kay zurückversetzt. Aber es war nicht Kay.

Sein linker Mundwinkel war zu einem frechen Grinsen nach oben verzogen, sodass sich darüber leichte Grübchen bildeten. Große, grünbraune Augen fixierten meinen Blick.

Dann trat er einen Schritt auf mich zu, sodass uns keine 20 Zentimeter mehr trennten. Mir war immer noch heiß. Und es wurde schlimmer.

»Hier«, sagte er mit ruhiger, tiefer Stimme und drückte mir die Cola in die Hand. Wortwörtlich, denn er griff mit seiner freien Hand meine und führte sie zur Flasche.

»D-danke …«, stammelte ich kleinlaut und starrte das Hände-Flasche-Konstrukt an. Er ließ immer noch nicht los – was zweifelsohne gut war, denn ich traute mir selbst nicht zu, sie sicher festzuhalten.

Mit gekrümmtem Zeigefinger hob er mein Kinn an, sodass wir wieder Blickkontakt hatten.

»Sehr gern. Nicht wieder fallen lassen.« Er zwinkerte mir zu, dann ließ er mich stehen und ging an mir vorbei.

Die Hitze verflog.

Ich brauchte eine Sekunde, um mich zu sammeln, dann folgte ich ihm mit meinem Blick. Er steuerte auf Chris zu, nahm ihm den Joint aus den Fingern, zog daran und atmete den Rauch dann langsam wieder aus. Ich hatte noch nie Rauchwolken als sexy empfunden – aber in diesem Fall war das etwas anderes.

»Bis später, … Chris«, sagte der Kapuzenmann. Beim letzten Wort sah er kurz von Chris zu mir.

»Bye, Dee«, antwortete Chris mit einem Grinsen.

Dee! Hitze stieg in meinen Wangen auf und ich war mir sicher, knallrot anzulaufen. Jetzt hatte ich mir auch noch eine Peinlichkeit mit dem Schlagzeuger der Stormkillers geleistet. Bravo. Blieben ja nur noch drei übrig.

Ich schlich zu meinen Freunden und versuchte, nicht weiter aufzufallen.

»Ein Zug ist noch drauf. Wer will?« Chris hielt den Joint-Stummel in unsere Richtung. Carsten hob direkt abwehrend die Hand, Tyler schüttelte leicht den Kopf. Rey überlegte offensichtlich. Ich griff zu.

Ich zog daran, meine Lippen wurden heiß. Kein Wunder, der Stummel war nur noch kurz und völlig überhitzt – und vielleicht auch von diversen Leuten etwas durchnässt. Ich schob den Gedanken beiseite und konzentrierte mich darauf, den Rauch nicht zu schnell auszuatmen. Ich bildete mir ein, dass ich damit einem Hustenanfall vielleicht entgegenwirken könnte. Was hatte ich mir bloß dabei gedacht? Noch während ich den Joint-Rest im Aschenbecher ausdrückte, fing ich an zu husten.

Chris hob die Augenbrauen. »Das üben wir aber noch.« Dann lachte er, stand auf und winkte den anderen zum Zeichen, dass sie jetzt abbauen sollten.

Wir vier blieben allein zurück.

»Ich mache mir Sorgen, Chris. Willst du jetzt wirklich noch anfangen zu kiffen?«, sagte Tyler.

»Lass sie in Ruhe. Hätte sie ihn nicht genommen, hätte ich es getan. Was ist schon dabei? Und vielleicht ist es ja genau das, was sie braucht, um runterzukommen.« Danke, Rey.

»Lasst das bitte bleiben, wenn ich dabei bin. Ehrlich, ich bin kein Fan von irgendwelchen Drogen abseits von leichtem Alkohol«, sagte Carsten genervt. Stimmt. Ich hatte ihn noch nie Schnaps trinken sehen.

Ich wedelte mit meiner Hand vor meinem Gesicht herum, als wäre dort noch immer Rauch, den ich verscheuchen wollte.

»Alles gut. Aber das war gerade nötig. Ich weiß wirklich nicht, was mit mir los ist. Vielleicht drehe ich ja gerade ernsthaft durch. Aber … Dee ist verdammt heiß.« Den letzten Satz konnte ich mir einfach nicht verkneifen.

Rey kicherte. »Oh ja! Das gilt aber für alle von denen!«

KAPITEL 6

Es ist angenehm warm um mich herum. Mein Körper sinkt sanft in die Matratze. Ich spüre ein wohliges Kribbeln auf der Kopfhaut. Als würde jemand zärtlich durch meine Haare streifen. Dann fühle ich eine leichte Berührung an der Wange. Ich möchte die Augen öffnen, aber irgendetwas hält mich davon ab.

Ein sanfter Lufthauch streift meine Lippen. Unweigerlich öffne ich sie ein bisschen. Etwas Warmes, Weiches berührt meine Unterlippe, dann fühlt es sich an, als würden fremde Lippen meine umschließen. Ich möchte nach dem tasten, was sich dort befindet, aber ich kann mich nicht bewegen. Meine Glieder sind zu schwer. Die fremde Zunge spielt mit meinen Lippen, bis sie schließlich weiter vordringt und meine Zunge berührt. Etwas durchfährt meinen Körper wie ein Blitz und es fühlt sich großartig an. Der Kuss verändert sich, wird fordernder. Ein Gewicht auf mir drückt mich tiefer in die Matratze.

Plötzlich verlassen die Lippen meine und der Druck auf meinen Körper verlagert sich, bis er komplett verschwindet. Ich versuche, etwas zu sagen, aber ich kann nicht. Ich möchte nicht, dass es aufhört. Ich möchte, dass es weitergeht. Finger umfassen mein rechtes Handgelenk und heben es an. Mein Arm verlässt die Matratze, doch ich habe keine

Kontrolle darüber. Meine Hand wird zu meinem Schoß gelenkt, bis ich meine nackte Haut unter meinen Fingern fühle. Der Druck um mein Handgelenk verschwindet, stattdessen greift etwas meinen Zeigefinger – führt ihn sanft zwischen meine Schamlippen und drückt genau auf meine Klitoris. Ein angenehmer Schauer durchfährt meinen Körper. Mein Zeigefinger wird weiter bewegt, er zieht winzige Kreise, verändert stetig den Druck. Ich will instinktiv meinen Rücken durchbiegen, möchte einen Ausgleich schaffen, um den entstehenden Gefühlen Raum zu geben, doch ich kann nicht. Die Bewegungen sind perfekt, mal langsamer, mal schneller. Ich merke, wie mir Schweißperlen den Körper hinunterlaufen, und alles in mir schreit danach, laut aufzustöhnen und den Druck herauszulassen, doch meine Atmung bleibt langsam und ruhig.

Der Orgasmus löst sich in Wellen und bringt mich fast um den Verstand. Mein Körper will reagieren, sich bewegen, ich möchte schreien – dann wird alles um mich herum schwarz.

»Aufwachen!« Ich wurde von einem Kissen im Gesicht getroffen. Rey.

»Lass mich in Ruhe …«, nuschelte ich.

»Wenn *ich* fit bin, dann schaffst *du* das auch!«, konterte Rey.

Nein. Nicht heute. Ich hatte nicht das Gefühl, auch nur annähernd genug geschlafen zu haben. Also eigentlich schon – aber ich wollte den Traum zurückhaben. Sofort!

Ich atmete tief durch die Nase ein. Warum roch es hier nach Vanille?

Rey zog mir die Bettdecke weg. Es wurde schlagartig eiskalt.

»Chris!«, rief Rey entsetzt.

Jetzt war ich auch wach. »Was?«

»Was hast du denn veranstaltet? Hattest du einen Albtraum oder so was? Du bist ja klatschnass geschwitzt!«

Hmmm. Nicht direkt. Ein Albtraum war es nicht. Ich konnte mir ein leichtes Grinsen nicht verkneifen.

»Kein Albtraum. Aber was? Keine Ahnung.« Es war eine schlechte Lüge. Rey wusste es. Ich wusste es.

»Rrrrrr, hast du etwa von heißen Kerlen geträumt?« Etwas leiser, aber dafür mit eindeutigem Unterton fügte sie hinzu: »Oder von heißen Mädels?«

»Ich gehe jetzt einfach kalt duschen. Reicht dir das als Antwort?«

»Nein.«

»Tja. Dann nicht.« Ich schälte mich aus den Laken und verschwand im Bad.

Beim Ausziehen merkte ich, dass längst nicht alle Nässe an meinem Körper auf Schweiß zurückzuführen war – vor allem nicht die zwischen meinen Beinen.

Es war sicherlich nicht der erste Traum dieser Art, den ich in meinem Leben gehabt hatte. Aber keiner war bisher so *real* gewesen. Beim bloßen Gedanken daran fing es an, in meinem Körper zu kribbeln. Himmel, was war nur mit mir los?

Als ich wieder ins Zimmer kam, war Rey schon nicht mehr da. Ich hörte Stimmen aus der Küche. Schnell zog ich mich an und ging hinüber.

»Guten Morgen, Sonnenschein!«

»Guten Morgen, Tyler!« Ich warf ihm ein Kusshändchen zu, das er auffing und lachend an sein Herz drückte.

»Da ist aber jemand gut gelaunt«, brummte Carsten.

»Sie hat ja auch allen Grund dazu! Und sie erzählt es mir nicht mal!« Rey zog einen Schmollmund. Tyler schaute mich fragend an.

»Ich hab einfach gut geschlafen und nett geträumt. Lassen wir es dabei.« Damit setzte ich mich an den Küchentisch.

»Also während du duschen warst, habe ich mal gegoogelt. Hier ganz in der Nähe ist ein kleiner Wintermarkt. Da könnten wir vielleicht heute Nachmittag mal vorbeischauen und den ein oder anderen Glühwein trinken. Es muss ja keiner mehr fahren dann.«

»Schöne Idee, Rey. Aber vorher sollten wir einkaufen. Und zwar jetzt. Bevor du uns ohne Kaffee noch völlig aus dem Ruder läufst.« Carsten war wirklich vernünftig.

»Was ist ein Wintermarkt?«, fragte ich nach.

»So wie es aussieht, dasselbe wie ein Weihnachtsmarkt. Nur früher.« Sie lachte. »Man muss nur wissen, wie man Konventionen umschifft. Die haben sogar eine Eisbahn.«

»Dann mal los. Wer kommt mit? Ich habe keine Lust, das komplette Auto umzuräumen, also sollten wir nicht alle vier zum Supermarkt. Den Anhänger können wir auf dem Parkplatz stehen lassen und auch das Auto bis morgen dort wieder abstellen. Ich hatte das gestern noch geklärt.«

»Tyler! Du fängst an, Carsten Konkurrenz zu machen in Sachen Organisation!«, warf ich begeistert ein. Ich für meinen Teil hatte schon wieder völlig vergessen, wo das Auto überhaupt parkte.

Das Handy vor mir auf dem Tisch vibrierte.

»Tja, sorry. Ich kann nicht mit. Das hier kann dauern.« Ich hielt das Display in die Runde. »Mama ruft an« war darauf zu lesen.

»War ja klar, dass du dich aus der Affäre ziehst.« Carsten verdrehte genervt die Augen.

Ich ignorierte ihn, verließ unter den mitleidigen Blicken der anderen die Küche und setzte mich auf mein Bett.

»Hi.«

»Du könntest dich wirklich zwischendurch mal melden!«

Ich war nicht der Typ, der gerne, lang und oft mit den Eltern telefonierte. Und speziell meine Mama war nicht der Typ, der das einfach so akzeptierte.

Ich schaltete den Lautsprecher ein und schickte den Einkaufszettel in unsere WhatsApp-Gruppe. Dann öffnete ich Instagram und ging auf das Profil der Stormkillers.

Ab und zu gab ich ein »Hm« oder ein »Ja, du hast ja recht« von mir, ansonsten ließ ich meiner Mutter die Freude an ihrer Tirade, ohne sie zu unterbrechen.

Der Eintrag zum gestrigen Konzert hatte 258 Kommentare. Kein Problem, ich hatte ja Zeit.

Irgendwann hatte meine Mutter offenbar alles gesagt, was sie loswerden wollte, und ich durfte das Gespräch beenden. Ich hatte zwischenzeitlich auch Facebook durchsucht, aber auch dort kein positives Feedback zu unserem Auftritt gefunden. Nun ja. *Morgen ist auch noch ein Tag.*

Genervt warf ich das Handy neben mir aufs Bett und ließ mich nach hinten fallen.

»Da vorne muss es sein.« Rey navigierte uns mithilfe ihres Handys zu dem Park, in dem der Wintermarkt aufgebaut war. Es dämmerte bereits.

»Sie haben Ihr Ziel erreicht«, säuselte Tyler, als wir um die Ecke bogen und die Lichter der ersten Buden sehen konnten. Sie schienen sich durch den ganzen Park zu verteilen. Ein wirklich zauberhafter Anblick.

»Wie hübsch! Ich würde erst die Eisbahn suchen, bevor ich mit Glühwein anfange«, erklärte Rey.

Tyler nickte ihr zu.

»Ich habe nicht vor, mir die Knochen zu brechen.« Carsten zuckte mit den Schultern.

»Dann schreibt doch einfach in die Gruppe, wenn ihr fertig seid, und wir treffen uns dann irgendwo für den Glühwein.« Ich hatte auch nicht vor, mich auf der Eisfläche zu blamieren.

»Du kommst nicht mit, Chris?« Rey zog skeptisch eine Augenbraue hoch.

Ich schüttelte den Kopf. Sie sah zwischen Carsten und mir hin und her. »Dann pass du bitte auf sie auf«, sagte sie schließlich zu Carsten und drohte ihm grinsend mit dem Zeigefinger.

»Bye«, sagte Tyler. Dann stiefelten die beiden los.

»Sollen wir uns die Stände da vorne angucken?«, fragte ich Carsten und zeigte auf eine kleine Reihe Buden.

»Jo.«

Schweigend gingen wir auf die hauptsächlich mit Öllampen und Kerzen beleuchteten kleinen Hütten zu. In der Auslage des ersten fanden wir allerlei Krimskrams, mit dem man eine Krippe ausstatten und verzieren konnte.

Die nächste Bude bot alles, was man auch nur ansatzweise an einen Weihnachtsbaum hängen konnte.

»So viel Kitsch auf einem Haufen habe ich selten gesehen«, flüsterte ich zu Carsten.

»Hm.«

Der nächste Stand gefiel mir. Es gab Seifen in allen erdenklichen Variationen. Nicht dass ich einen Waschfimmel gehabt hätte, aber ich liebte die verschiedenen Düfte. Die Seifenstücke hatten nicht nur tolle Formen und Farben, sondern auch fantastisch klingende Namen. Ich schnupperte an »Violetter Morgentau« – offensichtlich eine Mischung aus Lavendel und Rose. Als Nächstes griff ich mir »Des Träumers Tagwerk«, ein hellgrünes Stück mit weißen und dunklen Sprenkeln darin. Der Geruch kam mir bekannt vor, allerdings konnte ich ihn nicht einordnen. Ich hielt es kurzerhand Carsten vor die Nase. »Hilf mir mal, wonach riecht das?«

»Keine Ahnung.«

Ich sah die Verkäuferin fragend an. Sie lächelte. »Ja, das ist nicht einfach bei dieser Sorte. Pistazie und Kakaobohne.«

»Oh. Danke!« Ich legte das Stück zurück. Dann fiel mein Blick auf »Dunkler Gruß zu Mitternacht«. Eine schwarze Seife mit dunkelroter Maserung. Sie war etwas teurer als die anderen. Ich griff trotzdem danach.

Neben mir seufzte Carsten genervt. »Können wir mal weiter?«

»Sag mal, was genau habe ich dir getan? Erst kommen nur einsilbige Antworten und jetzt stresst du hier rum? Wir wollten uns einen schönen, gemeinsamen Abend machen.«

»Seit wann interessiert es dich, was andere denken?« Das tat weh.

Ich sah ihn mit großen Augen an, das Seifenstück noch immer in der Hand.

»Weißt du was? Ich geh einfach alleine weiter. Auf dich und deinen Ego-Trip habe ich keinen Bock. Wir sehen uns später.« Damit drehte er sich um und stapfte davon. Ich blieb irritiert zurück. Jetzt versuchte ich, Zeit mit ihm zu verbringen, und das war auch wieder falsch.

Aber gut. Dann konnte ich mir ja auch die Zeit nehmen, mich hier gründlich durchzuschnuppern – auch wenn ich zugeben musste, dass ich nach diesem kurzen Gespräch gerade gänzlich die Lust daran verloren hatte.

Resigniert führte ich die Seife in Richtung meiner Nase und roch daran.

Mich traf beinahe der Schlag.

Ich riss die Augen auf und sah die Verkäuferin an. »Was ist das?«

»Patchouli mit ein wenig Drachenblut. Ist sicher nicht jedermanns Sache.« Sie lachte.

»Ich nehm die.« Ich reichte ihr das Stück und sie verpackte es in einem Tütchen. Nach dem Bezahlen ging ich ein paar Meter vom Stand weg und wickelte die Tüte wieder auf, um noch einmal daran zu riechen. Es kribbelte in meinem Bauch. Kay. Das war genau der Duft, den ich nicht zuordnen konnte, als wir zusammengestoßen waren.

Ich kam mir vor wie ein alberner Teenie, ein Groupie, das einem Star hinterherlief. Eine völlig absurde Schwärmerei. Aber das war mir im Moment egal. Meine Wahrnehmung schien zurzeit ohnehin verrücktzuspielen – dann durften das meine Hormone eben auch. Außerdem steckten wir in einer wirklich ungewohnten Situation fest und da kam es auf ein paar Schmetterlinge mehr in der Magengegend nicht an. Mein ganzes Leben wirkte im Augenblick surreal. Warum also nicht einfach akzeptieren, dass ein heißer Kerl in meinem Arbeitsumfeld mich irgendwie anmachte? Oder vielleicht sogar zwei?

Mit einem Lächeln packte ich die Seife wieder ordentlich ein und steckte sie in meine Tasche.

Ich entschied, dass ein Glühwein angebracht wäre, wenn mich schon alle mir selbst überließen. Im Wein lag doch bekanntlich die Wahrheit, oder nicht?

Etwas abseits, inmitten einer kleinen Baumgruppe entdeckte ich eine Bude mit dem, was ich suchte. Ein paar überdachte Stehtische waren ebenfalls dort aufgebaut.

Ich schlenderte hinüber und warf währenddessen einen Blick auf mein Handy. Noch hatte sich niemand in unserer Gruppe gemeldet. Rey würde vermutlich ausrasten, wenn sie wüsste, dass ich alleine unterwegs war. Andererseits gab es hier nichts und niemandem, bei – oder mit – dem ich Dummheiten anstellen konnte, die uns in Schwierigkeiten brächten. Ich packte das Telefon wieder weg. Mit einem Glühwein Vorsprung konnte ich mich immer noch melden und sagen, wo ich war.

Der Stand war an drei Seiten von einer Theke umgeben, an der mehrere Grüppchen standen und sich unterhielten. Die Beleuchtung war angenehm schummrig, es wirkte alles unglaublich gemütlich und warm – trotz der Kälte in der Luft.

Ich steuerte auf eine größere Lücke zwischen den dick eingemummelten Personen vor mir zu und lehnte mich gegen den Tresen. Während ich die Karte, die dort angeklebt war, studierte, kam eine der beiden Bedienungen auf mich zu. »Schon gewählt?«, fragte sie freundlich.

»Uff. Ich bin noch ein bisschen überfordert mit den ganzen Sorten und Variationen. Ich dachte immer, Glühwein sei einfach nur Glühwein.« Ich lachte etwas verlegen.

»Sie nimmt dasselbe wie das hier. Geht auf mich.« Fuck. Die Stimme erkannte ich sofort.

Bitte, lass es keine Einbildung sein.

Die Frau sah kurz zu demjenigen, der das gesagt hatte, und nickte. Ich folgte ihrem Blick. Er stand über Eck an der langen Seite. Warum hatte ich ihn nicht vorher bemerkt? Was machte er überhaupt hier?

Ich bekam kaum noch Luft.

»Ist dir das recht?«, fragte mich die Bedienung.

»Ich … ähm … ich denke schon?«

Sie nickte und zapfte Zutaten aus verschiedenen Kesseln und Kochern in eine Tasse.

Was auch immer da drin war, es roch angenehm und dampfte heiß, als sie es vor mir auf die Theke stellte.

»Na dann mal Prost!« Mit einem Lächeln wandte sie sich anderen Kunden zu.

Ich griff die Tasse am Henkel und wollte Kay zuprosten, um mich zu bedanken, aber als ich in seine Richtung aufblickte, war er nicht mehr da.

Verdammt. Hatte ich mir das etwa wieder nur eingebildet?

Ein wenig enttäuscht stellte ich das Getränk wieder ab. Ich sank gegen die Theke und hielt meine Nase über die Tasse. Wider Erwarten war der Inhalt nicht dunkelrot, sondern hell. Er roch süßlich mit einer leicht scharfen Note. Was zum Henker war das?

»Weißwein mit einem Schuss Rum, Ingwer und Honig«, flüsterte Kay so dicht an meinem linken Ohr, dass ich die warme Atemluft spüren konnte. Meine Nackenhaare stellten sich augenblicklich auf und ich bekam Gänsehaut. Ich hatte Angst, mich auch nur einen Millimeter zu bewegen. Er musste sehr nah neben – oder hinter? – mir stehen.

Bitte, lass es keine Einbildung sein!

In meinem Kopf tobten die Gedanken durcheinander: Echt? Nicht echt? Er kann eigentlich nicht hier sein, die sind bestimmt schon in die nächste Stadt gefahren. Ich sollte mich wenigstens bedanken. Was stimmt denn nur nicht mit mir?

»Danke«, flüsterte ich und starrte reglos weiterhin meine Tasse an.

»Hm.« Aus den Augenwinkeln sah ich, dass er seinen linken Ellenbogen direkt neben mir auf der Theke abstützte und seinen Kopf schräg legte. Zwischen uns hätte maximal noch ein Blatt Papier gepasst. Mein Herz machte Anstalten, einfach aus meiner Kehle herauszuhüpfen.

Es konnte nicht real sein, ich bildete mir das ganz sicher nur ein. Aber egal wie, ich musste mich entscheiden, wie ich mit dieser Situation umgehe. Pro und Kontra. Flucht oder Angriff. Und das schnell.

Stand er wirklich neben mir oder nicht?

Flucht oder Angriff?

Fuck.

Angriff.

»Wie kommt es, dass ihr noch nicht weitergereist seid?« Etwas Dämlicheres hätte mir nicht einfallen können.

»Warum? Du bist doch auch hier.« Touché.

Er ist nicht real. Mir kann nichts passieren.

Ich drehte den Kopf leicht in seine Richtung und atmete durch die Nase ein. Er trug zwar eine dicke Jacke und einen Schal samt Mütze, aber ich konnte den Geruch trotzdem wahrnehmen. Unweigerlich musste ich lächeln. Kay roch nach Kay. Welch eine Überraschung.

Er beugte den Kopf etwas nach vorne und sah mir genau in die Augen. Seine waren absolut schwarz. Nicht dunkelbraun, sondern tiefstes Schwarz. *Ha! Das ist der Beweis! Der ist nicht echt!* Ich versank schier darin und kam mir selbst sehr kitschig dabei vor.

»Kontaktlinsen«, sagte er leise. Unsere Gesichter waren mittlerweile so nah beieinander, dass sich unsere Nasen fast berührten.

»Hm? Bitte was?« Es sollte mich eigentlich nicht aus dem Konzept bringen, dass Fantasie-Kay meine Gedanken kannte.

»Es sind Kontaktlinsen. In deiner Mimik kann man lesen wie in einem offenen Buch.«

»Oh.« Mehr konnte mein Hirn nicht dazu beitragen.

»Ihr haltet euch tapfer als Band. Es haben schon andere wegen weniger aufgegeben.«

Auf diesen Themenwechsel war ich nicht vorbereitet. Da ich keine Anstalten machte, zu antworten, fuhr er fort: »Mich wundert es nur, dass du alleine hier bist. Wo sind denn die anderen?«

»Ich weiß es nicht. Wir treffen uns nachher. Aber du bist ja auch nicht in Gesellschaft hier, oder?« Ich war stolz darauf, meine Chance zu kontern erkannt und genutzt zu haben.

Er legte eine Hand auf meine Schulter und drehte mich um, sodass ich mit dem Rücken zur Theke – und zu ihm – stand. Dann streckte er den anderen Arm direkt neben mir aus und zeigte in eine Richtung ins Dunkel. »Dee«. Er drehte uns beide ein wenig weiter, zeigte wieder in eine Richtung und sagte: »Noctis«. Noch ein Stück weiter. »Ty und Bàs«. Dann zog er mich wieder herum und sah mir in die Augen. »Ich weiß immer, wo sie sich aufhalten. Und sie wissen genau, wo ich gerade herumstehe – und mit wem.«

Mir lief ein Schauer über den Rücken. Ich hatte nichts in der Dunkelheit erkannt. Dennoch glaubte ich ihm.

»Aber um auf deine Frage zu antworten, wir treffen uns heute Abend noch mit jemandem und … feiern ein bisschen. Deshalb sind wir noch hier.« Er wich etwas zurück, um einen Schluck aus seiner Tasse zu nehmen. Ich tat es ihm gleich. Diese eigenwillige Mischung war wirklich lecker. Und sie hielt warm, sehr warm.

Nachdem er den Pott auf der Theke abgestellt hatte, kam er wieder näher heran. Fand ich gut. Die Schmetterlinge tobten.

»Ihr seid echt gut befreundet, oder?« Ich sollte meine Beiträge in dieser Konversation wirklich besser überdenken.

»Kann man so sagen«, antwortete er. »Wir bilden eine … Einheit. Daran solltet ihr vielleicht auch etwas arbeiten. Ihr seid auf einem guten Weg, aber da ist noch viel Luft nach oben.«

Ich gab es ungern zu, aber er hatte recht.

Mein Handy auf der Theke vibrierte. Das Display sprang an und offenbarte, dass es neue Nachrichten in unserer Bandgruppe gab.

Feixend deutete er darauf. »Na geht doch.«

Ich lächelte unsicher und entsperrte das Telefon.

📱 *Rey (16:58 Uhr):* Eiskunstlauf beendet. Wo seid ihr?

📱 *Carsten (16:58 Uhr):* An diesem Stand, der aussieht wie eine große Weihnachtspyramide.

📱 *Rey (16:59 Uhr):* Okay, wir kommen da hin.

Ich tippte:

📱 *Chris (16:59 Uhr):* Ich auch.

Dann packte ich das Handy schnell in meine Jackentasche, da Rey sicher nicht begeistert war, dass ich alleine hier herumlief. Es reichte, den Anschiss später zu lesen, wenn ich dort war. Kay musste das nicht unbedingt mitbekommen.

Ich trank noch einen Schluck Glühwein.

Um Zeit zu schinden.

Um noch ein bisschen in Kays Nähe zu bleiben, egal ob er echt war oder nicht.

»Wir brechen gleich auf«, platzte er in meine Gedanken. »Die Pyramide liegt in derselben Richtung. Komm.« Er hielt mir seinen rechten Arm hin, damit ich mich unterhaken konnte. Ich leerte noch schnell den Rest meiner Tasse, in der Hoffnung, mit jedem Tropfen ein wenig mehr Mut sammeln zu können. Meine Knie waren butterweich.

Aber wenn auf eines Verlass war, dann auf die Wirkung von Alkohol in Kombination mit überforderten Hormonen. Ich hakte mich bei ihm ein – möglicherweise klammerte ich mich fester, als nötig gewesen wäre – und ließ mich führen. Ich hatte nämlich absolut keine Ahnung, wo sich diese blöde Pyramide befand.

Die verschiedenen Stände verteilten sich sehr weitläufig über die gesamte Parkanlage. Aufgrund von Baumgruppen, Hecken und Hügeln konnte man nicht alles auf einmal überblicken. Ich war mir nicht sicher, ob wir den direkten Weg gingen. Hätte ich es mir aussuchen können, wäre ein beachtlicher Umweg meine Wahl gewesen. Desorientiert, leicht alkoholisiert, am Arm eines der heißesten Typen der Welt – er hätte mich in diesem Moment irgendwohin entführen können, ich wäre einfach freudig mitgegangen.

An einer Wegkreuzung blieb er stehen und deutete nach rechts. Die Weihnachtspyramide war keine 20 Meter entfernt. Leider.

»Einen schönen Abend euch noch. Und trink nicht zu viel.« Er zwinkerte mir zu.

Ich löste widerwillig meinen Griff. »Danke. Euch auch.«

»Oh, den werden wir haben.« Dann drehte er sich um und schlenderte davon.

Mir war kalt. Nicht nur, da plötzlich meine linke Seite nicht mehr durch seinen Körper geschützt war, sondern weil seine gesamte Anwesenheit einfach … fehlte.

Ich widerstand dem Drang, ihm hinterherzusehen und ging stattdessen direkt zur Pyramide. Reys rote Locken unter ihren plüschigen schwarzen Ohrenschützern entdeckte ich schon von Weitem.

»Sorry, hat etwas länger gedauert«, nuschelte ich, als ich bei meinen Freunden ankam.

»Wo warst du?«, fragte Tyler statt einer Begrüßung.

»Tja. Entweder habe ich halluziniert *oder* ich hatte ein nettes Gespräch mit Kay.« Ich zuckte mit den Schultern.

»Ähm, bitte was?« Rey klang nicht glücklich. Eher alarmiert.

Ich erzählte in Kürze, was vorgefallen war – wobei ich weder meine auf Teenie-Schwärmerei eingestellte Gemütslage noch die Seife erwähnte – und betonte mehrfach, dass ich keine Ahnung hatte, ob es tatsächlich so passiert war oder eben nicht.

»Verdammt, Chris. Wie viel Glühwein hast du denn bitte schon getrunken?« Rey kaute auf ihrer Unterlippe. Das tat sie eigentlich nur, wenn sie sich wirklich sorgte.

»Sollen wir in die Ferienwohnung zurück? Oder … nach Hause?«, fragte Tyler. Er klang unglücklich.

»Nein«, antwortete ich entschieden. »Wir wollten gemeinsam einen Glühwein trinken, also machen wir das jetzt auch. Egal, ob diese Kay-Version real war oder nicht. Er sagte, dass wir daran arbeiten sollten, ›eine Einheit‹ zu werden. Das klingt vollkommen plausibel. Ich dachte, wir wären das eigentlich schon.« Mit einem Blick auf Carsten, der mit den Händen in den Taschen hinter den anderen stand, fügte ich hinzu: »Aber scheinbar sind wir das noch lange nicht.«

Damit drehte ich mich zur Theke und warf einen Blick auf die ausliegende Karte. Die ganze Aufmachung erinnerte mich an die, die auch am anderen Stand hing.

»Kann ich euch was bringen?«, fragte eine der Bedienungen.

»Vier Glühweine, bitte!« Tyler hatte ja keine Ahnung.

»Eine Frage«, grätschte ich dazwischen. »Gehört ihr mit dem Stand dahinten«, ich zeigte wahllos in eine Richtung und hoffte, dass sie auch nur ansatzweise stimmte, »irgendwie zusammen? Die Karten sehen sich so ähnlich.«

»Ja klar. Alle Getränkestände hier werden von derselben Firma betrieben.«

»Also haben alle auch exakt dasselbe Angebot?«, bohrte ich weiter nach.

»Ja, genau.«

»Dann hätte ich gerne einen weißen Glühwein mit Rum, Ingwer und Honig.«

Die Bedienung schaute mich ratlos an. »Also ’nen Weißen kann ich dir geben, Rum haben wir auch, ob das allerdings zusammenpasst … puh. Aber der Rest? Tut mir leid, Schätzchen, da muss ich passen.«

»Hm, schade. Dann bleibt es bei den vier Glühweinen«, antwortete ich niedergeschlagen.

Da war sie, die Antwort auf die Frage, die ich eigentlich nie stellen wollte. Offensichtlich hatte mir meine Fantasie mal wieder einen fiesen Streich gespielt. Und auch wenn ich es im Grunde von Anfang an vermutet hatte, so wirklich wahrhaben wollte ich es nicht.

KAPITEL IV

Es klopfte zaghaft an der Scheibe des Mietwagens. Ich drückte auf den Schalter und ließ sie einen Spaltbreit hinunter. »Steig ein.« Ich deutete mit dem Daumen über meine Schulter.

Das Mädchen öffnete die Schiebetür des Vans. Irgendjemand schloss sie danach von innen wieder.

Ich wandte mich um und reichte zwischen Fahrer- und Beifahrersitz einen Joint nach hinten weiter. Da mir klar war, dass ich ihn nie wieder sehen würde, drehte ich auf meinem Schoß in aller Ruhe einen neuen.

Währenddessen steuerte Daemon den Wagen hinaus aus der Stadt auf eine Landstraße. Die Geräusche hinter mir begannen, mich zu nerven, also drehte ich das Radio etwas lauter. »Cool. Oldies. Der Sender gefällt mir.«

Nach einiger Zeit bog Daemon schließlich in einen kleinen Weg ab, der mitten in einen Wald führte. Wir fuhren noch ein ganzes Stück, bis der Untergrund sich von Schotter zu Erdboden gewandelt hatte.

»Das reicht, sonst hinterlässt du noch zu viele Spuren«, murmelte ich unserem Fahrer zu.

Er hielt an und mit der Zündung schaltete sich auch das Radio aus. Da waren sie wieder, diese nervigen Geräusche. Ich schloss kurz die Augen, atmete tief durch, nahm den fertigen Joint und stieg aus. Mit Schwung knallte ich die Tür zu. Bis hier draußen konnte ich sie hören.

Gemütlich zündete ich mir den Joint an und schob dann ruckartig die Seitentür auf. »Euer fucking Ernst?«, schrie ich in den Wagen.

Schlagartig war es still. Nur ein leises Schluchzen war zu hören. Ich massierte mir mit Daumen und Mittelfinger die Schläfen. Dann griff ich ins Wageninnere, packte das Mädchen am Haaransatz und zog sie ins Freie. Sie bot einen bemitleidenswerten Anblick. Die Reste ihrer Kleidung hingen nur noch in Fetzen. Sie hatte unzählige Schrammen und blaue Flecken. Von ihrem roten Lippenstift war nicht mehr übrig als verschmierte Schatten, die schwarzen Haare waren zerzaust. Ich hielt sie mit meinem ausgestreckten Arm weit genug von mir weg, dass sie mich weder treten noch schlagen konnte. Mittlerweile wurde ihr Schluchzen immer lauter. Nicht mehr lange, bis sie versuchen würde, aus voller Kehle zu schreien. Wir waren so weit im Nirgendwo, dass sie ohnehin niemand gehört hätte. Aber ich war genervt. Also klemmte ich den Joint in den Mundwinkel, fixierte mit der freien Hand ihre Handgelenke und zog ihren Kopf näher an mich heran.

»Ganz still – und ich gebe dir eine Chance zu überleben. Andernfalls sperre ich dich zurück zu denen in den Van und öffne die Tür erst wieder, wenn sie dich zu Tode gefickt haben. Hast du das verstanden?«

Meine ruhigen Worte zeigten Wirkung.

Zufrieden sah ich nach oben. Der Vollmond erreichte bald seinen höchsten Stand. Es war also an der Zeit, unserem Gast die Spielregeln für den heutigen Abend zu erklären. »Pass auf. Ich lasse dich gleich los. Und ich rate dir, dann so schnell zu laufen, wie du kannst. Erreichst du irgendein bewohntes Haus, bist du frei und darfst dein Leben behalten – vorerst. Kannst du mir so weit folgen?«

Sie nickte leicht und flüsterte ein »Ja.«

»Gut. Um es spannender zu machen, wird dich einer von uns verfolgen. Es ist deine Entscheidung, ob du dich versteckst oder weiterläufst. Du kennst das Spiel bestimmt noch aus deiner Kindheit.« Ich zog am Joint und beobachtete, wie es hinter ihrer Stirn arbeitete. Das arme Ding schien wirklich zu überlegen, welche Variante die bessere wäre. Ich konnte mir ein leichtes Schmunzeln nicht verkneifen. Dann stieß ich einen kurzen Pfiff aus und der Rest stieg aus dem Wagen.

»Bereit?«

Das Mädchen blieb stumm.

Unser Wolf begann, seine Klamotten auszuziehen.

»Ah, eine Sache noch.« Ich riss den Kopf des Mädchens an ihren Haaren so weit herum, dass sie mich ansehen musste. »Wie viele von denen hatten während der Fahrt … Spaß mit dir?« Ich deutete mit der freien Hand in die Runde hinter mir.

»D-die … beiden.«

Ich musste mich nicht umdrehen, um zu wissen, wen sie meinte. »Nun, dann bekommst du zwei Minuten Vorsprung.« Damit ließ ich sie los.

Sie blickte mich entgeistert an und verschwendete so für sie kostbare Sekunden. Dann begriff sie, dass das Spiel mein voller Ernst war, und lief los.

Ich wandte mich in aller Ruhe zu unserem Wolf um und hob eine Augenbraue. »Warum du nicht?«

Er zuckte mit den Schultern und grinste so breit, dass man seine spitzen Zähne sehen konnte. »Mit Essen spielt man nicht.« Dann verwandelte er sich vollständig und jagte ihr in die Nacht hinterher.

KAPITEL 7

Den Großteil der Fahrt über hatte ich auf dem Rücksitz geschlafen. In den Phasen, in denen ich eigentlich hellwach war, hatte ich wenigstens so getan. Ich wollte nicht mit den anderen reden. Weder über das, was bisher geschehen war, noch über das, was noch vor uns lag. Stattdessen versank ich in meinen eigenen Gedanken – die sich hauptsächlich um Kay drehten. Ich widerstand dem Drang, das Seifenstück aus meiner Reisetasche zu angeln, um daran zu riechen.

Schlimmer als ein Teenie, schalt ich mich selbst. Ich musste für mich einen Weg finden, wie ich mit all dem umgehen konnte, ohne gänzlich den Verstand zu verlieren. Ob Kay die Lösung für mein Problem war oder die Ursache, wusste ich jedoch nicht. Aber ich freute mich darauf, ihn heute Abend wiederzusehen – sei es auch nur aus der Ferne auf der Bühne.

Verdammt, mich hatte es echt erwischt. Mit einem Seufzer drehte ich mich in meinem Sitz um.

»Chris, aufwachen. Wir sind gleich da«, hörte ich Reys sanfte Stimme neben mir.

»Ich will aber nicht«, gab ich zurück.

»Ich kann dich auch gleich aus dem Auto rauskitzeln. Was immer dir lieber ist.«

Mit einem Brummeln setzte ich mich auf und rieb mir die Augen.

»Da vorne, das muss es sein.« Carsten zeigte auf ein unglaublich niedliches Haus mit Giebelfenstern und einem wild zugewachsenen und von Efeu überwucherten Vorgarten. Es erinnerte mich an ein Hexenhäuschen, allerdings eines von der *guten* Sorte.

Tyler parkte das Gespann, wir stiegen aus und holten unsere Reisetaschen aus dem Kofferraum.

Die wenigen Stufen zur Eingangstür waren abgetreten und schief. Eine Klingel konnten wir nicht entdecken, aber an der Tür prangte ein riesiger, massiver Türklopfer in Form eines Drachen. Ich hob ihn vorsichtig an und ließ ihn drei Mal gegen das Blatt fallen. Wenn es hier schon so märchenhaft aussah, war »drei« mit Sicherheit die richtige Zahl.

Eine ältere Dame öffnete und begrüßte uns mit einem warmen Lächeln. »Kommt schnell rein in die gute Stube!«

Wir traten zügig ein und fanden uns in einer geräumigen Diele wieder, die als eine Art Lobby und Rezeption diente, mit einem kleinen Tresen auf der linken Seite und einer zierlichen Sitzgruppe auf der anderen.

Die Dame verschwand hinter der Theke und rückte ihre Lesebrille zurecht.

»Wir hatten zwei Doppelzimmer gebucht, der Name der Reservierung ist ›von Wellersleben‹«, spulte Carsten seinen Spruch ab.

»Hm, hm«, gab die Dame zurück und fuhr mit dem Zeigefinger die handgeschriebenen Zeilen in einem aufgeklappten Buch nach. Dann sah sie uns über den Rand ihrer Brille hinweg an. »Frühstück ist von 7:00 Uhr bis 8:30 Uhr. Dort in dem Raum.« Sie zeigte auf eine Tür hinter sich. Als nächstes deutete sie in eine andere Richtung. »Und dort ist unser Aufenthaltsraum. Von da aus gelangt man auch auf die Terrasse – für die Raucher unter euch. Die jungen Leute machen ja solchen Unfug ab und an. Eure Zimmer befinden sich im zweiten Stock. Kommt, ich zeige sie euch.«

Sie nahm zwei Schlüssel aus einer Schublade und ging zur Treppe. Wir folgten ihr schweigend. Ich hatte auch gar keine Zeit zu reden, ich war damit beschäftigt, mir möglichst viele der unzähligen Bilder anzusehen, die überall an den Wänden hingen. Manche waren aufwendige Gemälde, andere einfache Fotos, teilweise schon vergilbt. Die Rahmen der Bilder hätten unterschiedlicher nicht sein können. Es waren alle Schattierungen von Gold bis Schwarz vertreten, mit Schnörkeln verziert oder auch ganz schlicht. Die meisten waren rechteckig, aber dazwischen hingen auch viele ovale oder runde. Sie alle hatten nur eine Gemeinsamkeit: Sie zeigten eine oder mehrere Personen.

»Hier ist das erste Zimmer, das zweite ist direkt nebenan.« Sie hielt einen der Schlüssel hoch und wartete, bis sich jemand von uns angesprochen fühlte. Tyler griff zu, bedankte sich und schloss die Tür auf. Carsten folgte ihm hinein.

»Ah. Ich war mir nicht sicher, wie die Zimmerbelegung sein würde. Bei jungen Leuten weiß man ja nie.« Sie kicherte und ging zur nächsten Tür. »Wenn ihr Fragen habt oder sonst etwas sein sollte, an der Rezeption ist eine Klingel. Scheut euch nicht, sie zu benutzen. Die

Zimmerschlüssel passen nicht unten auf die Tür, da müsstet ihr dann einfach wieder klopfen.«

»Oh. Wir werden heute Abend aber vermutlich recht lange unterwegs sein«, warf Rey ein.

»Das ist überhaupt kein Problem, Kindchen. Geht hier ein und aus, wie ihr möchtet.« Ihr Lächeln wirkte echt und ehrlich.

»Vielen Dank, Frau …«, sagte ich, als ich den Schlüssel entgegennahm.

»Regina. Nennt mich einfach Regina.«

»Vielen Dank, Regina.«

Wir betraten das Zimmer. Es war klein – aber bildschön. Die Möbel waren alt, aus dunklem Holz und offensichtlich vor nicht allzu langer Zeit restauriert worden. Der Boden war mit unzähligen verschiedenen Teppichen bedeckt, die alle farblich zueinanderpassten und so aneinander lagen, dass keine Stolperfallen entstanden. Die Wände zierte dunkelgrüne Tapete mit dunkler Holzvertäfelung im unteren Bereich.

»Wow«, entfuhr es mir.

»Ob die Jungs auch ein Himmelbett haben?« Rey lachte.

»Wenn ich das so sehe, finde ich es ja fast schon schade, dass wir die zusätzliche Nacht im letzten Ferienappartement verbracht haben und nicht hier.« Ich sog die Atmosphäre des Zimmers – nein, des ganzen Hauses – schier in mich auf. Hier fühlte ich mich pudelwohl und sicher, fast behütet. Ein bisschen wie … zu Hause.

»Ach, na ja. Wir haben ja auch noch einiges vor uns, wer weiß, was da noch kommt. Aber du hast recht, es ist hier irgendwie … besonders. Welche Seite möchtest du?« Rey deutete auf das Bett.

Ich sah mir die kleinen Nachttische mit den filigranen, altmodischen Lampen an. Auf beiden stand jeweils ein kleines Tellerchen mit einer in Folie eingewickelten Praline. Sie sahen selbst gemacht aus. Eine trug die Aufschrift »Süße Verführung am Morgen«, die andere nannte sich »Dunkler Mitternachtsgruß«.

»Ich nehme die da«, antwortete ich und zeigte auf die Seite mit der Mitternachtspraline. Dann fügte ich lachend hinzu: »Wenn die Schokolade schon so ähnlich heißt wie meine Seife, dann soll es wohl so sein.«

»Seife?«

»Oh. Das hatte ich ja gar nicht erzählt. Ich habe mir auf dem Wintermarkt ein Seifenstück gekauft. Eigentlich hatte ich nicht vor, es zu benutzen, aber ich glaube, ich mache es doch. Es ergibt ja auch keinen Sinn, eine Praline nur anzusehen, statt sie zu essen, oder?«

Ich fühlte mich befreit. Als hätten sich all meine Probleme in Luft aufgelöst. Noch heute früh wäre ich in Panik verfallen bei dem Gedanken, dass die Seife irgendwann verbraucht sein könnte – weshalb ich wirklich überlegt hatte, sie einfach nur in einem Säckchen in der Nachttischschublade aufzubewahren, sobald wir wieder zu Hause wären. Aber jetzt erschien mir dieser Gedanke kindisch und unsinnig.

Ich stellte meine Tasche am Fußende des Betts ab und inspizierte das Badezimmer, das hinter einer dunklen Holztür lag. Die Tür knarrte beim Öffnen ein wenig, ebenso wie Boden an manchen Stellen. Unter den Teppichen mussten sich alte Holzdielen befinden. Das Bad war winzig, aber es war alles da, was man brauchte. Toilette, Dusche, Waschbecken. Letzteres war aus einem dunkelgrauen Stein geschlagen, der zur Hälfte in einen kleinen Tisch eingelassen war. Es war alles blitzsauber und irgendwie … eindrucksvoll. Ich ging wieder zurück ins Zimmer und bemerkte, dass Rey bereits dabei war, ihr Outfit für heute Abend zu planen. Sie hatte einige ihrer Klamotten auf dem Bett verteilt und rieb sich die Schläfen.

»Ich gehe erst mal duschen. Hast du schon eine Idee, welche Strategie du verfolgen willst?«, fragte ich sie, während ich mir meinen Kulturbeutel schnappte und die Seife aus dem Seitenfach der Reisetasche zog.

»Nein. Und es macht mir Kopfschmerzen. Entweder schwitzen oder blind. Ich weiß es nicht. Und ich weiß auch nicht, ob Beck die Strahler überhaupt anschalten würde, wenn wir jetzt wieder damit ankämen. Es läuft wohl schlimmstenfalls auf blind hinaus«, antwortete sie etwas resigniert mit einem Schulterzucken.

»Hm. Vielleicht finden wir ja eine Möglichkeit, dir Licht zu machen – ohne Strahler. Es ist ja noch ein bisschen Zeit.« Ich hatte keine Ahnung, woher ich diese Gelassenheit nahm, aber sie war da. Damit verschwand ich wieder im Bad.

Die heiße Dusche tat wirklich gut. Ich wartete mit dem Einseifen, bis ich alles andere erledigt hatte, damit ich nicht mehr als nötig von dem Duft abspülen musste.

Glücklich und zufrieden schlenderte ich in mein Handtuch gewickelt ins Zimmer zurück.

Rey hatte sich inzwischen offensichtlich für ein Outfit entschieden und war gerade dabei, den Inhalt meiner Tasche auf dem Bett auszubreiten. »Das, das und das. Was hältst du davon?«, fragte sie, ohne sich umzudrehen.

Ich begutachtete ihre Auswahl und musste zustimmen. Vermutlich wäre ich selbst nie auf die Idee gekommen, diese Teile derart zu kombinieren, aber es könnte passen. »Soll ich mal reinschlüpfen – nur zur Sicherheit?«, bot ich an.

»Hm.« Sie grinste mich an. »Du bist gerade wirklich tiefenentspannt, oder? Vor Kurzem hättest du mich für diesen Vorschlag einen Kopf kürzer gemacht.«

Damit hatte sie recht. Das war für meine Verhältnisse schon arg sexy, was da an Einzelteilen herumlag. Aber insgesamt war es doch wieder so viel, dass ich zumindest nicht frieren würde.

»Stimmt.« Ich grinste zurück.

»Ich habe das ausgesucht, damit alle auf dich schauen und ich mich in Ruhe und unbemerkt zur nächsten Lichtquelle drehen kann.« Jetzt lachte sie schallend. Ich konnte nicht anders und stimmte mit ein.

Dann fing ich an, mich Stück für Stück und Schicht für Schicht in die teilweise winzigen Einzelteile zu zwängen. Fast alles davon gehörte eigentlich Rey.

Als das Kunstwerk vollbracht war, sah ich mich im Zimmer um. Es gab allerdings nur den Spiegel im Bad über dem Waschbecken. Keinen, in dem ich mich hätte komplett begutachten können.

»Mach mal ein Foto bitte. Ich will wissen, wie das aussieht«, bat ich Rey.

Als ich auf das Display schaute, hätte ich mich selbst kaum erkannt. Mein Stil bestand eigentlich aus locker sitzenden, zerrissenen Jeans und T-Shirts. Das höchste der Gefühle waren in seltenen Fällen Tanktops, aber dafür musste es schon sehr warm sein. Jetzt trug ich eine hautfarbene Nylonstrumpfhose, darüber Netzstrümpfe und darüber kniehohe Stulpen. Mein Hintern wurde gerade so von einem schlichten Röckchen versteckt. Zur Sicherheit hatte ich noch eine Hotpants darunter angezogen. An meinem Oberkörper waren ähnlich viele Schichten zu finden. Von unten nach oben waren da der BH, ein Trägertop, ein Shrug aus Netzstoff, ein weiteres Trägertop – ich wollte ja schließlich nicht frieren – und ein ehemaliges kurzes T-Shirt, das kunstvoll zerschnitten, wieder zusammengeknotet und auf Figur gebracht worden war. Ein weiteres Paar Stulpen wärmte meine Arme. Bis auf das zweite Top, welches durch die vielen Löcher des obersten Shirts durchblitzte, waren alle Kleidungsstücke schwarz. Das Top hingegen war leuchtend rot.

»Geh mal zu den Jungs rüber. Die sollten vorgewarnt sein.« Rey schob mich Richtung Tür.

»Keine schlechte Idee.«

Als ich in den Flur trat und die Tür hinter mir zuzog, fiel mein Blick wieder auf die unzähligen Bilder an den Wänden. Ich sah mir einige etwas genauer an. Auf den meisten waren nur einzelne Personen abgebildet. Ein schwarz-weißes Foto in einem ovalen Rahmen zeigte eine hübsche Frau aus den 70ern, Anfang bis Mitte zwanzig, schätzte ich. Daneben hing das eines Mannes mit Ziegenbart und braunen, kinnlangen Locken. Er musste in etwa so alt sein wie die Dame auf dem Nachbarbild. Das Foto war farbig und schien relativ neu zu sein. Auf einem Bild weiter waren zwei Personen zu erkennen. Vielleicht ein Pärchen? Die beiden wirkten sehr harmonisch zusammen. Ich schätzte ihr Alter auf rund 25 Jahre.

Ich runzelte die Stirn. Das war seltsam. Ich ließ meinen Blick über die nächsten Bilder schweifen – alle, wirklich alle schienen ein ähnliches Alter zu haben.

»Eine merkwürdige Sammlung«, murmelte ich leise vor mich hin.

»Ja, nicht wahr?« Ich sah mich erschrocken um. Regina stand genau neben mir. »Entschuldige, ich wollte dich nicht erschrecken.« Sie lächelte mich an.

»Ich … ich habe mich nur gewundert, dass alle irgendwie …«

»… zwischen 23 und 25 Jahre alt sind?«, beendete sie meinen Satz. Verträumt betrachtete sie die Bilder vor sich.

»Äh, … ja.«

»Hm. Kennst du denn jemanden davon?«, fragte sie unvermittelt.

»Nein, nicht dass ich wüsste. Aber ich komme auch nicht aus der Gegend hier«, antwortete ich.

»Oh, Kindchen, die kommen von überall her. Früher oder später schauen aber alle irgendwann mal hier vorbei.«

Ich verstand die Worte, hatte aber absolut keine Ahnung, was sie damit meinte.

Sie sah mir in die Augen, legte den Kopf etwas schief und schien nachzudenken. »Hm, hm. Wie alt bist du?«

»Ich bin 23«, beantwortete ich die Frage und hielt dabei ihrem Blick stand.

»Hmmm. Wie geht es dir im Moment?«

War sie vielleicht eine Psychopathin und die Bilder waren von ihren Opfern? Eine andere Erklärung fiel mir spontan nicht ein.

»Jetzt, im Moment? Mir geht es gut, danke.« Ich überlegte, was wohl der beste Fluchtweg sein könnte und wie ich die anderen möglichst unauffällig warnen konnte.

»Das meine ich nicht und du weißt das im Grunde auch. Wenn du darüber sprechen willst, dann komm jederzeit zu mir. Hier«, sie hielt mir eine Visitenkarte mit einer Telefonnummer hin, »ruf an, wenn du so weit bist.« Dann betrachtete sie mich einmal von oben nach unten. »Dieser neckische Kleidungsstil steht dir. Du siehst entzückend aus.«

Verwirrt nahm ich die Karte entgegen.

Sie lächelte mich noch einmal an – es wirkte warm und ehrlich, gar nicht wie das Lächeln eines Serienmörders – und ging dann die Treppe hinunter.

Ich starrte ihr hinterher und versuchte zu begreifen, was hier gerade abgelaufen war.

Als ich an der Tür unserer beiden Jungs klopfte und das Zimmer nach Tylers »Ja?« betrat, hatte ich vollkommen vergessen, was ich eigentlich hier wollte.

»Uff«, hörte ich Tyler.

»Äh …?«, hörte ich Carsten.

»Hm?«, hörte ich mich selbst.

Ich blieb im Türrahmen stehen, die Visitenkarte noch immer in der Hand.

»Was ist denn mit dir passiert?«, fragte Tyler. »Du siehst so … anders aus. Also gut anders, nicht schlecht anders. Aber anders.«

Ich blickte an mir herunter. Ah! Das war es.

»Ja, Rey hat das irgendwie … kreiert. Was meint ihr? Geht das so?«

»Wenn du dich damit wohlfühlst …«, antwortete Carsten diplomatisch.

»Ja. Schon … irgendwie.«

»Dann hau rein!« Tyler grinste.

Carsten sah skeptisch aus.

Ich zuckte mit den Schultern, verließ den Raum und schloss die Tür hinter mir.

In unserem Zimmer saß Rey mit ihrem Bass auf dem Bett.

»Was wird das?«, fragte ich sie.

»Ich dachte mir, es könnte nicht schaden, ein paar der Grifffolgen zu üben. Ich beherrsche eigentlich recht viele, ohne hinzusehen – ich traue mich nur auf der Bühne nicht. Vielleicht sollte ich das alles einfach als Herausforderung und Ansporn sehen.« Sie wirkte sichtlich nervös. Der bloße Gedanke an zu wenig Licht schien ihr wirklich Angst zu machen.

»Kann ich dir irgendwie helfen?« Ich setzte mich schräg auf die Bettkante am Fußende.

»Hm. Nein, ich denke nicht. Oder hast du irgendwo einen Kaffee versteckt? Den könnte ich tatsächlich gebrauchen.«

Ich lachte. »Okay. Gib mir ein paar Minuten, ich ziehe mich erst mal um und dann gehe ich auf die Jagd.«

Ich verstaute die Visitenkarte im Seitenfach meiner Reisetasche, schälte mich aus den unzähligen Klamottenschichten und tauschte sie gegen meine Lieblingsjeans und ein schwarzes, etwas schlabberiges Langarmshirt. Dann überließ ich Rey ihren Fingerübungen und ging zur Treppe.

Möglicherweise hatte ich im Aufenthaltsraum Chancen, einen Wasserkocher zu finden. Vielleicht sogar eine

Kaffeemaschine. Ich hätte auch einfach Regina danach fragen können, aber ich wollte mich im Moment lieber nicht mit ihr unterhalten. Wer weiß, vielleicht hatten all die Menschen auf den vielen Bildern auch nur Kaffee gewollt? Ich schüttelte den Gedanken ab, bevor er sich festsetzen konnte.

Unten angekommen, schlug ich sofort den Weg zum Aufenthaltsraum ein. Die Tür stand halb offen und ich schlüpfte einfach hindurch.

Der Raum war genauso wundervoll eingerichtet wie der Rest des Hauses. In einer Ecke befand sich eine große, gemütlich aussehende Sitzgruppe. In einer anderen waren vor einem riesigen Bücherregal auf dicken Teppichen verschiedene Kissen und Decken verteilt. Links von mir, gegenüber der großen Schiebetür, die zur Terrasse führte, befand sich eine antik aussehende Anrichte, auf der genau das stand, was ich suchte. An einer der Schranktüren hing ein Zettel mit den Regeln zur Nutzung des Inventars. Ich stellte erfreut fest, dass Kaffeepulver in Massen vorhanden und kostenlos war – perfekt. Das Regelwerk offenbarte ebenfalls, wo sich die Tassen befanden und leider auch, dass diese den Aufenthaltsraum nicht verlassen durften. Irgendwo musste ja ein Haken sein.

Ich entschied, erst einmal Nägel mit Köpfen zu machen und eine Kanne aufzusetzen. Rey konnte ich danach immer noch herbestellen.

Während ich dem Zischen und Blubbern lauschte, das die Maschine von sich gab, und den wunderbaren Geruch genoss, hörte ich Stimmen aus dem Bereich vor der Tür. Sie mussten aus dem Empfangsraum kommen.

Ich spitzte die Ohren und meine Nackenhaare stellten sich auf.

»Ach Kinder! Schön, dass ihr da seid!« Das war Regina.

Aus den Antworten hörte ich eindeutig Dees Stimme heraus. Und Kays. Ich zählte mit und es waren insgesamt tatsächlich fünf verschiedene. Was zum Henker machten *die* denn hier? Sollten die nicht in irgendeinem Luxusbunker wohnen? Mit Security vor dem Eingang, um die Groupies aufzuhalten – oder durchzulassen, je nachdem? War ich etwa gerade eifersüchtig? In meinem Magen breitete sich etwas aus, das sich so anfühlte.

Regina schien jeden Einzelnen herzlich zu begrüßen. Die Kaffeemaschine war allerdings gerade dabei, zum Ende zu kommen und legte an Lautstärke zu, weshalb ich nur Satzfetzen verstehen konnte. Ich hörte, wie sie Noctis und Bàs mit ihren Namen ansprach, als wären sie alte Freunde oder Familienmitglieder, die sie länger nicht gesehen hatte.

Die Kaffeemaschine gab auf den letzten Metern noch einmal alles. Dann war sie endlich ruhig.

»Kaos, mein Junge! Ich freue mich, dich zu sehen«, hörte ich Regina wieder.

Es war Kays Stimme, die antwortete: »Regina. Es ist viel zu lange her!«

Was zur Hölle war hier los?

Ich nahm mein Handy und schickte eine Nachricht an Rey.

▯ *Chris (14:23 Uhr):* Kaffee ist fertig, du musst aber in den Aufenthaltsraum kommen. Achtung, Stormkillers im Flur.

Es dauerte nur wenige Sekunden und mein Telefon vibrierte. Rey rief an. »Was?«, schrie sie mir ins Ohr.

»Ja, keine Ahnung. Komm einfach runter.« Dann legte ich auf. Ich nahm zwei Tassen aus dem Schrank und präparierte beide mit Milch und Zucker. Dann füllte ich den Kaffee ein. Meine Finger zitterten.

»Hey. Hast du noch mal über unser kleines Gespräch nachgedacht?« Fuck. Kay stand im Türrahmen. Wie hatte ich nur annehmen können, dass sie mich nicht hören konnten, wenn ich vorher nahezu jedes Wort verstanden hatte? Warum musste Rey auch anrufen? Und warum musste ich unbedingt rangehen?

»Äh … ja, klar.« Ein bisschen entsprach das der Wahrheit. Allerdings hatte ich die Unterhaltung auf dem Wintermarkt bereits in die Hat-nie-stattgefunden-Schublade gesteckt und war damit eigentlich auch ganz glücklich gewesen.

»Hm, hm. Ist noch einer drin?«, fragte er und nickte Richtung Kaffeekanne.

»Äh … ja, klar«, wiederholte ich mich. In dem Moment, als er langsam auf mich zukam, bereute ich meine Ehrlichkeit und fixierte hilflos die beiden Tassen vor mir auf der Ablage. Dieses Mal war ich mir sicher, dass er ohne Zweifel *keine* Einbildung war.

Flucht oder Angriff?

Flucht oder Angriff?

Flucht oder Angriff?

Flucht!

Ich war zu langsam.

Er nahm mir die Entscheidung ab, indem er um mich herum griff, um eine Tasse aus dem oberen Schrankteil zu holen. Ich drückte mich so weit gegen die Anrichte wie möglich, aber er stand derart dicht hinter mir, dass er mich trotzdem berührte – und ich eingekeilt war. Mir lief ein Schauer über den Rücken und das Zittern meiner Hände breitete sich auf meine Arme aus. Fuck. Tausend verschiedene Gefühle prasselten auf mich ein, aber ich konnte nicht eins davon benennen. Mir wurde schwindelig.

Ein warmer Lufthauch strich über meinen Nacken. Ich zog unweigerlich die Schultern zusammen. Fuck. Fuck. Fuck.

»Du riechst gut«, flüsterte er direkt neben meinem Ohr.

Ich atmete scharf durch die Nase ein – die Seife! Das hatte ich ja völlig vergessen. Ich setzte an, etwas zu sagen – allerdings wusste ich absolut nicht was. Aber auch diese Entscheidung wurde mir abgenommen.

»Lass das Mädchen in Ruhe«, sagte Regina ruhig, aber mit solcher Schärfe im Tonfall, dass ich vollkommen erstarrte. Sie stand in der Tür und sah knapp an mir vorbei – Kay direkt in die Augen, wie ich vermutete. Ich senkte den Blick und fixierte lieber wieder die Kaffeetassen vor mir.

Es dauerte endlose Sekunden, in denen ich mir mehrfach überlegte, ob eine vorgetäuschte Ohnmacht mich vielleicht aus dieser Situation retten könnte – aber irgendwann gab Kay den stillen Kampf, den die beiden offenbar geführt hatten, auf. Er flüsterte mir noch ein »Wir sehen uns später« ins Ohr und machte sich dann seinen Kaffee fertig – ohne mir noch einmal zu nahe zu kommen.

Ich stand immer noch wie versteinert an die Anrichte gepresst da. Aus den Augenwinkeln erkannte ich, dass Kay mitsamt seiner Tasse an Regina vorbei in den Flur trat. Sie würdigte ihn keines Blickes. Was für eine seltsame Situation.

»Lass dich von denen nicht einschüchtern, Kindchen. Sie übertreiben es gerne mal, aber … Hm. Oh!« Sie kam mit schnellen Schritten auf mich zu und hielt mir ein Taschentuch entgegen. Erst da merkte ich, dass mir bereits Tränen über die Wangen liefen. Das war einfach alles zu viel für mich.

Ich nahm das Taschentuch dankbar an und wischte die Tränen vorsichtig ab.

»Wenn ich dich jetzt noch einmal fragen würde, wie es dir geht – wäre deine Antwort dieselbe?«, fragte Regina. Ihre Stimme klang sanft. Keine Spur mehr von der Schärfe, wie sie eben noch zu hören war.

Ich schüttelte langsam den Kopf.

»Hm. Bist du denn bereit, darüber zu reden?«

Ich schüttelte den Kopf erneut.

Regina seufzte leicht. »Ich kann dir versichern, dass mit dir alles in Ordnung ist. Es ist nur etwas … schwierig gerade.« Sie legte mir eine Hand auf die Schulter. Das tat gut, aber ihre Worte waren leider wenig hilfreich. Dann tätschelte sie zum Abschied meinen Arm und verließ das Zimmer.

Ich nahm meine Tasse und verzog mich in die Ecke vor das Regal mit den Kissen und Decken. Mir war danach, mich einzumummeln.

»Du glaubst nicht, was mir gerade passiert ist!«, rief Rey mir zu, als sie in den Raum gestürmt kam.

»Dein Kaffee steht noch auf der Anrichte«, antwortete ich leise, ohne auf das Gesagte einzugehen.

»Oh nein, Chris. Was war los? Erzähl du zuerst.« Sie nahm ihre Tasse, setzte sich neben mich und legte ihren Arm um meine Schultern.

Ich zog meine Beine mit den Armen näher an meinen Körper heran. »Nein, gerade nicht. Ich bin durcheinander.« Ich ließ meinen Kopf gegen ihre Schulter fallen und schloss die Augen.

Sie lehnte ihren dagegen. »Okay.«

Wir saßen lange einfach schweigend da. Es war genau das, was ich in dem Moment brauchte und ich war Rey unendlich dankbar, dass sie keine Fragen stellte.

Irgendwann griff ich nach meinem mittlerweile nur noch lauwarmen Kaffee. »Was ist dir denn passiert?«, fragte ich sie.

Sie sah mich kurz an und fing an zu erzählen. »Ich bin auf der Treppe Bàs begegnet. Er war total nett und hat sich vorgestellt und wusste auch, wer ich bin. Er hat dann gefragt, wie es bei uns so läuft, und ich habe ihm erzählt, dass wir jeden Abend mit dem Licht kämpfen. Wir haben uns dann noch eine Weile darüber unterhalten und einfach so ein bisschen geplaudert – deshalb war ich auch erst so spät hier. Und am Ende meinte er, er würde nachher mal mit Beck reden.« Sie strahlte.

»Das ist schön«, sagte ich leise. Zu irgendwelchen großen Gefühlsregungen war ich nicht imstande. Ich fühlte mich leer und ausgebrannt. Und orientierungslos. Als wäre ich in einem dunklen Raum gefangen und könnte den Ausgang nicht finden. Das Gefühl schnürte mir die Kehle zu. In mir herrschte einfach ein tiefes, dunkles

Nichts. Keine Freude, keine Trauer, nicht einmal Angst. Einfach nichts.

Wir erreichten die Location gegen 17:00 Uhr. Nach unserer Unterhaltung im Aufenthaltsraum hatte Rey mir irgendwoher eine heiße Schokolade mit Keksen besorgt. Ansonsten hatte sie mich in Ruhe gelassen.

Nachdem wir unsere Sachen an den von Chris zugewiesenen Platz gebracht hatten, ging ich noch einmal hinaus auf den Parkplatz vorm Hintereingang, um frische Luft zu schnappen. Tyler hatte *rein zufällig* dasselbe Ziel und hielt sich ebenfalls draußen auf.

Mir war es egal. Ich suchte mir einen großen Stein, auf den ich mich setzte, und genoss die klare Winterkälte. Zumindest so weit es die Leere in mir zuließ.

Es dauerte nicht lange und ein schwarzer Van fuhr auf den Platz. Bàs und Dee stiegen aus und kamen auf die Tür zu, in deren Nähe ich Stellung bezogen hatte.

»Hey«, sagte Bàs, als er an mir vorbei in das Gebäude ging. Ich sah kurz auf, verzog den Mund zu etwas Ähnlichem wie einem Lächeln und nickte kurz.

»Hallo, junge Dame.« Ich wollte antworten, aber noch ehe ich einen Ton herausbrachte, packte Dee mich am Oberarm und zog mich von meinem Stein direkt in seine Arme. Dann griff er mein Kinn und dirigierte meinen Kopf in eine Position, in der ich ihm in die Augen sehen musste.

Mir wurde heiß.

Und plötzlich platzte auch der Knoten in meiner Kehle und die Gefühle kehrten zurück. Alle. Da waren

Wut und Liebe, neben Verzweiflung und Freude. Trauer. Angst.

Ich musste keuchen und mir wurde flau.

Dee hielt mich immer noch an Arm und Kinn fest und verhinderte damit, dass ich einfach zusammensackte.

»Ich …«, fing ich an zu stammeln.

Dee schüttelte nur den Kopf. »Nicht reden.« Seine tiefe, ruhige Stimme gab mir Halt. Ehe ich mich versah, zog er mich näher an sich heran. Er hatte eine Hand an meinem Rücken, mit der anderen hielt er meinen Kopf, als ich mich an seine Brust lehnte. Ich ließ meinen Tränen freien Lauf und wusste nicht einmal, warum ich weinte. Er streichelte mein Haar und es beruhigte mich. Ich kannte ihn doch überhaupt nicht! Hatte er mir da etwa gerade einen Kuss auf die Schläfe gegeben? Das führte jetzt eindeutig zu weit!

Panik.

Verzweiflung.

Hass.

Ich wollte ihn entrüstet von mir wegschieben. Aber Dee hielt mich einfach weiter fest. »Shhhhhh.« Das machte mich rasend!

»Lass mich!«, fauchte ich ihn an.

Keine Reaktion.

»Was glaubst du, wer du bist?«

Wut.

Verzweiflung.

Wieder keine Reaktion.

»Ich kenne dich nicht mal richtig!«

Blinder Hass.

»Wir sind uns näher, als du denkst.«

Vertrauen.

Irritation.

Resignation.

Ruhe.

Ruhe.

Ruhe.

Meine Atmung normalisierte sich und ich merkte, wie die Gefühle aufhörten, meine Gedanken zu überlagern. Ich war gerade dabei, Dees Jacke vollzuheulen. Oh nein, wie peinlich! Was hatte ich denn jetzt schon wieder getan!?

Panik.

»Kämpf dagegen an.«

Ruhe.

Vertrauen.

Ich versuchte, mich auf meine Atmung zu konzentrieren, und holte tief Luft durch die Nase. Dee roch nach Vanille. Ich hörte Stimmen, aber sie schienen in weiter Ferne. Vertraute Stimmen, die ich aber nicht zuordnen konnte – und es war mir auch egal. Es klang, als würden sie streiten. Egal. Dee hatte mich fest im Arm und ich fühlte mich hier sicher.

Die Stimmen verschwanden. Ich hörte nur noch unsere Atmung und spürte, wie sich sein Brustkorb dabei regelmäßig anhob und senkte.

»Du wirst es lernen«, beendete Dee die Stille. Dabei ließ er mich langsam los.

»Was?« Mir wurde kalt. Mein Schutzschild fehlte.

»Alles zu seiner Zeit.« Er lächelte mich an. Eine leichte Verwirrung stieg in mir auf, aber sie fühlte sich *normal* an. Sie war rational erklärbar und auch nicht so heftig, dass sie mich schier umhaute. Ein völlig *normales* Gefühl. Das war schön.

»Ich …« Ich hatte Fragen.

Aber Dee schüttelte nur den Kopf. »Ich nehme an, ihr könnt demnächst aufbauen. Eins nach dem anderen. Wir sehen uns später.« Er ging.

Ich blieb verdutzt zurück und es dauerte etwas, bis seine Worte mein Gehirn erreichten und dort verarbeitet wurden. Der Aufbau! Scheiße! Panisch sah ich mich nach Tyler um, aber er war nicht mehr da. Wie spät war es? Ich zog mein Handy aus meiner Hosentasche. 18:14 Uhr. Fuck! Die Benachrichtigungen am Displayrand zeigten mehrere verpasste Anrufe und unzählige Nachrichten. Egal, dafür hatte ich keine Zeit. Ich rannte los.

Das Räumchen, in dem wir unsere Utensilien gelagert hatten, war bis auf Verpflegung, persönliche Dinge und unsere Garderobe leer. Scheiße! Mein Herz schlug bis zum Hals. Wie konnte ich meine Freunde nur so im Stich lassen?

Ich lief zur Halle und sah mich hektisch um. Ich entdeckte sie sofort: Sie waren bereits auf der Bühne zugange. Ich rannte die Stufen hoch und presste ein »Es tut mir leid!« heraus. Ich war völlig außer Atem.

»Alles gut.« Rey kam auf mich zu und strahlte. Moment. Was war hier los?

»Wir haben Hilfe und kommen sehr gut voran«, ergänzte sie mit einem Zwinkern. Hinter ihr standen Chris, der Carsten mit den Kabeln half, und … Bàs. Bàs? Im Ernst? Er schien genau die Aufgaben übernommen zu haben, für die ich sonst zuständig war. Mein Mund stand offen. Das Ganze wirkte surreal.

Jemand pfiff kurz. Ich sah in die Richtung. Chris zeigte auf eine Kiste und rief »Backdrop!« Dann wandte er sich wieder der Stagebox zu.

Es dauerte ein paar Sekunden, bis ich begriff. Sofort machte ich mich daran, unser Backdrop auf die Halterung zu montieren.

Als ich mich nach getaner Arbeit umsah, war Bàs verschwunden. Tyler war noch mit seinem Schlagzeug beschäftigt, schien aber in den letzten Zügen zu sein. Carsten sprach in der Nähe des Technikpults mit Beck. Rey rückte die Mikrofonständer noch um ein paar Zentimeter zurecht. Chris nahm mir meine Konstruktion ab und befestigte alles am großen Ständerwerk.

Es gab nichts mehr zu tun.

Mein schlechtes Gewissen war einige Tonnen schwer.

»Soundcheck machen die Jungs gleich. Wir können uns schon mal umziehen.« Rey zog mich am Arm von der Bühne und zu unserem Lagerraum.

»Es tut mir wirklich leid«, flüsterte ich.

»Alles gut, Süße. Tyler wollte schon auf Dee losgehen. Aber Bàs hat uns dann alles erklärt.«

Ach, das waren also die Stimmen, die ich vorhin am Rande mitbekommen hatte … bitte was …?

Ich sah Rey irritiert an.

Sie zog eine Augenbraue hoch. »Du hättest es mir einfach erzählen können. Du bist meine beste Freundin. Wenn nicht mir, wem dann?«

Bitte was …?

Mechanisch begann ich, die Schichten des von Rey geplanten Bühnen-Outfits anzuziehen.

»Rey …«, sagte ich dann leise.

Ich wusste nicht, wie ich es am besten formulieren sollte, also entschied ich mich für den direkten Weg. »Was genau hat Bàs euch erklärt?«

Sie hielt mitten in ihrer Bewegung inne und kaute auf ihrer Unterlippe herum, vermutlich ohne es selbst zu bemerken.

»Bitte, Rey. Was hat er euch gesagt?«

Sie runzelte die Stirn. »Dass Kay dich heute … echt fies bedrängt hat. Dass Dee dir helfen kann, weil ihr beiden euch näherstehen würdet, als wir wüssten. Und ja, das nehme ich dir ein bisschen übel. Das hättest du mir wirklich erzählen können, dass da was zwischen dir und Dee läuft! Ich dachte, Kay hätte es dir angetan. Aber da lag ich wohl falsch – Gott sei Dank. Was für ein Arschloch! Wann ist das überhaupt passiert mit Dee? Auch wenn ich es eigentlich gar nicht wirklich glauben kann, denn wir waren ja die ganze Zeit über zusammen …«

Bitte was …?

»Das ist nicht richtig«, antwortete ich knapp. Allerdings war ich mir bei dieser Behauptung absolut nicht sicher. Falsch war es auch nicht. Ich wusste es nicht. Alles, was ich wusste, war, dass Kay in mir etwas auslöste, das nicht gut war. Aber es war auch nicht schlecht. Und dasselbe galt für Dee. »Zwischen uns läuft nichts.«

»Hm«, machte Rey.

»Können wir uns einfach auf den Gig konzentrieren für den Moment?«, bat ich sie.

»Hm, hm.« Mehr kam nicht. Aber dann schnappte sie sich ihren Make-up-Koffer und deutete zur Tür. »Im Aufenthaltsraum ist das Licht besser und es gibt Stühle. Und nachher erwarte ich eine ordentliche Antwort.«

Offensichtlich hatte Bàs sein Wort gehalten und mit Beck gesprochen. Die Beleuchtung bei unserem Auftritt war perfekt. Nicht sonderlich farbenfroh oder gar spektakulär, aber die LED-Lichtquellen waren so positioniert, dass wir alle gut zu sehen waren und auch selbst gut sehen konnten. Wir spielten eher schnellere Songs und brachten damit wesentlich mehr Leute dazu, ihre Handys wegzupacken und zu tanzen, als an den Vortagen. Der Applaus am Ende wärmte mein Herz und fühlte sich richtig gut an. So konnte es für den Rest der Tour bleiben!

Nachdem wir alles in Auto und Hänger verstaut hatten, sahen Rey und ich uns einen Teil der Stormkillers-Show an. Wir hatten uns ein Eckchen im hintersten Bereich der Halle gesucht. Rey war der Auffassung, etwas Abstand sei angebracht. Aber ganz auf das Spektakel verzichten, wollte sie auch nicht.

▯ *Tyler (21:48 Uhr):* Sind wieder da! Essen fassen!

Rey hielt mir die Nachricht in der Bandgruppe direkt vor die Nase und plötzlich merkte ich, wie hungrig ich eigentlich war.

Wir kämpften uns durch die Massen zum Seitenausgang und passierten die Securitys. Als wir die Tür zum Aufenthaltsraum öffneten, konnten wir die Pizza schon riechen. Mein Magen knurrte.

»Ich liebe euch!«, rief Rey verzückt.

»Oh ja!«, stimmte ich zu.

Tyler hielt einen der Kartons in meine Richtung und einen anderen in Reys. Wir griffen zu und setzten uns zu den beiden an den Tisch.

Ich wusste nicht, ob es am Hunger lag oder daran, dass der Auftritt so gut gelaufen war, doch meiner Meinung nach war das die beste Pizza, die ich je gegessen hatte. Pures mit Käse überbackenes Glück.

Tyler holte mich mit einem Schlag wieder von meiner Genusswolke auf den Boden der Tatsachen. »Hör mal, Chris. Wir müssen darüber reden, was heute passiert ist.«

Oh, bitte nicht.

»Wir … verstehen das, wenn du nicht darüber sprechen möchtest …«

Ganz genau. Möchte ich nicht.

»… wir wissen halt nicht genau, was vorgefallen ist.«

Ich auch nicht.

»Aber du sollst wissen, dass wir alle bereit sind, das hier jederzeit abzubrechen und nach Hause zu fahren. Wir wollen nicht, dass dich etwas … oder jemand so sehr belastet.«

»Nein!« Das platzte lauter aus mir heraus, als ich beabsichtigt hatte. Etwas ruhiger ergänzte ich: »Das will ich nicht. Wirklich nicht.« Das entsprach der vollen Wahrheit. Ich bekam Panik bei dem Gedanken, keine Möglichkeit mehr zu haben, Kay oder Dee zu sehen. Noch mehr Panik als bei dem Gedanken, sie *tatsächlich* zu sehen.

»Wir stehen auch hinter dir, falls du zur Polizei gehen willst«, sagte Carsten.

Die anderen nickten.

Das war völlig absurd. Weshalb sollte ich denn …? Aber da fiel mir wieder ein, was Bàs gesagt haben musste. Klar, für meine Freunde ließ das nur einen Rückschluss zu.

Ich lachte hysterisch auf. »Was auch immer ihr glaubt, mich hat absolut niemand irgendwie … angefasst oder so. Es gibt weder einen Grund für einen Besuch bei der Polizei noch einen, die Tour abzubrechen. Abgesehen davon habe ich weder bisher auch nur ein Wort mit Bàs gewechselt, noch war er jemals bei *irgendwas* dabei.« Ich war sauer. Mir war nur nicht ganz klar, auf wen genau.

Als wir wenig später in unserer Unterkunft ankamen, klopften wir – mit etwas schlechtem Gewissen aufgrund der Uhrzeit – an der Eingangstür. Es dauerte nicht lange, bis Regina öffnete. »Guten Abend! Kommt hurtig rein.«

Sie schien noch wach gewesen zu sein, stellte ich erleichtert fest. Wir begrüßten sie freundlich und verzogen uns dann schnell auf unsere Zimmer. Rey schloss die Tür hinter uns ab und ließ den Schlüssel stecken.

»Paranoid?«, fragte ich sie.

»Sicher ist sicher.«

»Du glaubst mir nicht, dass nichts vorgefallen ist, oder?«

Sie schwieg und sah angestrengt auf ihre Hände, während sie an ihren Fingern herumknibbelte. »Ehrlich gesagt, weiß ich es nicht. Du warst vorhin fix und fertig. Und dann das vor der Halle mit Dee. Du sprichst ja nicht mit mir.«

Das tat weh. Aber was hätte ich ihr denn sagen sollen? Dass ich bei keinem einzigen Gespräch sicher sein konnte, ob es gerade wirklich stattfand oder ich es mir nur einbildete? Dass ich Regina in einem Moment für eine liebevolle Herbergsmutter und im nächsten für eine Serienkillerin hielt? Dass ein Gewitter irrationaler Gefühle über mich hereinbrach, sobald Kay oder Dee mir sehr nah waren? Dass diese unfassbare Leere, das Nichts, wie ich es heute Mittag in mir hatte, aber noch wesentlich schlimmer war? Dass ich offensichtlich gerade den Verstand verlor?

»Ich kann es nicht erklären. Ich … es ist bestimmt nur der Stress.«

Rey schüttelte den Kopf, antwortete aber nicht darauf.

»Ich geh noch schnell duschen«, sagte ich kurz und verschwand im Bad. Ich wollte einfach nur hinaus aus dieser Situation.

Das heiße Wasser tat wie immer gut und ich ließ mir sehr viel Zeit. Ich fühlte mich allein. Die Seife fiel in mein Blickfeld und ich griff danach. Wenn schon allein, dann wenigstens gut riechend.

Als ich fertig war, schlich ich in ein Handtuch gewickelt ins Zimmer zurück. Mein Nachttischlämpchen brannte noch, Reys war aus. Sie atmete ruhig und schien bereits zu schlafen. Ich streckte die Hand nach meinem Schlafanzug aus, besann mich dann aber eines Besseren und griff stattdessen nach meiner geliebten Jeans und meinem Schlabberpulli. An Schlaf war in absehbarer Zeit ohnehin nicht zu denken, also konnte ich mir auch noch kurz die Füße an der frischen Luft vertreten. Ich brauchte keinen Schlaf, ich brauchte Antworten.

KAPITEL V

Ich leerte die Flasche und knallte sie so hart auf den Tisch, dass eine Kerbe im Holz zurückblieb. Die Kleine brachte mich um den Verstand.

»Ey, komm mal wieder runter. Wir haben es im Griff.«

»Einen Scheißdreck haben wir!«, blaffte ich Daemon an.

»Was erwartest du denn?«, fragte er im Gegenzug.

Ich hatte darauf keine Antwort. Ich wusste genau, was ich wollte. Aber es stellte sich als komplizierter heraus, als mir lieb war.

Wir saßen verteilt auf einer großen, gemütlichen Sitzgruppe. Tywyllwch und sein Bruder auf dem Dreisitzer an der Wand, die anderen beiden auf einem ebenso großen Sofa ihnen gegenüber. Ich selbst hatte mich auf einen Sessel neben der Terrassentür fallen lassen. Das Licht war gedämpft, für heute hatten wir alle genug von grellen Lampen.

Wortlos griff Tywyllwch neben sich zum Boden und fischte eine neue Flasche aus dem Bierkasten. Ich schüttelte leicht den Kopf. Er stellte sie mit einem Schulterzucken einfach auf den Tisch, irgendwer würde sich ihrer schon annehmen. »Und wenn wir einfach mit ihr reden? Ihr erklären, was Sache ist?«, fragte er.

Ich sah ihn scharf an, Daemon wirkte ebenfalls nicht begeistert. Sein Bruder fing an zu lachen. »Und was genau willst du ihr erklären? Sie muss schon selbst dahinterkommen, du weißt doch, wie es läuft.«

»Außer Daemon und mir hattet ihr alle noch keinen direkten Kontakt«, sagte ich. »Die Reaktion ist … heftig – um es gelinde auszudrücken. In einem solchen Ausmaß habe ich das bisher auch noch nicht erlebt.«

Daemon nickte.

»Vielleicht wäre das ja ein Ansatz?«, murmelte Tywyllwch.

»Was?«, fragte sein Bruder.

»Na, wir setzen uns alle mal mit ihr … auseinander. Vielleicht bleibt die Reaktion bei irgendwem im Rahmen.«

»Das bezweifle ich«, entgegnete ich mit einem Unterton, der jegliche weitere Diskussion unterband.

»Also, was ist der Plan?«, fragte Bàs.

Ich dachte kurz nach und verzog den Mund zu einem Grinsen. »Wir machen so weiter. Schiebt im Zweifelsfall alles auf mich. Aber treibt keinen zu tiefen Keil zwischen sie und ihre Freunde. Ich will nicht, dass sie die Tour abbrechen.«

Daemon lachte. »Kaos, unser Märtyrer.«

Dann wurde die Tür geöffnet.

KAPITEL 8

Auf dem Weg nach unten entschied ich mich, der Terrasse einen Besuch abzustatten. Eine Runde um den Block zu joggen wäre mir zwar lieber gewesen, aber ich wollte um diese Uhrzeit keinesfalls wieder klopfen müssen.

Am Aufenthaltsraum angekommen, öffnete ich die Tür. Kaum war ich eingetreten, traf mich fast der Schlag. Ich erstarrte mitten in der Bewegung, die Hand noch an der Türklinke.

Das Licht war schummerig, es stammte nur von einer stark gedimmten Wandlampe über dem Dreisitzer.

Dennoch erkannte ich die fünf Gestalten, die die Sitzgruppe belagerten, sofort.

»Ich … sorry. Ich wollte nicht stören, ich wollte nur kurz auf die Terrasse«, stammelte ich, unfähig mich zu bewegen. Sollte ich einfach rückwärts wieder hinausgehen? Die Terrassentür schien plötzlich Kilometer weit entfernt. Augen zu und durch? Oder doch lieber Flucht?

Angriff oder Flucht?

Flucht.

Hinter mir bewegte sich etwas. Als ich mich zum Gehen umwandte, versperrte Noctis mir den Weg. Wie zum Henker war er so schnell dort hingekommen? War er vielleicht vorher gar nicht im Raum gewesen? Hatte ich mich verzählt?

»Planänderung«, sagte er mit einem breiten Grinsen.

Er trat einen Schritt auf mich zu. Unweigerlich wich ich zurück – weiter in den Raum hinein. Er wandte seinen Blick nicht von mir ab und ging ganz langsam weiter auf mich zu, bis er die Tür hinter seinem Rücken schließen konnte. Ich hörte ein Klacken, als der Schnapper einrastete. Dann ein zweites Klacken – hatte er etwa gerade abgeschlossen? Panik keimte in mir auf.

»Noctis«, sagte Kay. Seine Stimme hatte einen warnenden Unterton. »Setz dich. Und du auch.« Ich drehte mich um. Er schaute mich an und zeigte auf den freien Sessel ihm gegenüber.

Ich zitterte, als ich hinüberging. Aber ich hatte auch nicht genug Mut zu widersprechen.

Noctis ließ sich neben Ty auf die Couch an der Wand fallen. Demonstrativ legte er den Schlüssel auf den Tisch.

Die Panik nahm mir beinahe die Luft zum Atmen. Ich setzte mich ganz vorsichtig auf die vordere Kante des Sessels. Im Leben hätte ich es nicht fertiggebracht, mich gemütlich zurückzulehnen. Ich fühlte mich angreifbar und … ausgeliefert.

Ich sah zu Dee, in der Hoffnung auf Unterstützung. Was auch immer ich als Hilfe von ihm erwartete – aber es war der einzige Strohhalm, nach dem ich greifen konnte. Er reagierte nicht auf mich, sondern konzentrierte sich darauf, einen Joint zwischen seinen Fingern zu rollen. Bàs neben ihm konnte ich absolut nicht einschätzen. Mein Blick wanderte weiter und fiel auf Kay. Er starrte mich an, schien mich regelrecht zu fixieren. Und genau so fühlte ich mich plötzlich auch – bewegungsunfähig. Mein Herz pochte wild und meine Atmung war flach.

Niemand sprach ein Wort.

Als Dee mit seinem Joint fertig war, hielt er ihn hoch. »Wer kommt mit vor die Tür?«

Bàs erhob sich, dicht gefolgt von Ty. Dee stand ebenfalls auf und alle drei verschwanden auf die Terrasse.

Ich blieb mit Kay und Noctis zurück.

Kay wandte seinen Blick von mir ab und sah Noctis an. Dann deutete er mit einer knappen Kopfbewegung in meine Richtung. Hatte er etwa gerade einen stummen Befehl erteilt? Diese ganze Situation war grotesk.

Noctis kam zu mir und setzte sich auf die Tischkante vor meinem Sessel. Dann hielt er mir seine geöffnete Hand hin. »Gib mir mal deine Hand.«

Noch immer war ich wie gelähmt. Meine Panik war kaum mehr auszuhalten und meine Augen wurden feucht.

»Gib mir mal deine Hand, *bitte*«, wiederholte sich Noctis.

Ich rührte mich keinen Millimeter. Die ersten Tränen liefen meine Wange hinunter.

Noctis seufzte und zuckte resigniert mit den Schultern. »Dann halt nicht. Ich wollte nur helfen.« Gemütlich schlenderte er zu den anderen auf die Terrasse.

Was war hier bitte los …?

Kay hatte zwischenzeitlich sein Kinn auf seiner Hand abgestützt. »Wovor hast du Angst?«

Dass ihr Arschlöcher mich hier gerade eingesperrt habt und dabei mir völlig unbekannte, subtil gruselige Typen seid?

»Ich … kann es nicht erklären«, stammelte ich.

»Versuch es.«

»Ich weiß nicht mal, ob diese Situation hier real ist.« Ich lachte kurz auf. Es klang hysterisch.

Kay zeigte keine Regung.

»Ist sie. Versuch es weiter.« Seine Stimme verschaffte mir etwas Ruhe und ließ im Gegenzug auch keinen Zweifel, dass er mich ohne eine Antwort nicht gehen lassen würde.

»Ich fühle … Dinge. Und weiß nicht, warum.«

»Und deshalb hast du Noctis deine Hand nicht gegeben?«

»Hm? Nein.«

»Warum dann nicht?« Er wirkte verwundert.

»Er ist mir einfach … unheimlich.« Ich spürte, wie ich rot anlief.

Kay lachte lauthals los. »Mit dieser Antwort hätte ich jetzt nicht gerechnet. Aber gut. In welchen Situationen fühlst du diese *Dinge*, die du nicht erklären kannst?«

Dieses Gespräch war absurd. »Keine Ahnung«, log ich. Aber was hätte ich auch antworten sollen? Immer in deiner oder Dees Nähe?

»Hm, hm. Dann anders.« Er stand auf und war in zwei Schritten am Tisch vorbei. Ehe ich reagieren konnte, zog er mich an meinem linken Arm aus dem Sessel hoch. Ich schrie vor Schreck kurz auf, dann wurden meine Knie weich. Es fühlte sich an, als hätte jemand eine Schleuse geöffnet – die Massen brachen über mir ein. Kay fing mich auf und hielt mich fest. Er drückte mich gegen sich, ganz ähnlich wie Dee es vor der Halle getan hatte. Die Gefühle, die auf mich einprasselten, waren unglaublich stark, aber sie waren zu einem großen Teil … angenehm. *Zu* angenehm.

Vertrauen.

Zuversicht.

Lust.

Mein ganzer Körper reagierte. Ich konnte nichts dagegen tun.

»Sicher, dass du *keine Ahnung* hast, in welchen Situationen das auftritt, ja?«, flüsterte er in mein Ohr.

Ich war nicht in der Lage, einen klaren Gedanken zu fassen. Stattdessen drückte ich mich gegen ihn, atmete seinen Geruch ein – ich hatte das Bedürfnis, gänzlich in ihn hineinzukriechen. Wir standen sehr eng beieinander, aber es war mir noch zu weit weg. Ich spürte ein Kribbeln im Unterleib und schob instinktiv mein Becken nach vorn, noch näher an ihn heran.

»Hmmm. So ungern ich es sage, aber du musst dagegen ankämpfen«, sagte er. »Schieb alle Gefühle weg von dir. Schalte sie aus. Du musst lernen, sie zu kontrollieren.«

Ich konnte es nicht. Ich wollte es auch nicht. Ich konnte nicht denken.

Ich krallte stattdessen meine Finger in seine Brust.

»Scheiße«, fluchte er leise. Dann packte er mich an den Oberschenkeln und hob mich hoch. Instinktiv schlang ich meine Beine um seine Taille. Er setzte mich auf der Rückenlehne des Sessels wieder ab, damit war er nur noch wenig größer als ich. Sofort hielt er mich wieder fest – eine Hand an meinem Rücken, die andere in meinem Nacken. Ich legte den Kopf leicht schräg und sah ihn an. Ein dicker Schleier lag über allem und dämpfte alle meine Gedanken ab, ich konnte keinen mehr richtig greifen.

Lust.

Verlangen.

Ich legte meine Arme um seinen Nacken und zog ihn näher an mich heran. Unsere Lippen berührten sich ganz sanft.

Das reichte mir nicht.

Ich leckte mit meiner Zungenspitze sanft über seine Lippen. Ich wollte mehr. Jetzt.

»Verdammt, Chris! Bring mich nicht dazu, etwas zu tun, was du später bereust!«

Verlangen.

Ich ließ nicht locker und krallte meine Hände fest in seine Haare.

Das war offensichtlich zu viel.

Er verfestigte seinen Griff in meinem Nacken, presste seine Lippen auf meinen Mund und dann spürte ich seine Zunge an meiner. Kein sanftes Vortasten, kein scheues Erkunden. Er war *fordernd* – ohne einen Hauch von Zärtlichkeit. Mir entwich ein kurzer Laut der Überraschung, aber Kay ließ mir keine Zeit, mich zu orientieren. Wie in Trance bewegte sich mein ganzer Körper, ich drückte meinen Rücken durch und verlor mich vollständig in meinem Rausch, unfähig zu denken.

Lust.

KAPITEL VI

Sie machte mich rasend. Mein Körper reagierte heftig auf sie. Nur auf sie. Normale Mädchen waren für mich uninteressant – aber sie war auch nicht *normal.*

Ich hielt sie in ihrer Position und drückte sie so fest an mich wie möglich. Aber es reichte mir noch nicht, ich wollte mehr.

Ich zog meine Zunge kurz zurück und biss ihr seitlich in die Unterlippe. Das Blut, das sich jetzt dazu mischte, als ich wieder in ihren Mund eindrang, brachte einen metallischen Geschmack mit. Aber auch das half ihr scheinbar nicht, die Kontrolle über ihre Gefühle und ihre Gedanken wiederzuerlangen. Mich hingegen machte es nur noch mehr an.

Ich nahm das Geräusch der Terrassentür wahr.

»War das so geplant?«, fragte Tywyllwch.

»Hmmm, Blut«, schwärmte Noctis und sog mehrfach hintereinander kurz Luft durch die Nase ein, als würde er schnüffeln.

»Ist sie zurechnungsfähig? Wenn nicht, nimmt die dir das morgen verdammt übel, Alter.« Bàs. Musste denn hier jeder einen Kommentar abgeben?

»Soll ich vielleicht helfen?«, fragte Daemon. Endlich ein sinnvoller Vorschlag.

Widerwillig löste ich mich kurz von ihren Lippen und sah Daemon an. Chris fing direkt an, meinen Hals zu küssen. Meine Nackenhaare stellten sich auf. Ich hatte im Grunde eine exzellente Selbstkontrolle, aber auch sie war endlich. Chris biss mir sanft in den Hals, nahe meiner Schulter. Mein Schwanz drückte gegen meine Jeans und langsam wurde es schmerzhaft. Verdammt, lange ging das hier nicht mehr gut.

Ich nickte Daemon kurz zu.

Er stellte sich hinter sie auf den Sessel und legte seine Hände auf ihre Schläfen. Dann zog er ihren Kopf etwas in seine Richtung, beugte sich über sie, gab ihr einen Kuss auf den Haaransatz und flüsterte: »Schlaf.«

Ich verfestigte meinen Griff und hielt sie, als sie augenblicklich in sich zusammensackte. Dann hob ich sie von der Lehne und legte sie auf die Couch.

»Darf ich das Blut da ablecken?«, fragte Noctis und zeigte auf ihren Mundwinkel.

»Nein!«, antworteten Daemon und ich gleichzeitig.

Er schob die Unterlippe nach vorne und sah kurz aus wie ein schmollendes Kleinkind. Dann fing er an zu lachen. »Einen Versuch war es wert.«

Ich massierte meinen Nacken und rieb über die Stelle, in die sie leicht gebissen hatte. Keine gute Idee, das half mir gerade nicht, wieder abzukühlen.

Ich setzte mich auf die Seitenlehne des Sofas neben ihren Kopf. Sie atmete gleichmäßig. Bei jedem Atemzug hob und senkte sich ihr Brustkorb. Ich strich sanft über ihr Schlüsselbein. Sie schlief tief und fest. *Sie wird sich morgen nur noch an das erinnern, was geschah, bevor sie eingeschlafen ist. Was auch immer ich jetzt …*

Fuck.

Ich musste sie hier wegschaffen, bevor ich noch etwas wirklich, wirklich Dummes tat.

KAPITEL 9

Reys Wecker klingelte. Ich hörte, wie sie sich bewegte und der Ton verstummte. Offenbar hatte sie im Halbschlaf auf Snooze gedrückt.

Mit einem missmutigen Brummeln rieb ich mir die Augen. Irgendwie war alles furchtbar unbequem. Und zu warm, ich fühlte mich verschwitzt.

Nach durchzechten Nächten auf Uni-Partys war ich manchmal bei Freunden – hauptsächlich Rey – auf der Couch mitsamt meinen Klamotten eingeschlafen. Der nächste Morgen war immer grauenvoll. Genau so fühlte ich mich jetzt.

Ich versuchte, mir den gestrigen Abend ins Gedächtnis zurückzuholen. Wir waren im Zimmer und ich wollte noch einmal auf die Terrasse. Aber dann bin ich den Stormkillers über den Weg gelaufen und habe … ach du Scheiße! Mir wurde schlecht. Ich schlug ruckartig die Decke zurück und rannte ins Bad. Abgesehen von meinen Schuhen, die ordentlich am Fußende des Betts standen, war ich noch in voller Montur vom Vortag.

Ich drehte das kalte Wasser am Waschbecken auf und klatschte mir einen großen Schwall ins Gesicht. Es half gegen die Übelkeit, aber es half leider ganz und gar nicht gegen das flatterige Gefühl im Bauch. Je wacher ich wurde, desto mehr Details des Abends kämpften sich an die Oberfläche. Was habe ich nur getan? Und vor allem, was wusste Kay über mein … *Problem*? Und warum hatte er es darauf angelegt, diesen Gewittersturm auszulösen?

Ich drehte das Wasser ab, trocknete mir mein Gesicht ab und sah in den Spiegel. Scheiße. An meiner Lippe war die Bisswunde noch gut zu erkennen.

Ich entschied, mir während des Duschens eine Ausrede dafür zu überlegen. Ein »Ach das? Ja, da hat Kay mich gebissen, während ich willenlos mit ihm rumgeknutscht habe« kam wohl eher nicht infrage.

Das heiße Wasser tat gut. Langsam wich auch das eklige Gefühl der Peinlichkeit aus meinen Knochen. Was geschehen war, war geschehen. Und ich gab mich keinerlei Illusion hin, dass der Rest der Stormkillers nicht ebenfalls bereits von meinen »Anfall« wusste. Das imaginäre Krönchen richten und darüberstehen – das war die einzig sinnvolle Wahl der Waffen. Aus dem Weg gehen konnte ich ihnen schließlich nicht, ich brauchte Antworten.

Als ich in ein Handtuch eingewickelt meine Zähne putzte, fiel mein Blick auf das Zahnputzglas. Eigentlich benutzte ich diese Dinger nicht, aber er konnte die Lösung sein, um wenigstens meine Freunde – vorerst – aus diesem Chaos herauszuhalten. Würde ich ihnen erzählen, was passiert war, wären wir keine Stunde später schon auf dem Weg nach Berlin. Das wollte ich unbedingt vermeiden. Ich nahm das Glas und schlug ganz leicht seine obere Kante auf den Stein des Waschbeckens. Beim dritten Versuch löste sich ein Splitter und der Rand hatte einen ordentlichen Sprung. Perfekt. Es klang plausibel, dass ich mich gestern Abend daran geschnitten hatte.

Rey hatte ihren Wecker offenbar noch einige weitere Snooze-Runden drehen lassen. Sie lag immer noch im Bett.

Ich packte meine Klamotten in die Wäschetüte und zog neue aus meiner Tasche. Während ich mich anzog, weckte ich Rey, indem ich ihr immer wieder ein Stück der Decke wegzog. Nicht die freundlichste Art, aber bei ihr die einzig wirkungsvolle.

»Aufstehen, du Schlafmütze!«

»Hnnnnnnneiiiin … ich bin müde.«

»Es gibt bestimmt Kaffee.« Das wirkte.

Eine verschlafene Rey blinzelte mich an. »Hast du dich im Schlaf selbst massakriert?«, fragte sie und tippte mit ihrem Zeigefinger auf ihre Lippe.

»Nein, ich hatte nicht gesehen, dass das Zahnputzglas kaputt war. Ich hab es auf dem Waschbecken stehen gelassen, benutz es bloß nicht. Kannst du das heute Abend überschminken?« Ich hasste Lügen.

»Ja, klar.« Sie gähnte und schwang die Beine aus dem Bett. »Ich geh fix duschen.«

»Ich gehe schon mal zum Frühstück, ja?«, fragte ich so beiläufig wie möglich.

»Nee. Bist du irre?« Sie schaute mich vollkommen verständnislos an.

»Du brauchst doch wieder ewig und ich hab Hunger«, maulte ich.

»Gut Ding will Weile haben. Trotzdem nein.«

»Okay, ein Kompromiss: Ich klopfe bei den Jungs und wenn einer mitkommt, gehe ich. Wenn nicht, warte ich. Deal?«

»Deal.«

Mit einem Lächeln verließ ich das Zimmer und zog die Tür hinter mir zu.

Bevor ich zum Nachbarraum ging, ließ ich meinen Blick noch einmal über die Bilder schweifen. Irgendetwas musste all diese Menschen verbinden und es konnte nicht nur ihr Alter sein.

Ich seufzte und klopfte an die Tür. Schritte erklangen dahinter und Tyler öffnete in T-Shirt und Boxershorts.

»Guten Morgen!«, begrüßte ich ihn.

»Moin.« Er war offensichtlich noch nicht ganz wach.

»Kommt einer von euch schon mit runter zum Frühstück?«

»Gib mir eine Minute, okay? Ich suche eben noch eine Hose.«

»Klar. Ich warte.«

Er drückte die Tür zu und ich widmete mich wieder den Fotos und Gemälden. Es waren wesentlich mehr Männer als Frauen abgebildet. Aber auch diese Erkenntnis brachte mich leider nicht weiter. Langsam bewegte ich mich zur Treppe, den Blick immer noch auf die Bilder gerichtet. Ich ging die ersten Stufen hinunter und hatte das Gefühl, stets neue Gesichter zu entdecken, die ich vorher noch nicht gesehen hatte. Was war ihr Geheimnis, was verband all diese Menschen? Ich wanderte weiter, Stück für Stück, Bild für Bild. Plötzlich stand ich vor einer Wand, die mir gänzlich unbekannt war – scheinbar war ich ohne es zu merken in einen Flur abgebogen. Ich war mir sicher, bislang noch keins dieser Fotos gesehen zu haben.

Dann traf mich fast der Schlag. Vor Schreck hielt ich mir die Hand vor den Mund.

Inmitten der vielen fremden Personen fand ich sie. Fünf mir sehr gut bekannte Gesichter. Es war eines ihrer Band-Fotos, die immer mal wieder für die Presse angefertigt worden waren. Ich fuhr mit den Fingern leicht über das Glas – wie um mich zu versichern, ob das Bild tatsächlich da war.

Waren die anderen Menschen vielleicht auch alle Musiker? War die Antwort so simpel und ich rannte nur einem Hirngespinst hinterher?

»Chris?« Oh nein, ich hatte Tyler ja völlig vergessen. Ich ging zügig zur Treppe zurück und lief einen Absatz nach oben. »Sorry, ich bin nur kurz schon mal ein paar Stufen runter.«

»Schon gut. Auf geht's, der Kaffee wartet.«

Bevor wir die Tür zum Frühstücksraum öffneten, atmete ich tief durch und überprüfte den Sitz der gedanklichen Krone.

Umsonst. Sie waren nicht da.

Rund 120 Kilometer und einen kurzen Einkaufsstopp in einem Supermarkt später, erreichten wir unsere nächste Pension. Als Rey und ich unser Zimmer betraten, sehnte ich mich nach der letzten zurück. Oder der vorletzten, egal. Es war – freundlich ausgedrückt – schäbig. Nicht schick schäbig, sondern schäbig schäbig.

Rey sprach aus, was ich dachte: »Na ja, für eine Nacht wird es wohl irgendwie gehen.«

Sie zog die Bettdecke mit spitzen Fingern zurück und mich hätte es nicht gewundert, wenn daraufhin irgendetwas entsetzt weggekrabbelt wäre. Ein Bad gab es nur auf dem Flur, der aber glücklicherweise lediglich vier Zimmer umfasste.

Carsten hatte uns bereits vorgewarnt, dass es nicht so elegant werden würde. Da hier in der Nähe eine größere Messe stattfand, war es schwer gewesen, überhaupt ein Zimmer zu bekommen.

»Ich weiß, es ist noch früh, aber sollen wir schon zur Location? Oder irgendwo anders hin?«, fragte ich sie.

»Ja! Bitte! Egal wohin. Nur raus hier.«

Es klopfte an der Tür. Ich zog mir den Ärmel meines Pullis über die Finger, bevor ich sie öffnete.

»Ähm … wir überlegen, die Wartezeit irgendwo anders zu überbrücken«, sagte Tyler.

Ich nickte und schnappte mir meine komplette Tasche. Hier würde ich meine frischen Klamotten nicht ausbreiten, wenn es nicht unbedingt sein musste. Rey tat dasselbe.

Wir rannten zum Auto und setzten uns so schnell hinein wie möglich. Es regnete in Strömen.

»Und jetzt?«, fragte ich in die Runde, mit meiner Tasche auf dem Schoß.

»Es ist jetzt 13:30 Uhr. Wir könnten irgendwo etwas essen gehen und dann direkt zur Location. Einen Stadtbummel halte ich bei diesem Wetter für … nicht zielführend«, erörterte Carsten unsere Optionen.

»Ich google mal. Gebt mir ’ne Minute«, sagte Rey.

»Pul nicht wieder irgendeinen Luxus-Sushi-Laden raus, bitte.« Ich verdrehte die Augen. Rey die Wahl zu überlassen, hatte sich mehr als einmal als recht kostspielig herausgestellt.

»Und bitte etwas, wo man gescheit parken kann«, ergänzte Tyler.

»Ihr habt alle Handys. Googelt selbst«, entgegnete Rey genervt.

Ich zog mein Telefon umständlich aus der Hosentasche und schaltete das Display ein. Ich entschied mich dazu, im Umkreis der Location zu suchen, damit wir das Parkplatzproblem umgehen konnten.

»Wie wäre es mit Mexikanisch?«, fragte Rey.

»Wie viele von diesen kleinen Eurozeichen stehen bei dem Eintrag?«, fragte Carsten.

»Hm. Drei?«

»Dann nicht.«

Ich musste leise kichern. Sie hatte wirklich Talent.

»Hier ist ein Asiate, ganz in der Nähe der Location. Ein Eurosymbol und fast nur gute Bewertungen.«

»Perfekt.« Tyler startete den Motor.

Es war weder besonders gemütlich noch etwas, was man einen »Ort der Ruhe« nennen konnte, aber es war warm und trocken und das Essen war lecker.

Wie jedes Mal, wenn ich die Speisekarte in einem chinesischen Restaurant studierte, nahm ich mir vor, mal etwas Neues zu probieren. Und wie jedes Mal hatte ich dann »Gebratenes Huhn süß-sauer« bestellt.

»Da ist Chris«, sagte ich zwischen zwei Bissen. Er stand an der Theke und wartete offensichtlich auf eine Bestellung zum Mitnehmen. Er sah sich im Raum um und als sich unsere Blicke kreuzten, winkte ich ihm kurz zu.

Im selben Moment hielt ihm die Bedienung zwei große Tüten hin, die er entgegennahm. Er drehte sich in Richtung Ausgang, hielt dann aber kurz inne und kam zu unserem Tisch. »Guten Appetit!«

»Danke«, antworteten wir alle – mal mit weniger, mal mit mehr Essen im Mund.

»Ich habe keine Ahnung, wen ihr bestochen habt, aber eben kam eine Lieferung von der Firma, bei der immer mal wieder zusätzliche PA-Teile bezogen werden. War ein In-Ear-Monitoring für euch dabei.«

Ich verschluckte mich beinahe an meinem Essen. Rey vergaß das Kauen und riss die Augen auf. Tyler hustete. Carsten imitierte Rey.

»Öhm … wow?« Ausführlicher konnte ich es nicht formulieren.

»Ja, das war auch Becks Reaktion.« Er zuckte mit den Schultern. »Bis später dann.«

»Bye«, murmelte jeder von uns, der in der Lage dazu war.

Wir fingen erst wieder an zu essen, als Chris das Lokal verlassen hatte. Bis dahin starrten wir ihm ungläubig hinterher.

Carsten war der Erste, der seine Sprache wiederfand: »Hat da jemand eine Erklärung für? Also nicht, dass es mich stören würde, aber … es verwundert mich.« Er sah dabei mich an.

Ich zuckte mit den Schultern und schüttelte den Kopf.

»Chris, können wir jetzt *bitte* mal Tacheles reden?«, fragte Rey. Es klang nahezu flehend.

»Was genau wollt ihr denn jetzt schon wieder von mir? Vielleicht hat Bàs das veranlasst, nachdem er mit Rey gesprochen hat? Genau wie das mit dem Licht? Oder dass er plötzlich beim Aufbau hilft? Darüber schon mal nachgedacht, *Rey*?« Ich sah sie scharf an. Ich wurde wütend. Warum ließen sie mich nicht einfach in Ruhe mit dem ganzen Scheiß? »Und übrigens, dein Gespräch mit Bàs war gestern Mittag, seitdem war genug Zeit, um so etwas zu organisieren. Meine Knu–«

Ich unterbrach mich gerade noch rechtzeitig selbst.

»Deine *was*?«, fragte Tyler mit einem Unterton, der mich frösteln ließ.

»Ach, wisst ihr was? Leckt mich doch einfach alle am Arsch!« Ich knallte mein Besteck auf den Teller, legte einen halbwegs passenden Geldschein auf den Tisch und stand auf. »Ich warte draußen.«

Zu meinem Glück nieselte es nur noch leicht, allerdings wäre mir in diesem Moment auch eine Sturmflut egal gewesen.

Es dauerte nicht lange und Tyler stand neben mir. »Chris, wir wollen dich nicht ärgern, wir machen uns nur Sorgen.«

»Schön für euch. Können wir dann zum Auto und ausladen?« Ich war wirklich sauer. Ohne auf eine Antwort zu warten, setzte ich mich in Bewegung zum Parkplatz an der Halle.

Die anderen kamen nur kurze Zeit nach mir am Gespann an.

Wortlos luden wir aus, während Carsten auf die Suche nach Chris ging. Noch immer ohne ein Wort zu sagen, brachten wir alles in eine Ecke im Flur in der Nähe des Aufenthaltsraums. Ich ging hinein, nahm mir eine Flasche Cola aus einer der Kisten und setzte mich an den Tisch. Leider hatte ich weder ein Feuerzeug dabei noch das Talent, um den Kronkorken ohne einen handelsüblichen Kapselheber entfernen zu können. Also stellte ich die Flasche einfach vor mir auf den Tisch und wurde noch wütender.

»Soll ich …?«, fragte Tyler, als er sich dazu setzte.

»Nein!«, pampte ich ihn an.

»Gut. Dann nicht.« Er zuckte mit den Schultern und öffnete seine eigene Flasche. Dann eine für Carsten. Und eine für Rey. Ich kochte innerlich.

Wir saßen schweigend um den Tisch herum. Es war gerade mal 14:45 Uhr. In frühestens drei Stunden würden wir aufbauen können. Großartig.

Die Tür des Raums wurde geöffnet und jemand steckte den Kopf herein. Ich fixierte weiter meine geschlossene Cola.

»Habt ihr Chris gesehen?«

Ich sah zur Tür und runzelte die Stirn. Was wollte Noctis denn jetzt von mir?

»Ich meine *den* Chris«, ergänzte er.

Natürlich. Wie kam ich nur darauf, dass er was von *mir* wollte. Die Wut brodelte weiter.

»Nein, sorry«, antwortete Carsten.

»Hm, hm. Und was macht ihr hier für 'ne Party?«, fragte Noctis, öffnete die Tür komplett und lehnte sich gemütlich in den Türrahmen.

Ich funkelte ihn böse an.

»Wir … chillen«, erklärte Tyler. Seinem Tonfall nach nahm er sich das nicht mal selbst ab.

Ich stieß verächtlich die Luft aus.

»Jaaaa. Das sieht ganz nach Spaß aus.« Noctis zog eine Augenbraue hoch. »Wie dem auch sei, ich hatte ein bisschen Zeug nachgeordert, Chris sollte das Paket haben. Da ist auch ein Monitoring-Set für euch dabei.«

»Warum?«, fragte ich.

»Weil ich wissen will, was ihr wirklich draufhabt. Aber dafür waren die Voraussetzungen … ungünstig.« Er zuckte mit den Schultern. »Viel Spaß noch beim *Chillen.*«

Offensichtlich hatte ich ihn vollkommen falsch eingeschätzt. Vielleicht wollte er mir gestern auch *wirklich* nur helfen?

Er wandte sich zum Gehen um, aber ich packte all meinen Mut zusammen und rief ihn zurück: »Warte, Noctis. Gilt dein … Angebot noch?« Ich hielt ihm meine ausgestreckte Hand entgegen.

Ich konnte die fragenden Blicke meiner Bandkollegen beinah körperlich spüren.

Er drehte sich langsam wieder zurück und kniff die Augen etwas zusammen. »Hm. Nein.«

Enttäuscht ließ ich meinen Arm sinken. Es dauerte allerdings nur einen Wimpernschlag und die Enttäuschung wurde wieder von Wut abgelöst. Wut auf mich selbst, weil ich die Chance gestern einfach hätte wahrnehmen sollen, statt mich so anzustellen.

»Aber ich habe eine andere Idee. Komm mit.« Er nickte Richtung Flur.

Ohne ein Wort zu sagen, stand ich auf, nahm meine Cola und ging hinter ihm zur Tür hinaus.

»Was ist damit?« Er zeigte auf die Flasche in meiner Hand, als wir den Flur entlanggingen.

»Ich krieg sie ohne Kapselheber nicht auf«, antwortete ich kleinlaut.

»Ohne was?«

»Ein Ding um Kronkorken zu entfernen.«

»Ich weiß, was das ist – aber ich habe noch nie erlebt, dass jemand dieses Wort ernsthaft verwendet.« Er lachte, blieb stehen und nahm mir die Flasche ab. Mit einer kurzen Handbewegung hebelte er sie mit einem breiten Ring, den er trug, auf. Seine Bewegungen waren fließend und er schien darauf zu achten, dass wir uns nicht berührten.

»Danke«, sagte ich und trank die Hälfte in einem Zug aus.

»Was fühlst du im Moment?«, fragte er unvermittelt.

»Wut«, antwortete ich wahrheitsgemäß. »Auf alles und jeden und vor allem auf mich selbst.«

»Hm. Dann habe ich wirklich das Passende für dich. Komm.« Er öffnete die Tür des Hinterausgangs zum Parkplatz. Durch den starken Regen war es den ganzen Tag nicht richtig hell geworden. Kalte Luft schlug uns entgegen.

»Ich habe keine Jacke dabei«, stellte ich fest. Ich hatte sie im Aufenthaltsraum ausgezogen und dadurch nur Jeans und einen dünnen Schlabberpulli an.

»Ich auch nicht«, entgegnete er. Das stimmte. Er trug einen schwarzen Kapuzenpulli und sah darin wirklich gut aus. »Aber das macht nichts.« Er trat aus der Tür und ging auf den Parkplatz zu. Dann deutete er auf einen schwarzen Mercedes mit dunkel getönten Scheiben, während er auf den Knopf an seinem Schlüssel drückte und die Blinker aufleuchteten. »Dieses Wunderwerk der modernen Automobilindustrie besitzt eine gut funktionierende Heizung.«

Ich stellte meine mittlerweile leere Flasche neben der Tür ab und spurtete ihm hinterher. Als ich die Beifahrertür erreichte, war er bereits eingestiegen.

Im Fußraum lagen einige Kekskrümel, aber sonst sah das Auto aus wie neu. Es roch auch so. Das Interieur war genau so schwarz, wie es von außen vermuten ließ – mit kleinen Akzenten aus Carbon. Ich schnallte mich an und Noctis startete den Motor. Der Tacho leuchtete rot auf, ebenso alles, was am gesamten Armaturenbrett mit Lämpchen hinterlegt war. Dann drückte er auf einen kleinen Knopf, dessen Symbol ich als Beifahrer-Sitzheizung identifizierte. Er klemmte sein Handy in eine dafür vorgesehene Halterung und verband es mit der Freisprecheinrichtung. Noch während er eine Nummer anwählte, legte er den Rückwärtsgang ein und fuhr los.

»Ja?«, ertönte eine Stimme aus den Boxen.

»Organisier mal bitte wen, der dem Support später beim Aufbau hilft. Ich hab grad deinen Namenszwilling entführt und weiß nicht, ob wir rechtzeitig zurück sind.«

»Ähm …«

»Mach einfach.« Dann legte er auf.

»Wohin fahren wir?«, fragte ich schnell, da er schon dabei war, die nächste Nummer aus der Kontaktliste anzuwählen.

»Siehst du dann. Entspann dich. Ich sag nur noch kurz Bescheid, dass ich dich mitbringe.«

»Was?«, kam es aus der Anlage.

»Ich bin unterwegs und bring das Püppchen mit.«

Ein kurzes Lachen auf der anderen Seite. »Aye.« Dann wurde das Gespräch beendet. War das gerade Bàs gewesen? Ich war mir nicht sicher. Schließlich war ja Rey unsere Bàs-Expertin. Ich wurde schon wieder wütend.

Noctis fuhr aus dem Gewerbegebiet heraus, in dem die Halle lag, und bog auf die Autobahnauffahrt ab.

Dann gab er Gas. Es regnete wieder in Strömen und auf den Straßen stand das Wasser. Das hinderte ihn aber nicht daran, den Blinker links zu setzen und die Geschwindigkeitsbegrenzung vollständig zu ignorieren.

Ich wurde immer wütender. Vor allem auf mich, weil ich ohne nachzudenken bei diesem Irren eingestiegen war.

»Pass auf, es gibt verschiedene Möglichkeiten, wie du die Kontrolle über deine Gefühle zurückbekommst«, fing er an zu erklären, ohne den Blick von der Straße abzuwenden. »Wir mussten da alle mal durch.«

Er sah mich kurz an, wandte sich aber dann schnell wieder der Straße zu.

»Und welche wären das?«, hakte ich nach.

»Du lässt sämtliche Gefühle einfach auf dich zukommen und kämpfst dagegen an, bis es irgendwann funktioniert. Reine Übung, immer und immer wieder. Klappt am besten mit jemandem, der als Auslöser fungiert. Dass das aber bei dir etwas … *abenteuerlich* ausgehen kann, haben wir gestern ja eindrucksvoll gesehen.«

Ich lief knallrot an.

»Dabei ist es leider vollkommen unberechenbar, was bei dir ankommt. Das können Verstärkungen von dem sein, was du ohnehin gerade fühlst, oder etwas, was dein Unterbewusstsein vorgibt. Oder einfach *irgendwas*, es folgt nicht unbedingt einem Muster – zumindest kenne ich keines. Eine andere Möglichkeit ist, dass du dich auf ein bestimmtes Gefühl einlässt, es auslöst und auf die Spitze treibst. So lange, bis du in der Lage bist, es zu greifen und zurückzudrängen. Egal wie, es ist hilfreich, wenn du erst mal lernst, wozu du überhaupt fähig bist.«

»Warum habe ich dieses Problem überhaupt? Und warum wisst ihr alle darüber Bescheid?«, fragte ich. Meine Wut brodelte.

»Das wirst du noch verstehen.«

»Ich wüsste es aber gerne *jetzt*!«, schrie ich ihn an. »Warum soll ich mir Vorträge darüber anhören, was ich tun und lassen und fühlen und nicht fühlen soll, wenn ich nicht mal weiß warum, verdammt!«

Eine kurze Weile blieb es still. Meine Augen begannen leicht zu tränen – aus purem Zorn.

»Weil es bedauerlich wäre, wenn du stirbst.«

Das musste ich erst einmal sacken lassen. »Bitte was?«

»Die Phase, in der du gerade bist, wird möglicherweise noch eine Weile andauern. Und sie wird schlimmer. Du stehst noch ganz am Anfang. Je eher du lernst, damit umzugehen, desto schneller ist es vorbei – und desto eher kann dein Hirn das verarbeiten, was danach noch kommt. Die meisten schaffen es nicht einmal zur Hälfte. Sie bringen sich vorher um.«

Ich wusste nicht, was ich auf so einen Mumpitz antworten sollte. Also schwieg ich.

Noctis schien auch keinen weiteren Redebedarf zu haben, da er das Radio einschaltete und eine Playlist von seinem Handy abrief. Ich beugte mich etwas hinüber und schielte auf das Display: »Bei guter Laune« war der Titel der Liste. Er stellte eine Lautstärke ein, die jegliche Konversation unmöglich machte. Aus der Anlage dröhnte eine wilde Mischung aus melodramatischen, sehr düsteren Gothic-Songs. Ich wollte wirklich nicht wissen, wie der Typ drauf war, wenn er mal schlecht gelaunt war.

Wir waren insgesamt etwa eine halbe Stunde gefahren, als er in einem Industriegebiet vor einer großen Halle anhielt.

»Da wären wir. Aussteigen.«

Ich setzte zu einer Beschwerde an, dass ich den ewigen Befehlston langsam nicht mehr hören konnte, klappte aber meinen Mund einfach wieder zu. Ich hatte keine Ahnung, wo wir waren, und vielleicht war es besser, ihn nicht anzupissen. Also tat ich, wie mir geheißen, und huschte dann schnell unter ein kleines Vordach.

Er verriegelte im Weggehen das Auto und ich folgte ihm zu einer großen Glastür. Dahinter lagen ein Gang mit hellen Marmorfliesen und eine weitere Glastür. Bevor er die zweite Tür öffnete, hielt er kurz inne und sah mich an. »Hast du schon mal mit einer Waffe auf jemanden geschossen?«

Mir rutschte das Herz in die Hose. »Äh … nein?«

Er grinste. »Dann lernst du es jetzt. Es macht Spaß, glaub mir.«

Mir blieb nichts anderes übrig, als ihm hinterher in den nächsten Raum zu gehen. Schließlich befanden wir uns mitten im Nirgendwo und als ich an meine Hosentasche griff, stellte ich auch noch fest, dass ich mein Handy nicht dabeihatte. Genaugenommen hatte ich *gar nichts* dabei.

Zur Linken befand sich eine große Empfangstheke. Noctis baute sich davor auf und stützte sich mit den Ellenbogen darauf ab.

»Hi. Wir hatten reserviert«, sagte er, nachdem der Angestellte hinter dem Tresen ihn ansah.

»Fünf, äh … nein, sechs Personen?«

»Genau.«

»Die anderen sind schon da. Ich bringe euch hin.«

Noctis grinste mich an und folgte dem Mann. Ich folgte Noctis. Unser Weg führte uns vorbei an einer Art offenem Kino, auf dessen Leinwand irgendein Spiel aus Sicht eines Computerspielers gezeigt wurde. Ich entdeckte auch einige Flipper, zwei Airhockey-Tische und ältere und neue Arcade-Automaten. Dann passierten wir eine weitere Tür. Der Raum dahinter war deutlich dunkler als der vorherige. An der Wand gegenüber waren sechs rüstungsähnliche Westen angebracht, drei davon wurden rot angestrahlt, drei blau.

»Was hat so lange gedauert?«, ertönte eine Stimme aus der linken Ecke des Raums. Es war Ty. Als sich meine Augen an die dunkleren Lichtverhältnisse gewöhnt hatten, entdeckte ich dort eine Sitzgruppe – und die anderen Stormkillers. Als ich Kays Blick traf, fing alles in mir an zu kribbeln. Augenblicklich dachte ich an das, was zwischen uns vorgefallen war und es war … nicht unangenehm. Ich musste leicht lächeln und kam mir im nächsten Moment ziemlich doof dabei vor. Kay grinste.

Nachdem Noctis jeden Einzelnen per Handschlag begrüßt hatte – bei mir beschränkten sie sich auf ein Zunicken –, ergriff der Mitarbeiter das Wort: »Wer von euch hat noch nie Lasertag gespielt?«

Lasertag? Okay, damit hatte ich nun absolut nicht gerechnet.

Ich hob leicht die Hand. »Ich?«

Der Rest schüttelte den Kopf.

»Okay, dann erklär ich dir alles. Keine Angst, du hast den Dreh schnell raus. Ihr könnt euch schon mal fertig machen.« Der letzte Teil galt den Jungs.

Er hob eine der Westen vom Regal und half mir hinein. Sie war etwas kleiner als die anderen, dennoch kam ich mir ungelenkig darin vor und fühlte mich wie ein Cyber-Krieger aus einem Science-Fiction-Film. Die Waffe, die mit einem Kabel daran befestigt war und die er mir dann in die Hand drückte, machte es nicht besser.

»Ich zeige dir kurz den Raum, dann hast du das mal gesehen. Ihr wartet bitte hier.«

Wir gingen durch zwei hintereinander hängende, schwere Vorhänge und befanden uns in einem nahezu komplett dunklen Raum. Er drückte auf einen Knopf an meiner Weste und an verschiedenen Stellen daran leuchteten blaue LEDs auf. Dann drehte er sich zu einem Schaltkasten direkt am Eingang um und betätigte irgendwelche Hebel. Offensichtlich hatte er Schwarzlichtlampen eingeschaltet, da sich vor mir verschiedene neonfarbene Muster und Markierungen offenbarten.

»Die Wände hier sind ein bisschen labyrinthartig angeordnet. Sie sind aber nur 2,50 Meter hoch, weshalb du eigentlich von fast jeder Position aus die Markierungen oben an der Hallenwand sehen kannst. Solltest du die Orientierung doch mal völlig verlieren, bringen dich die pinken Pfeile an den unteren Rändern der Wände sicher zum Ausgang.« Es folgten noch weitere Erklärungen zu diversen Markern und zum Spielprinzip an sich. Etwas leiser fügte er hinzu: »Eine Sache noch: Sollte irgendetwas sein, dass du dich unwohl fühlst oder so, dann komm einfach raus. Ich bin im Vorraum an der Technik. Deine Freunde passen zwar sicher auf dich auf – aber man weiß ja nie. Du wirkst etwas … überrumpelt.« Das war deutlich.

Wir verließen die Dunkelheit wieder und plötzlich kam mir der Vorraum sehr hell vor. Die Stormkillers hatten mittlerweile die restlichen Westen unter sich aufgeteilt. Noctis stand an einem Terminal und tippte auf dem Touchscreen herum. Ich sah nach unten, auf dem Display meiner Weste erschien das Wort »Püppchen«. Wow. Wenn er mich wieder wütend machen wollte, war er auf einem guten Weg dahin.

»Bereit?«, fragte der Angestellte.

»Aye«, antwortete Bàs.

»Gut. Team Rot in den linken Teil, Team Blau in den rechten. Ich schalte die Runde an, wenn ihr in Position seid. Und denkt daran: Nicht rennen!«

Wir gingen alle durch die Vorhänge und nacheinander blinkten die Westen um mich herum bunt auf. Ich folgte den beiden blauen Westen, ohne zu erkennen, wer es war.

»So, Püppchen, dann pass mal auf.« Ich erkannte Tys Stimme. »Nutz das Adrenalin und kontrolliere deine

Wut, okay? Du kannst davon ausgehen, dass mein Bruder dich auf dem Kieker hat. Glaub mir, der treibt einen zur Weißglut.«

»Und wenn es dir zu viel wird, bring ich dich raus. Gib mir einfach ein Zeichen.« Es war Dee.

»Alles klar. Und … danke.«

»Bedank dich nicht zu früh.«

Eine Sirene ertönte.

»Los!«, flüsterte Ty.

Ich bewegte mich langsam in Richtung Hallenmitte, hatte aber absolut keine Ahnung, was ich hier eigentlich tat.

Ich hörte ein »Pew pew« von einer der Waffen und die LEDs an meiner Weste begannen zu blinken. Das Display verriet: »Hit by Noctis!«. Das ging ja gut los. Ich sah mich um, konnte aber nirgends etwas Rotes entdecken. Nach wenigen Sekunden leuchteten die LEDs wieder konstant.

Da! Etwas huschte am anderen Ende des Ganges vorbei. Aber als ich dort ankam und um die Ecke schaute, war es verschwunden. Stattdessen blinkten meine LEDs wieder. »Hit by Kaos!« Fuck! So schwer konnte dieses gottverdammte Scheißspiel doch nicht sein!

Aus den Augenwinkeln sah ich eine blaue Weste. Ich wusste nicht, wer von beiden es war, aber er gab ein paar Schüsse in eine Richtung ab, die ich von meiner Position aus nicht einsehen konnte, und ging dann weiter.

Vielleicht sollte ich mich einfach verstecken. Ich schlich um die nächste Ecke und vergewisserte mich, dass niemand da war. Dann bewegte ich mich weiter zur Hallenwand hin.

Ich fand eine Stelle, die nur von zwei Richtungen aus zugänglich war. Im schnellen Wechsel blickte ich immer hin und her. »Hit by Noctis!« Fuck! Wo zum Geier war der?

»Hit by Kaos!« Fuck! Fuck!

Das war nicht deren Ernst! Mir schlug das Herz bis zum Hals. Wut machte sich breit. Die waren bestimmt am Bescheißen, anders konnte ich mir das nicht erklären.

Etwas Blaues kam auf mich zu. Ich entspannte mich etwas.

»Ich bin zu blöd für diesen Mist«, flüsterte ich.

»Hm, hm. Da kann ich nicht widersprechen.« Er hob die Waffe, drückte ab und meine LEDs blinkten. »Hit by Noctis!«

Was zum …?

Er lachte. »Es gibt ab und zu einen kleinen Bonus bei einer gewissen Zahl an Kills. Manchmal gehen die eigenen Lichter einfach aus, manchmal darf man wie der Feind rumlaufen. Schön oder?«

Ich war perplex. Meine LEDs hörten auf zu blinken. Er schoss erneut. »Hit by Noctis!«

Ich drückte ebenfalls ab. »Cooldown« meldete mein Display. Ich war zu langsam gewesen. Als ich wieder hochsah, war er verschwunden.

Ich wurde immer wütender. Ich konnte doch nicht ernsthaft dermaßen sang- und klanglos untergehen?

»Hit by Kaos!«

»Hit by Noctis!«

»Hit by Noctis!«

Arschlöcher.

Was immer ich tat, ich hatte keine Chance. Selbst wenn ich mal jemanden sah und abdrückte, war ich zu langsam. Sie trafen mich immer zuerst.

Ich brauchte eine neue Strategie. In eine Ecke zurückziehen hatte nicht funktioniert. Auf gut Glück herumschleichen auch nicht. Es fiel mir schwer, einen klaren Gedanken zu fassen, die Wut überlagerte alles. »Hit by Noctis!« Verdammte Scheiße!

Vielleicht sollte ich einfach einen verfolgen und unter Dauerfeuer nehmen? Irgendwann musste ich es ja mal schaffen, einen Treffer zu landen. »Hit by Kaos!«

Wo war eigentlich Bàs?

In meiner Nähe tauchte eine blaue Weste auf. Ich feuerte.

»Sachte, Püppchen. Wir sind im selben Team.« Dee lachte.

»Ich werde dauerhaft getroffen und kann dadurch selbst nie schießen. Ich … arg!« Ich stampfte mit dem Fuß auf dem Boden auf. »Hit by Noctis!« Dees LEDs blinkten ebenfalls, er hatte wohl in einem Rutsch einfach uns beide abgeschossen.

»Du musst dich mehr bewegen. Du bist ein zu einfaches Ziel«, sagte Dee. »Ein bisschen wie Bàs.« Im schwachen Schein der LEDs sah ich sein Grinsen.

»Wo ist Bàs?«, fragte ich.

Statt einer Antwort zielte er an meinem Kopf vorbei und als ich mich umdrehte, sah ich etwas Blinkendes um die Ecke verschwinden.

»Bleib dicht hinter mir.« Damit lief er los. Von wegen nicht rennen! Im Laufschritt folgte ich ihm quer durch die Halle. Ich hätte in dieser Geschwindigkeit keine

Chance gehabt, mich in der Dunkelheit zu orientieren, und wäre vermutlich ständig mit den Ecken irgendwelcher Wände kollidiert. Ihm blind zu folgen war hingegen einfach.

Er wurde langsamer und blieb schließlich stehen. Er gab mir ein Zeichen und zeigte auf einen der Gänge. Ich schlich um die Ecke, sah etwas Rotes und drückte sofort den Abzug, so schnell und so oft ich konnte. »You hit Bàs!«

Ich musste einen Aufschrei der Freude unterdrücken. Meine Wut war augenblicklich verflogen. Ich verfolgte ihn und feuerte erneut, sobald seine LEDs aufhörten zu blinken. »You hit Bàs!«

»Hit by Kaos!«

Verdammt.

Ich hatte Bàs aus den Augen verloren und stattdessen Kay an mir kleben, den ich aber nie wirklich zu Gesicht bekam. Er musste irgendwo hinter mir sein.

Ich drehte mich um und sah kurz etwas Rotes, bevor sich mein Display meldete. »Hit by Noctis!«

Die Treffer prasselten nur so auf mich ein.

»Hit by Kaos!«

»Hit by Noctis!«

»Hit by Bàs!«

Na toll. Am besten blieb ich einfach in irgendeiner Ecke sitzen, bis es vorbei war. Es war frustrierend. Ich bewegte mich nur noch relativ langsam und versuchte erst gar nicht, mich zu verstecken. Vielleicht wurde es ihnen dadurch zu langweilig und sie ließen dann von mir ab?

Taten sie nicht.

Ich zählte die Treffer schon lange nicht mehr. Irgendwann erreichte ich einen Teil der Hallenwand und lehnte mich resigniert dagegen. Wie lange wir wohl schon hier drin waren? Und wie lange würde es noch dauern, bis es endlich vorbei war? Warum hatte mich Noctis überhaupt mitgenommen? Ich war nun wirklich kein schweres Ziel.

»Hit by Kaos!«

Ich blieb einfach stehen. Meine LEDs hörten auf zu blinken und leuchteten wieder konstant. Aber es folgte kein weiterer Treffer. Erlaubten sie mir wirklich gerade ein wenig Luft zum Atmen? Ich verspürte einen Hauch von Erleichterung und begann, mich etwas zu entspannen. Jetzt erst merkte ich, wie verkrampft ich eigentlich war. Ob es an der angespannten Haltung lag oder dem viel zu hohen Adrenalinpegel, welcher sich allmählich etwas senkte, wusste ich nicht.

Ich schloss kurz die Augen. Als ich sie wieder öffnete, fing meine Weste wieder an zu blinken.

»Hit by Kaos!«

Augenblicklich schoss mein Adrenalin wieder in die Höhe. Die Wut kehrte zurück. Warum ließen sie mich nicht einfach in Frieden? Der Gedanke, dass sie mich vermutlich gerade auslachten, machte mich rasend. Ich war mir sicher, dass sie mich beobachteten. Es ging hier nicht um Lasertag, sie spielten irgendein Spiel mit mir, dessen Regeln ich nicht verstand, weil sie mir *verdammt noch mal* nichts erzählten! Sie hatten die Antworten, die ich so dringend benötigte, aber sie waren offensichtlich nicht bereit, sie mit mir zu teilen. Arschlöcher.

»Hit by Noctis!«

Ich sprang auf und lief los. Irgendeinen würde ich schon erwischen.

Jegliches Zeitgefühl war mir mittlerweile abhandengekommen, stattdessen steckte ich in einer Spirale aus Wut, Frustration und Resignation fest. Selten gelang mir ein Moment der kurzen Freude.

Nach vielen Tränen, die ich anfangs jedes Mal eilig wegwischte – später war es mir schlicht egal, sollten sie doch ihren Spaß haben, mich fertigzumachen – und einer gefühlten Ewigkeit erklang wieder eine Sirene.

»Hey Püppchen, ab zum Ausgang«, sagte Dee, der plötzlich neben mir auftauchte. Ich nickte nur stumm und trottete ihm hinterher.

Der Mitarbeiter der Lasertag-Arena half mir aus meiner Weste. Ich musste ein furchtbares Bild abgeben, verheult und verschwitzt. Er sah mich fragend an. »Alles in Ordnung?«

Ich nickte nur. In Wahrheit war ich fix und fertig, innerlich wie äußerlich.

Dann ging er zum Terminal und fragte, wie viele Ergebnisurkunden wir ausgedruckt haben wollten.

»Nur eine«, antwortete Kay. Er nahm den Zettel entgegen, faltete ihn zweimal und steckte ihn in die hintere Hosentasche.

Ich schlurfte den anderen zum Ausgang hinterher. Es war dunkel, als wir endlich wieder an der frischen Luft waren. Mir war furchtbar kalt, mein ohnehin schon recht dünner Pulli war nun zusätzlich schweißnass an den Stellen, die die Weste bedeckt hatte. Immerhin hatte es aufgehört zu regnen. Ich rieb mir die Oberarme – wärmer wurde mir dadurch aber leider nicht.

»Einsteigen«, sagte Kay und zeigte auf ein Auto, das von außen genau so aussah wie das, mit dem Noctis mich hierher gebracht hatte. Ich hatte weder die Nerven noch einen Grund zu widersprechen. Die Blinker leuchteten auf und ich öffnete die Tür an der Beifahrerseite. Dee stieg hinten ein, Kay setzte sich auf den Fahrersitz. Als er den Schlüssel umdrehte und das Armaturenbrett zum Leben erweckte, stellte ich fest, dass die beiden Autos nicht nur von außen komplett identisch aussahen. Hier fehlten nur die Krümel im Fußraum.

Während ich mich noch anschnallte, klemmte er sein Handy in die Halterung und fuhr los.

»Schon 18:50 Uhr?«, rief ich entsetzt, als ich einen Blick auf das Display warf.

»Hm, hm. Wir sind rechtzeitig da, keine Sorge.«

»Zum Aufbau wohl nicht mehr«, antwortete ich gereizt. »Und umziehen müsste ich mich auch noch. Irgendwie.«

»Bleib so. Mir gefällt das«, mischte sich Dee von der Rückbank aus ein.

»Hm.« Kay klang nicht überzeugt. »Ja schon, aber das von gestern war schon … scharf.«

»Ich bin wirklich nicht in der Stimmung, mich mit euch über meine Garderobe zu unterhalten.«

»Gut«, sagte Kay, »reden wir über etwas anderes. Zum Beispiel darüber.« Er zog den Zettel mit den Ergebnissen aus der Hosentasche und hielt ihn mir hin.

»Was soll ich damit? Mir noch mal in Zahlen ansehen, wie schlecht ich war?«, fragte ich verächtlich.

»Nein. Du solltest stolz darauf sein.«

»Hä?« Jetzt verstand ich rein gar nichts mehr.

»Du warst wütend, das hat man dir deutlich angesehen. Zwischendurch wohl auch verzweifelt. Trotzdem hast du es versucht. Für mich heißt das, du bist auf einem guten Weg. Du hast nicht aufgegeben. Obwohl du vermutlich wusstest, dass du keine Chance hattest.«

»Willst du mich verarschen?« Ich war fassungslos. »Ich war wütend, ja. Und jetzt bin ich es gerade schon wieder. Und ich habe sehr wohl immer wieder aufgegeben und es war mir scheißegal, wer mich wie oft trifft.«

»Hast du nicht«, kam von der Rückbank. »Du hast den Raum nicht verlassen. Du hast es durchgezogen.«

Um 19:18 Uhr kamen wir an der Halle an. Kays Fahrstil war Noctis' sehr ähnlich. Ich nahm mir vor, nie wieder in ein Auto einzusteigen, wenn einer der beiden in der Nähe des Lenkrads saß. Auch wenn ich mir eingestehen musste, dass ich mich zu keiner Zeit unsicher oder auch nur unwohl gefühlt hatte. Und ich musste mir ebenfalls eingestehen, dass das alte Klischee eines mysteriösen, gut aussehenden Typen in einem schnellen Auto bei mir voll anschlug. Ob ich es wollte oder nicht, ich fühlte mich zu Kay hingezogen. Und wenn ich ganz ehrlich zu mir selbst war, galt das nicht nur für Kay, sondern auch für Dee. Und auf eine ziemlich schräge Weise sogar für Noctis. Trotzdem war ich sauer auf sie, weil sie dafür verantwortlich waren, dass ich meine Freunde hatte hängen lassen. Schon wieder.

Ich sprang ohne ein weiteres Wort aus dem Mercedes, als er zum Stillstand kam, und lief zum Hintereingang der Location. Mein Sprint wurde allerdings rapide durch den dort postierten Security gebremst. »Der Eingang ist vorne. Hier nur mit Crew-Ausweis.«

»Ich hab es eilig, ich gehöre zur Vorband!«

»Das sagen sie alle.«

Ich grummelte eine unflätige Bemerkung und verfluchte mich dafür, dass ich mein Handy nicht dabeihatte. Scheiße!

Ich drehte mich um und schaute zum Auto zurück. Gerade fuhr der zweite Mercedes auf den Parkplatz. Kay und Dee standen noch dort in der Nähe und rauchten. Es half nichts, hier kam ich nicht weiter und verschwendete nur kostbare Zeit.

Zähneknirschend lief ich wieder zu ihnen. Sie schauten mich fragend an.

»Der lässt mich nicht durch«, sagte ich ein wenig verzweifelt.

»Tja, das ist ja jetzt doof«, antwortete Kay und lachte. Oh, wie sehr wollte ich ihn einfach nur hassen.

»Das ist nicht witzig. Könnt ihr mir helfen?«

»Klar.« Dee zog an seiner Zigarette und blies mir den Rauch ins Gesicht. Arschlöcher. Alle beide.

»Könntet ihr euch dabei auch etwas beeilen?« Ich brodelte innerlich und hätte ihnen am liebsten eine deftige Ohrfeige verpasst.

Mittlerweile waren auch die anderen drei ausgestiegen und erreichten unser Grüppchen.

»Hm, hm. Unter einer Bedingung.« Kay kam einen Schritt auf mich zu und stand jetzt so nah, dass ich meinen Kopf etwas in den Nacken legen musste, als er von oben auf mich herabschaute. Dummerweise nahm meine Nase dabei seinen Geruch wahr und in meinem Magen begannen die Schmetterlinge aufzuwachen.

»Und die wäre?« Ich funkelte ihn an.

»Wir fünf gehen nach dem Gig noch etwas trinken – und du kommst mit.«

Hatte er sie noch alle? Ich war ja jetzt schon völlig fertig und hätte mich theoretisch auf mein Bett gefreut – wäre es nicht so eklig gewesen. Andererseits forderten die Schmetterlinge lautstark nach Aufmerksamkeit.

»Wenn es sein muss, ich bin müde.«

Er zog sein Handy aus der Hosentasche, tippte kurz darauf und hielt es sich dann ans Ohr. »Unser *Special Snowflake* ist am Hintereingang und kommt nicht am Security vorbei.« Dann legte er auf und packte das Telefon wieder weg. »Warte nachher einfach in unserer Garderobe. Da steht übrigens auch ein Sofa – tu dir keinen Zwang an. Und jetzt lauf.« Er zeigte zur Tür, dann drehte er sich ohne ein weiteres Wort zu den anderen.

Ich rannte wieder auf den Security zu und wartete mit ein bisschen Abstand. Eine Diskussion mit ihm ersparte ich mir. Er blieb vollkommen unbeeindruckt einfach vor der geschlossenen Tür stehen und ignorierte mich.

Mir war immer noch schweinekalt.

Endlich öffnete sich die Tür und ich erkannte Chris.

»Ihr macht mich echt fertig.« Er seufzte und reichte mir ein Lanyard mit einem Ausweis daran nach draußen.

Ich hängte mir das Ding schnell um den Hals und durfte endlich passieren.

»Die anderen sind im Aufenthaltsraum. Wo zum Henker wart ihr?«, fragte Chris leise, als er mich durch den Flur begleitete.

»Frag bitte nicht.«

Er sah mich skeptisch an. Dann öffnete er die Tür zum Aufenthaltsraum, schob mich hindurch und schloss sie von außen wieder.

Rey war gerade dabei, Carsten etwas abzupudern, ansonsten sahen alle schon fertig aus.

Wir starrten uns eine ganze Weile einfach nur an. Ich wusste nicht, wie ich reagieren sollte und schon gar nicht, was ich sagen könnte, um die gesamte beschissene Situation zu erklären. Oder wenigstens zu entschärfen.

Carsten erledigte das für mich. »Da ich nicht davon ausgehe, dass du uns *irgendetwas* sagen möchtest, solltest du dich vielleicht wenigstens umziehen. Wir haben nicht mehr viel Zeit.«

Ich nickte stumm. Dann sah ich Tyler in die Augen und es brach mir fast das Herz. In ihnen stand die blanke Enttäuschung geschrieben.

Ich atmete tief durch, um mich auf die Dummheit vorzubereiten, die ich jetzt begehen würde. »Ich erzähle euch alles. Direkt nach dem Auftritt. Aber nur unter einer Bedingung: Wir brechen die Tour nicht ab. Ihr werdet verstehen, warum.«

Rey seufzte. »Lass uns nachher darüber sprechen. Auch über die Bedingung.«

»Okay«, sagte ich leise und ging zu meiner Tasche. Ich entschied mich, einfach dasselbe wie gestern anzuziehen. So verschwitzt und klebrig, wie ich war, brauchte ich auch keine frischen Klamotten.

Ein Regal in der hinteren Ecke des Zimmers fungierte als Raumtrenner, also verzog ich mich mit meinen Sachen in dessen Sichtschutz. Den Lasertag-Zettel packte ich in meine Seitentasche – mittlerweile war sie auf dem Weg, eine kleine Schatztruhe zu werden.

In Windeseile zog ich mich um und kämmte meine Haare. Rey half mit Haarspray nach und trug so viele Schichten Make-up bei mir auf, wie es die knappe Zeit zuließ.

Dann gingen wir schweigend zur Bühne.

Es wurde offensichtlich mit jedem Abend besser. Das Monitoring half uns nach einer kurzen Wiedereingewöhnung sehr, das Licht war perfekt und ich hatte den Eindruck, auch der Sound hatte etwas zugelegt. Wir spulten dieselbe Songauswahl wie am Vortag ab und das Publikum feierte.

Es tat mir gut, mit meinen Freunden auf der Bühne zu stehen. Unser Streit rutschte in weite Ferne und es fühlte sich an, als würden wir wieder näher zusammenrücken.

Zurück im Aufenthaltsraum holte mich die Realität allerdings wieder ein. Wir nahmen uns Getränke aus einem der Kästen und ich ließ meinen Stolz links liegen und bat Tyler, mir die Flasche aufzumachen.

»So. Ich bin ganz Ohr«, sagte Tyler.

»Sollen wir vielleicht irgendwo anders hin? Also vielleicht nicht gerade in die Pension, aber einfach … woanders hin?«, fragte Rey.

»Das … geht leider nicht«, sage ich.

»Warum nicht?«, fragte Carsten. Er klang gereizt.

»Dazu komme ich später. Lasst mich aber bitte ganz vorne anfangen. Meine Bedingung gilt, ja? Wir ziehen die Tour durch?«

»Süße … ich bin ehrlich: Es kommt darauf an, was du uns jetzt erzählst«, antwortete Rey.

»Sehe ich genauso«, stimmte Tyler ihr zu. Carsten nickte nur.

»Leute, entweder ihr versprecht es oder ich sage gar nichts. Das ist alles sehr … persönlich. Und wenn ihr eh schon vorhabt, die Tour abzubrechen, dann sagt es bitte jetzt. Ich bleibe so oder so hier.« Ich pokerte damit hoch. Sehr hoch. Ohne Carstens Zimmerreservierungen, deren Kosten zum großen Teil seine Eltern übernommen hatten, hätte ich keine Chance weiter mitzureisen. Und ohne Band wäre ich wohl nicht mehr als ein … Groupie. Ein Groupie ohne Auto. Das änderte jedoch alles nichts an der Tatsache, dass ich mich von den Jungs angezogen fühlte wie ein Pyromane vom Feuerzeug.

»Läuft es darauf hinaus, dass du dich in einen von denen verliebt hast und dich hormonbedingt wie ein Teenie aufführen musst?«, fragte Rey dazwischen.

»Nein. Das ist nicht mein Antrieb.« So ganz gelogen war es nicht. So richtig wahr allerdings auch nicht.

»Bist du einem Verbrechen auf der Spur?«, riet Tyler.

»Äh, nein? Versprecht ihr es nun oder nicht?«

Sie sahen sich untereinander an und ich kam mir furchtbar ausgeschlossen vor. Dabei war ich diejenige, die sie die ganze Zeit außen vorließ.

»Meinetwegen«, sagte Rey schließlich zögerlich.

»Gut«, ging auch Tyler auf meinen Deal ein.

Ich sah Carsten an. »Ja. Aber es muss sich einiges ändern.«

Das war aus seiner Sicht nur fair. Ich nickte.

»Also gut«, fing ich an. »Das alles bleibt aber unter uns.« Ich erzählte von meinen vermeintlichen Wahnvorstellungen, von den unberechenbaren Gefühlsausbrüchen, die Kay und Dee bei mir durch eine bloße Berührung auslösen konnten – es aber nicht immer taten, dem »Gespräch«, das ich gestern mit ihnen hatte – wobei ich die Knutscherei ausließ, bis hin zu meinem persönlichen Höllentrip Lasertag. Als Letztes erwähnte ich meinen erfolglosen Versuch, am Security vorbei in die Halle zu gelangen, und wie ich das Dilemma lösen konnte – weshalb ich leider hier für den Rest des Abends festsaß und nicht wegkonnte.

Als ich fertig war, schaute ich erwartungsvoll in die Runde. Ich war mir nicht sicher, was ich von ihnen erwartete, und eigentlich hatte ich gehofft, dass es sich gut anfühlen würde, sie eingeweiht zu haben. Tat es aber nicht. Ich fühlte mich grauenhaft.

Es dauerte lange, bis Rey das Schweigen brach. »Ich möchte dir das alles so gerne glauben. Aber … für mich klingt es immer noch nach einer Mischung aus Stress und Schwärmerei. Die spielen doch nur mit dir.«

Ihre Worte trafen mich.

»Ich schließe mich da Rey an. Es klingt alles ein wenig zu schräg. Und na ja, Stress hat viele Gesichter«, stimmte Tyler ihr zu.

»Ich glaube dir kein Wort. Aber letzten Endes geht es mich nichts an, wem du hinterherrennst. Solange das alles in legalen Bahnen verläuft, natürlich. Und solange es uns als Band nicht schadet«, formulierte Carsten nüchtern.

Wow. Ich verstand plötzlich, warum die Protagonistinnen in Büchern oder Filmen, denen eigenartige Dinge passierten, ihre Freunde eher anlogen, als die Wahrheit zu erzählen.

»Ihr könnt glauben, was ihr wollt. Aber unabhängig davon werden unsere Gigs immer besser. Das seht ihr doch auch, oder? Vielleicht sollten wir uns einfach darauf konzentrieren.« In Gedanken fügte ich hinzu: Und ansonsten lasst ihr mich verdammt noch mal einfach in Ruhe.

»Packen wir den Kram ins Auto«, beendete Carsten die Diskussion. Er hatte recht, es war alles gesagt worden.

Als unsere Sachen verstaut waren und die Jungs noch Einzelteile vom Kombi in den Anhänger und andersherum sortierten, gingen Rey und ich noch einmal nachschauen, ob wir auch wirklich nichts vergessen hatten. Bis auf unsere Reisetaschen waren aber sämtliche Habseligkeiten weg.

»Sollen wir uns den Rest der Show noch ansehen? Ich meine, du musst ja eh warten und ich bin nicht wirklich scharf darauf, in die Pension zurückzufahren«, murmelte Rey.

Eigentlich war ich hundemüde und konnte nur noch an das Sofa denken, das Kay erwähnt hatte. Eine kurze Runde Powernapping könnte mich retten – oder mein Untergang sein. Ich war sogar zu müde, mich umzuziehen. Aber trotz allem war Rey meine liebste Freundin und es würde uns bestimmt guttun, Zeit miteinander zu verbringen – ohne Diskussionen, Verdächtigungen oder gegenseitige Vorwürfe.

»Ich würde echt gerne, aber ich bin unendlich müde«, sagte ich wahrheitsgemäß, auch wenn mir eigentlich klar war, dass die Wahrheit zurzeit eher zu Problemen als zu Lösungen führte. »Ich muss mich wenigstens mal eine halbe Stunde hinlegen. Aber ich kann mir den Wecker stellen und dann nachkommen.«

»Es war wohl ein langer Tag. Für dich offensichtlich mehr als für mich. Ist schon gut.« Rey wirkte geknickt und ich konnte es ihr nicht verübeln. »Die Jungs sind ja auch noch da, die kommen sicher mit. Ruf an, wenn du ins Zimmer willst, wir haben ja nur einen Schlüssel. Ich stelle mein Handy laut.« Dann nahm sie ihre Tasche und ging.

Ich blieb mit meinem schlechten Gewissen allein zurück.

Mit meiner kleinen Reisetasche über der Schulter schlurfte ich unmotiviert den Flur entlang. Tatsächlich hatte ich keinen Plan, wo sich die Stormkillers-Garderobe befand oder ob es auch nur ansatzweise eine gute Idee war, dort hinzugehen. Mein Ausweis-Lanyard trug ich wieder um den Hals, vielleicht hielt das den ein oder anderen Security davon ab, mir Fragen zu stellen.

Ich entschied, dass die Garderobe vermutlich relativ nah am Zugang zur Halle sein musste, und schlug erst einmal diesen Weg ein. Allzu viele Abzweigungen gab es hier ohnehin nicht, die Anlage war relativ überschaubar.

Nach wenigen Minuten und einem Abstecher zur Toilette fand ich eine Tür, an der ein Zettel mit dem Killers-Logo angebracht war. Das musste es sein. Die Tür war nur angelehnt und als ich mich näherte, hörte ich Stimmen. Fuck – ich hatte genau ihre Pause erwischt.

Bevor ich dem Raum zu nahe kam, versperrte mir ein Security den Weg. »Privat, kein Zutritt.«

Ich sah ihn gelangweilt an. »Doch.« Dann zeigte ich auf die Tür hinter ihm und ergänzte: »Frag nach, wenn du mir nicht glaubst.«

Der Mann runzelte die Stirn, bewegte sich aber kein Stück.

Ich rieb mir die Augen und seufzte. Wenn ich sie hören konnte, dann funktionierte das auch andersherum. Diese Erfahrung hatte ich ja erst kürzlich machen dürfen. »Kay!«, rief ich also relativ laut und hoffte, dass ich Erfolg hatte.

Der Security fand meine Idee leider absolut nicht witzig, trat auf mich zu und packte mich am Oberarm. »Brüll hier gefälligst nicht rum!« Er betätigte mit der freien Hand den Knopf in seinem Ohr. »Ich habe hier einen Störenfried im Backstagebereich … ja … okay. Ja, ich geleite die Dame vor die Tür.«

Oh bitte nicht. Wie hatte ich nur annehmen können, dass irgendeines dieser Arschlöcher im Vorfeld dafür gesorgt hatte, dass ich überhaupt die Garderobe erreichte?

»Hm?« Der Security hob seinen Finger erneut ans Ohr. »Ja, verstehe. Das Aussehen passt, ja. Ich frag sie.« Er wandte sich mir zu: »Wie heißt du? Oder sollte ich besser sagen … wie nennen die dich?« Sein Grinsen war … widerlich.

Ich überlegte, ob mich jemals einer der Jungs direkt angesprochen hatte. Kay hatte mich einmal bei meinem Namen genannt. Aber bei dieser Fragestellung konnte das unmöglich des Rätsels Lösung sein. Dann fiel es mir ein.

»Püppchen«, presste ich zwischen meinen Zähnen hervor – ich würde Noctis umbringen, ich wusste nur noch nicht, wie.

Der Mann betrachtete mich einmal von oben nach unten und nickte spöttisch. »Wie passend.« Dann ließ er mich los und deutete mit beiden Händen auf die Tür.

Ich atmete tief ein, bevor ich sie ohne zu klopfen öffnete.

»So früh schon? Hattest du Sehnsucht?«, begrüßte mich Noctis süffisant.

»Ich wäre sogar noch etwas eher hier gewesen, hätte mich der freundliche Herr da draußen nicht in ein … Gespräch verwickelt. Und wenn ich ehrlich bin, ich wollte weniger zu euch als zu diesem Sofa.«

»Wie ich sagte, tu dir keinen Zwang an. Ich hatte allerdings nicht damit gerechnet, dass du direkt hier einziehen willst.« Kay zeigte auf die Reisetasche, die ich immer noch über der Schulter trug.

»Ich hatte noch keine Gelegenheit, mich umzuziehen – wie du siehst.« Ich stellte die Tasche ab, setzte mich auf die Couch und ließ mich gegen die Lehne fallen. Auf dem Tisch vor mir stapelten sich Pizzakartons und mir fiel auf, dass ich seit heute Mittag nichts mehr gegessen hatte. Mein Magen knurrte zur Zustimmung.

Kay lachte. »Ja, bedien dich, ist noch was da. Wir müssen wieder. Und tu mir bitte einen Gefallen: Zerleg hier nicht alles.«

»Hatte ich nicht vor«, versicherte ich müde, während ich mich etwas aufrechter hinsetzte und anfing, die Kartons zu inspizieren.

»Trotzdem, benimm dich – auch wenn du wütend werden solltest.« Damit beugte er sich zu mir herunter, nahm mein Kinn in die Hand, hob meinen Kopf an und gab mir einen flüchtigen Kuss auf den Mund.

Ich war zu perplex, um zu reagieren, und als ich meine Schockstarre überwunden hatte, waren sie bereits weg. Währenddessen tat sich ein Strudel in mir auf und ließ verschiedenste Gefühle auf mich los. Sie waren wirr und wirbelten so schnell umher, dass mir schwindelig wurde. Ich schloss meine Augen und versuchte mich auf irgendetwas zu konzentrieren, etwas, woran ich mich mental festhalten konnte. Mein Magen knurrte wieder. Hunger! Das war es.

Ich öffnete die Augen und fixierte den obersten Pizzakarton. Während sich in meinem Inneren wahllos Liebe und Hass mit Freude und blinder Wut abwechselten, schaffte ich es trotzdem, die Schachtel aufzuklappen. Ein Stück war noch drin. Oliven! Welches Scheusal packte Oliven auf eine Pizza?! Zorn gewann die Oberhand und ich warf den Karton samt Inhalt auf den Boden.

Ich atmete tief durch und konzentrierte mich wieder auf den Hunger – und tatsächlich schaffte ich es, den Zorn zurückzudrängen. Zumindest weit genug, um die nächste Schachtel zu öffnen. Ein Viertel mit Salami. Es war kalt, aber kalte Pizza hatte mich noch nie gestört. Je mehr ich mich aufs Essen konzentrierte, desto besser konnte ich den Gefühlssturm ausblenden. Ich begutachtete auch noch die restlichen Kartons und als ich fertig war, war ich satt und relativ *normal* gelaunt. Und auch wieder sehr, sehr müde. Ich ließ mich einfach zur Seite fallen und rollte mich auf dem Sofa ein. Ein Pulli, der über der Lehne hing, rutschte dabei herunter und fiel auf mich. Ich breitete ihn aus und deckte mich einfach damit zu. Er roch gut. Nach Lagerfeuer und Patchouli. Zufrieden schlief ich ein.

KAPITEL VII

Nach dem Auftritt versammelten wir uns wie jeden Abend im Vorraum der Konzerthalle. Ein paar Autogramme und Fotos mit Fans – hauptsächlich weiblichen – später, hatten wir bereits, was wir wollten. Es war wirklich zu einfach. Ein ins Ohr geflüstertes »Wir gehen nachher noch feiern, kommst du mit?« und sie fraßen einem aus der Hand.

Um nicht zu viel Zeit zu verschwenden, hielten wir uns nicht lange in der Lobby auf – außerdem war unser Manager Aaron der Meinung, dass wir »mysteriös« blieben, wenn wir uns etwas rarmachten. Und »mysteriös« sei gut fürs Geschäft. Uns war das nur recht.

Ich betrat unsere Garderobe als Erster. Dem Pizzarest auf dem Boden nach zu urteilen, war sie kein großer Fan von Oliven. Ansonsten schien sie sich aber gut im Griff gehabt zu haben – ich hatte mit weitaus mehr Verwüstung gerechnet.

Sie lag friedlich auf dem Sofa, eingerollt mit meinem Pulli als Decke, und atmete ruhig. Der Anblick brachte mich zum Lächeln.

Noctis trat neben mich und stützte sich mit der Hand auf meiner Schulter ab. »Schlafen lassen, bis wir fertig sind?«, fragte er leise.

»Ja«, antwortete ich. »Ich würde ihr nur ungern Zeit zum Umziehen lassen.«

Ich zog ein frisches Shirt an und sammelte meine persönlichen Dinge zusammen. Die anderen taten dasselbe – dabei bewegten sie sich fast lautlos. Aufräumen und unsere Klamotten ins Hotel bringen würden später andere.

Ich beobachtete jedes noch so kleine Muskelzucken in ihrem Gesicht. Sie schien zu träumen, was mich nach diesem Tag nicht sonderlich verwunderte. Als alle so weit waren, ging ich vor der Couch in die Hocke und streichelte ihr über die Haare. Augenblicklich zuckte sie zurück, riss die Augen auf und sah sich irritiert um. Ich zog meine Hand zurück, um nicht direkt das nächste Chaos in ihr auszulösen. »Guten Morgen! Aufstehen, es geht los.« Ich nahm ihr die Decke weg und zog meinen Pulli an. Am Ärmel entdeckte ich eine kleine, nasse Stelle. »Du hast den nicht wirklich angesabbert, oder?«

Ihre Wangen wurden rot und sie sah … ertappt aus. Ich musste mich sehr zusammenreißen, um nicht einfach direkt an Ort und Stelle über sie herzufallen. Was dieses Mädchen in mir auslöste, war unnormal.

Die anderen lachten und ich schnappte mir grinsend ihre Tasche und ging Richtung Tür.

»Ich …«, hörte ich sie hinter mir leise.

»Hopp, Püppchen. Laufen musst du schon selbst«, unterbrach Noctis sie.

Wir gingen den Flur entlang Richtung Hinterausgang. Draußen warteten die vier Fangirls, die wir vorhin hierher bestellt hatten. Allesamt sehr hübsch – eine andere

Aufgabe hatten sie auch nicht. Niemand hier hatte vor, tiefgründige Gespräche mit ihnen zu führen.

Die Blinker der beiden Mercedes leuchteten auf, als Daemon und ich die Türen entriegelten. Ich ging zum ersten und packte Chris' Tasche in den Kofferraum. Dann zeigte ich auf die Beifahrerseite und sagte: »Einsteigen.«

Während sie sich anschnallte, kletterte Tywyllwch mit zwei der Mädels auf die Rückbank. Er saß wie ein Pascha in der Mitte und hatte je einen Arm um sie gelegt. Ich schaute in den Rückspiegel und musste lachen, als er demonstrativ erst der einen, dann der anderen seine Zunge in den Hals steckte. Ob die beiden überhaupt wussten, welchen der beiden Brüder sie da gerade zwischen sich sitzen hatten? Ihrem dümmlichen Gekicher nach zu urteilen, war es ihnen vermutlich völlig egal.

Wir fuhren im Konvoi los und erreichten bald die Autobahn. Um diese Zeit war so gut wie nichts los, also konnten wir noch etwas mehr Gas geben. Aus den Augenwinkeln beobachtete ich, wie Chris nervös an ihren Fingern knibbelte. Ich sah sie kurz an, richtete meinen Blick aber schnell wieder auf die Fahrbahn, bevor ich noch auf dumme Gedanken kam. »Alles in Ordnung?«

»Dein Fahrstil ist etwas gewöhnungsbedürftig.« Schwang da etwa Angst im Tonfall mit?

»Entspann dich. Und sei froh, dass du nicht dadrin sitzt.« Ich zeigte aus dem rechten Fenster und kaum einen Moment später schoss der andere Wagen an uns vorbei. Daemon hatte es wohl eilig.

»Bekomme ich eine sinnvolle Antwort, wenn ich frage, wo wir hinfahren?«

»Ausnahmsweise, ja. In einen Club.«

»Sehr informativ«, sagte sie leicht patzig.

»Der ist so exklusiv, der hat noch nicht einmal einen Namen.«

»Oh.«

Ich schaltete herunter und trat das Gaspedal voll durch, um wieder zu Daemon aufzuschließen. Der Motor heulte entsetzt auf. Kurz hintereinander fuhren wir mit deutlich zu hoher Geschwindigkeit die nächste Abfahrt herunter und gelangten in ein weiteres Industriegebiet. Unser Weg führte uns durch verschiedene Nebenstraßen bis zu einem großen Gelände, auf dem nichts als eine riesige Halle stand. Dahinter, von der Straße aus nicht sichtbar, lag ein gut gefüllter Parkplatz.

»Aussteigen«, verkündete ich, noch während ich den Motor ausschaltete.

Chris wollte gerade den Kofferraum öffnen, suchte aber vergebens nach dem Mechanismus, um den Deckel zu entriegeln.

»Lass zu«, sagte ich knapp.

»Aber mein Handy und Portemonnaie sind in der Tasche.«

»Brauchst du beides nicht. Da drin ist eh kein Empfang.« Damit verriegelte ich den Wagen und ging auf eine Stahltür am Rand der Halle zu. Das Industriegebiet war um diese Zeit menschenleer und außer uns war niemand zu sehen oder zu hören. Chris zitterte an meiner Seite. Ob aus Nervosität oder vor Kälte, wusste ich nicht. Vielleicht eine Mischung aus beidem. Hinter uns hörte man das Gekicher der Mädchen, die immer noch links und rechts an Tywyllwch hingen. Kurz bevor wir die Tür und den Typ, der daneben an der Wand lehnte, erreichten, stieß auch der Rest zu uns.

Bàs ging auf den Mann zu. Dieser hatte seine Kapuze so weit über den gesenkten Kopf gezogen, dass man seine Augen nicht erkennen konnte. Der Mann sah nicht auf, als Bàs sich vor ihm aufbaute. Er lehnte einfach weiterhin in entspannter Haltung an der Wand. »Passwort?«, murmelte er.

»Leck mich«, antwortete Bàs und hielt ihm mit einem Grinsen die Hand hin.

Der Mann hob seinen Kopf und musterte Bàs von oben bis unten. Dann zog er die Mundwinkel nach oben, sodass ich seine spitzen, scharfen Zähne sehen konnte, und schlug ein. »Zehn ja? Fünf plus fünf?«

»Eher … fünfeinhalb.«

»Oh. Na dann viel Spaß.« Er deutete auf die Tür und nahm seine ursprüngliche Haltung wieder ein.

Bàs zog sie am Knauf auf und wir folgten ihm die lange Treppe in den Keller hinab. Hinter einer weiteren Stahltür hörten wir bereits das leise Wummern der Bässe. Die Tür fiel krachend hinter uns ins Schloss. Ich wusste, dass sie sich nicht mehr öffnen lassen würde. Wir befanden uns in der »Schleuse«, einem herkömmlichen Konstrukt in Clubs dieser Art. An der rechten Seite des Raums war ein Fenster eingelassen, links und geradeaus befanden sich die noch versperrten Ausgänge. Mit unseren zehn Personen füllten wir den Raum nicht mal zu einem Viertel. Bàs ging zum Fenster und wechselte ein paar Worte mit der Frau, die dahinter saß. Unsere

Begleiterinnen schauten ein wenig verwirrt, wohl weil sie die Sprache nicht kannten. Ich schob mich seitlich vor Chris, Daemon stand auf ihrer anderen Seite. Noctis schlenderte hinter sie. Bàs reichte Geldscheine unter der Glasscheibe hindurch. Dann winkte er die Fangirls heran, die daraufhin hektisch in ihren Taschen zu wühlen begannen. Sie suchten ihre Ausweise – auch das war ein gewöhnliches Vorgehen in solchen Etablissements. Chris war offensichtlich zu müde, um sich darüber zu wundern oder Fragen zu stellen.

Die Frau hinter der Scheibe nahm die Dokumente und tippte auf einem Laptop herum. Verursachte auch nur einer der Namen oder Adressen ein Problem, würde hier schlagartig die Hölle losbrechen. Es hatte einen Grund, warum im Boden mitten im Raum ein Abflussgitter eingelassen war. Es erleichterte die Reinigung. Und es war üblich, dass nicht nur die betroffene Person in Mitleidenschaft gezogen wurde, sondern einfach alle, die nicht *dazugehörten* – und das war ein Anblick, den Chris im Moment wohl noch nicht verkraften würde. Sie war verwundbar.

Die Fensterfrau gab den ersten Ausweis zurück. Den zweiten. Den dritten. Und zuletzt auch den vierten. Langsam entspannte ich mich wieder.

Ein Summen ertönte und eine Lampe leuchtete über der Tür geradeaus grün auf.

Als Bàs sie öffnete, schlug uns eine Welle aus lauten Bässen und Stroboskopgewitter entgegen. Kaum waren wir durch, fiel die Tür wieder ins Schloss und die Lampe auf dieser Seite wechselte zu rot. Vor uns bewegte sich eine Masse aus ekstatisch tanzenden Menschen – und sehr vielen, die lediglich wie Menschen aussahen. Die Stimmung war ansteckend, was von der Musik, die zwischen Industrial und Psy-Trance schwankte, noch verstärkt wurde. Tywyllwch hatte seine Arme wieder um die Schultern der beiden Mädels gelegt und verschwand mit ihnen im Getümmel. Vermutlich steuerte er eines der Hinterzimmer an, in denen es nicht so … *formell* zuging. Ich erwartete nicht, ihn sobald wieder zu Gesicht zu bekommen. Bàs und Noctis zogen je eine der anderen am Handgelenk quer durch die tanzende Masse. Ich nickte Daemon kurz zu und er schlug denselben Weg ein. Chris packte ich kurzerhand im Nacken und schob sie direkt hinter ihm her. Sie verkrampfte sich ruckartig und mir war klar, dass sie gerade wieder vor ihrem eigenen innerlichen Abgrund stand. »Ich weiß. Kämpf dagegen an. Ich lass dich los, sobald wir hier durch sind«, flüsterte ich in ihr Ohr. Daemon achtete ebenso wie ich darauf, dass ihr niemand zu nahe kam, was gar nicht so einfach war bei den vielen zuckenden Leibern um uns herum.

Schließlich erreichten wir unser Ziel: einen Tisch auf einer etwas erhöhten Empore. Der Zugang war mit einer Kette versperrt gewesen, die Bàs allerdings schon entfernt hatte. Der ovale Tisch stand vor einem riesigen, halbkreisförmigen Möbelstück – die Bezeichnung »Sofa« wäre in diesem Fall zu klein gewesen.

Ich drückte Chris in die Sitzfläche, ließ sie los und setzte mich neben sie. Sie zitterte. Armes Ding, aber da musste sie durch. Ich wusste, dass sie praktisch jedes Mal durch die Hölle ging, wenn ich sie berührte – aber je eher sie lernte, damit umzugehen, desto besser war es für sie. Daemon ließ sich auf den Platz an ihrer anderen Seite fallen, die anderen sortierten sich neben mir ein.

Ich beugte mich zu Chris und sah in ihre Augen. Sie wurden bereits wieder klar.

»Hi, ich bin Maria und heute für euren Tisch zuständig. Was darf ich euch bringen?«, lenkte die Bedienung mich ab, die gerade vor uns aufgetaucht war. Sie trug nicht viel mehr als einen schwarzen Bikini mit einem winzigen Röckchen darüber, das eher wie ein breiter Gürtel aussah. Ihre Beine steckten in hohen Stiefeln und an ihrem Hals prangte ein großer blauer Fleck, der sich bei genauerer Betrachtung als Überreste eines Bisses herausstellte. Ich sah zu Noctis und musste lachen. Er fixierte die Stelle mit verträumtem Blick und es hätte mich nicht gewundert, hätte er angefangen zu sabbern.

»Bloody Mary«, bestellte er prompt.

Bàs schlug sich mit der Hand an die Stirn und stützte den Ellenbogen genervt auf dem Tisch ab. Daemon grinste breit. Die Mädels kicherten dümmlich vor sich hin.

Ich lachte immer noch.

Maria beugte sich so weit zu ihm vor, dass er ihr Dekolleté ausgiebig bewundern konnte. Da ich neben ihm saß, hatte ich ebenfalls freien Einblick – und es war durchaus sehenswert.

»Standard oder … *spezial*?«, hauchte sie.

»Ich verstehe die Frage nicht«, antwortete Noctis und strich mit dem Zeigefinger über die andere Seite ihres Halses.

Sie richtete sich langsam wieder auf. »Sehr gern. Und für die anderen?«

Ich bestellte zwei Flaschen Rotwein und eine Flasche Sekt. Wer wusste schon, wann wir die Bedienung noch mal sehen würden, nachdem sie die Getränke gebracht hatte. Chris verlangte noch einen Liter Wasser. An dieser Einstellung würden wir arbeiten müssen.

Nach ungefähr fünf Minuten standen die Getränke und eine absurde Anzahl an unterschiedlichen Gläsern auf unserem Tisch.

»Ich nehme an, für den *Spezial*-Drink wäre auch eine etwas *speziellere* Atmosphäre angebracht?« Maria war wirklich sexy. Und diese Frage war eindeutig eine Einladung zu einem Quickie im Hinterzimmer – seinen »Drink« hätte sie ihm nämlich auch einfach direkt hier am Tisch servieren können.

Es gab nicht allzu viele eingeweihte Menschen und kaum einer davon war bereit, einen Blutsauger freiwillig an die eigenen Adern zu lassen. Für noch viel weniger war es ein Fetisch – offensichtlich gehörte sie aber zu genau dieser Gruppe.

»Auf jeden Fall!« Noctis stand grinsend auf und beide verschwanden. Das konnte dauern.

»Was genau war das jetzt?«, fragte Chris.

»Sagen wir, da haben sich zwei gefunden, deren Interessen sich überschneiden«, antwortete Daemon.

»Hä?« Sie war wohl wirklich nicht auf der Höhe nach dem Tag heute.

Ich beugte mich zu ihr und flüsterte dicht neben ihrem Ohr: »Ein bisschen so wie bei uns. Du musst etwas lernen und das geht am besten durch häufige Konfrontation. Und ich … ich habe ein Interesse daran, dass du es möglichst schnell hinkriegst. Deshalb erhöhen wir jetzt mal ein bisschen die Übungseinheiten.« Damit legte ich den Arm um sie, zog sie an mich heran und sah dabei zu, wie sich ein kaum sichtbarer Schleier über ihre Augen legte.

Bàs war derweil damit beschäftigt, den beiden noch verbliebenen Mädels ein Glas Sekt nach dem anderen einzuflößen. Als dieser leer war, stieg er auf Wein um. Es dauerte nicht lange, bis ihre Blicke leicht glasig wurden und sie nach jedem zweiten Satz kicherten. Trotzdem ließ eine der beiden seine Annäherungsversuche beharrlich abblitzen. Irgendwann wurde es ihm offensichtlich zu doof und er flüsterte derjenigen, die angebissen hatte, etwas ins Ohr. Dann standen beide auf und gingen in Richtung Tanzfläche.

Ich ließ Chris los und wartete, bis sie wieder vollständig zu sich gekommen war.

»Ich … kann nicht mehr. Mich macht das fertig, ehrlich.« Sie hatte Tränen in den Augen.

»Wird es denn besser?«, fragte ich sie.

»Ich glaube nicht, nein«, antwortete sie niedergeschlagen. Armes Ding.

»Dann weiter.«

Sie rückte entsetzt zur Seite und prallte gegen Daemon, der sie prompt festhielt. Der leichte Nebel über ihrer Iris war merklich dünner als die letzten Male. Es ging schneller, als ich dachte.

Dann erkannte ich, welches Gefühl gerade in ihr die Oberhand gewonnen hatte. Sie rutschte unruhig auf dem Polster herum und schien sich gegen Daemon zu pressen. Ein Blick in sein Gesicht bestätigte meine Vermutung: Er grinste.

»Lass sie los.«

»Ist eigentlich gerade ganz schön so.« Er lachte.

»Ich würde dir den Kopf abreißen, wenn ich nicht genau wüsste, dass du nichts mit ihnen anfangen kannst, wenn sie wach sind.«

»Autsch.« Er löste sich von Chris, die daraufhin fast von der Couch fiel, und stand auf. Dann ging er um den Tisch herum zum letzten Fangirl, legte ihr die Hände auf die Schläfen und flüsterte ihr etwas ins Ohr. Ohne ein Wort zu sagen, stand sie auf und ging tanzen.

»Ich fand, etwas Privatsphäre wäre nett.« Gemütlich schlenderte er zu seinem Platz zurück.

Da konnte ich nicht widersprechen.

»Was geht hier vor? Was hast du ihr gesagt?« Arme Chris.

»Nur, dass sie alles hier«, er machte eine kreisförmige Bewegung mit der Hand über dem Tisch, »schlicht geträumt hat. Und dass sie jetzt unbedingt tanzen möchte.«

»Was? Wie …?« Sie wirkte unglaublich verwirrt.

Das waren genug Informationen für heute. Sie hatte ohnehin eine Menge zu verarbeiten. »Es ist nicht einfach, zu erklären, und es ist erst recht nicht einfach, es zu verstehen. Belassen wir es dabei. Sobald du dich selbst im Griff hast, sehen wir weiter.«

Ich schenkte mir ein Glas Rotwein ein, lehnte mich zurück und zog sie wieder an mich heran. *An dieses Gefühl könnte ich mich gewöhnen.*

Irgendwann kehrte Noctis zurück und wenig später tauchte auch Maria wieder auf. An ihrem Hals klebte ein Verband, der auf skurrile Art im Schwarzlicht leuchtete.

Sie trug ihn zur Schau wie eine Trophäe.

Daemon und Noctis fingen an, über uninteressantes Zeug zu plaudern.

Ich hielt Chris immer noch im Arm, ihr Kopf ruhte auf meiner Brust. Sie war nur noch ein Häufchen Elend, aber ihre Anfälle wurden immer kürzer, die klaren Phasen immer häufiger. Wann immer sie sich durchgekämpft hatte und an die Oberfläche kam, riss ich sie erneut in den Abgrund. Ich bezweifelte, dass sie im Moment allzu viel von dem mitbekam, was um sie herum passierte. Ihre Atmung wurde immer gleichmäßiger, ein sicheres Zeichen dafür, dass sie kurz davor war einzuschlafen.

»Die fällt morgen vor Erschöpfung von der Bühne«, prognostizierte Noctis und sah tatsächlich besorgt aus.

»Hm.« Mir missfiel der Gedanke, sie in ihre Pension zu bringen. Auch wenn die ganze Prozedur sie sicherlich extrem anstrengte – sie war auf einem guten Weg. Und ich hatte die Schnauze voll, ständig Abstand halten zu müssen.

»Ich gehe mal die anderen suchen und sage Bescheid, dass wir allmählich die Heimreise antreten. Die Weiber lassen wir hier?«, fragte Daemon in die Runde, stand auf und sah dann Noctis direkt an. »Oder brauchst du noch eine von denen?«

Noctis schüttelte den Kopf.

»Ich nehme an, du … kümmerst dich darum?«, hakte ich nach. Spuren zu hinterlassen war nie gut. Ich war mir nicht sicher, welchen Teil der Konversation eine von denen mitbekommen hatte – und ob oder wie sie es auf Facebook posten würde.

»Aye. Sie haben alles nur geträumt und keine Ahnung, wie sie hierhergekommen sind.« Daemon zuckte mit den Schultern und schlurfte los.

Am Auto angekommen, stellte ich Chris vorsichtig auf ihre Füße. Sie war eingeschlafen und ich hatte sie kurzerhand hinausgetragen. Sie schwankte und bevor sie fallen konnte, fing ich sie auf und hielt sie fest.

Noctis öffnete den Kofferraum und holte ihr Telefon aus der Reisetasche.

Sie hatte früher am Abend erzählt, dass sie Rey anrufen sollte, um in die Pension zu kommen. Vielleicht konnte uns Rey dann auch sagen, wo diese Pension überhaupt war. Diese unwichtige Information hatte Chris nämlich vergessen.

»Pin?«, fragte er.

»Hm?«, kam von Chris. Ich war mir nicht sicher, ob sie schon wieder gegen ihre inneren Dämonen kämpfte oder einfach nur im Halbschlaf war.

»Deine Pin!«

»Fümpfunnzwansch…ibzehn«, nuschelte sie.

Noctis tippte die Zahlen ein und das Handy begann, mehrfach hintereinander zu vibrieren.

»Hm, hm. Tjaaaaaa … Das ist ja jetzt doof.« Er wischte auf dem Display herum. Dann drehte er das Telefon um und hielt es mir vor die Nase.

▯ *Rey (00:45 Uhr):* Auf dem Zimmer ist kein Empfang. Ich bin jetzt extra ein Stück spazieren gegangen. Wann bist du ungefähr hier?

📱 *Rey (00:50 Uhr):* Ich bleibe noch paar Minuten hier, schreib bitte.

📱 *Rey (01:07 Uhr):* Okay, ich gehe jetzt erst mal zurück, mir ist kalt. Ich gehe nachher noch mal raus und guck, ob von dir was kam.

📱 *Rey (02:18 Uhr):* Chris?

📱 *Rey (02:21 Uhr):* Erde an Chris? Ich brauche eine Uhrzeit!

📱 *Rey (02:34 Uhr):* Ich weiß jetzt auch nicht, was ich machen soll. Dann musst du halt gucken, wie du reinkommst.

📱 *Rey (02:39 Uhr):* Chris, schreib halt jetzt bitte!

»Hm.« Ich verlagerte Chris etwas, damit ich sie mit einem Arm halten konnte, nahm das Handy und tippte.

📱 *Chris (04:02 Uhr):* Wir nehmen sie mit zu uns. Melden uns nach dem Frühstück. Gruß K

Noctis verstaute das Gerät wieder in der Tasche im Kofferraum. Ich verfrachtete Chris auf die Rückbank. Noch bevor ich einsteigen konnte, hatte sie sich schon hingelegt und eingerollt. Ich hob ihren Kopf an, setzte mich und legte ihn auf meinem Schoß ab. Daemon kletterte auf den Beifahrersitz, Noctis hinters Lenkrad. Bàs und Tywyllwch würden irgendwann später mit dem anderen Wagen nachkommen.

Noctis fuhr den Weg zu unserem Hotel erstaunlich anständig. Nachdem er dort in der Tiefgarage geparkt hatte, holte er ihre Tasche aus dem Kofferraum. Ich zog Chris an den Oberschenkeln zur Tür heraus, nahm sie wieder auf die Arme und trug sie zum Fahrstuhl. Wir konnten mit unseren Schlüsselkarten direkt auf unser Stockwerk fahren, was lästige Fragen an der Rezeption ersparte.

Im Zimmer angekommen, legte ich sie vorsichtig auf das Queensize-Bett. Das war etwas, worauf wir bei jeder Tour bestanden: anständig große Betten in Einzelzimmern.

»Brauchst du Hilfe?«, fragte Noctis und stellte die Tasche in einer Ecke ab.

Ich schüttelte den Kopf.

»Okay, lass es mich anders formulieren: Wird *sie* Hilfe brauchen?« Daemon trat näher an das Bett heran und musterte ihren friedlich schlafenden Körper von oben bis unten.

»Hm.« Ich wusste es nicht. »Vielleicht. Aber das lässt sich auch noch morgen – äh, nachher – vor dem Frühstück … regeln. Nur, falls es notwendig wäre.«

Daemon und Noctis lachten beide. Daemon haute mir mit der flachen Hand auf den Oberarm, dann gingen sie zur Tür und warfen noch ein leicht höhnisches »Viel Spaß!« in den Raum. Ich hielt den ausgestreckten Mittelfinger in ihre Richtung, ohne meinen Blick von Chris abzuwenden.

Es wäre mir wesentlich lieber gewesen, wäre sie wach – schließlich war ich nicht so drauf wie Daemon.

Ich setzte mich neben sie auf die Bettkante. Ihr Brustkorb hob und senkte sich sanft mit ihrer gleichmäßigen Atmung. Vorsichtig fuhr ich mit meinen Fingern ihre Schlüsselbeinknochen nach. Ich musste mich entscheiden. Und das schnell, bevor mein eigener Körper mir die Entscheidung abnahm. Meinem Drang jetzt nachzugeben, würde ihr ohnehin wackeliges Vertrauen zu mir zerstören. Normalerweise wäre mir das egal – aber sie war eben kein normales Mädchen, sondern eine von uns. Eine, die ich möglicherweise für eine längere Zeit in meinem Bett und meinem Leben behalten wollte.

Mit einem tiefen Seufzer stand ich wieder auf und zog ihr wenigstens die Stiefel aus. Dann deckte ich sie zu und gab ihr einen zarten Kuss auf die Stirn.

Sie sollte mir gehören – und wenn das bedeutete, einen Gang zurückzuschalten, dann war das eben so. Ich hatte Zeit.

Meine Klamotten warf ich achtlos in eine Ecke des Zimmers und ging dann mit einem letzten Blick auf ihr hübsches Gesicht ins Bad. Duschen. Und mir einen runterholen, um den gottverdammten Druck endlich loszuwerden.

KAPITEL 10

Stück für Stück wurde ich wach und nahm mit geschlossenen Augen die Umgebung wahr. Es roch gut. Gar nicht nach schmuddeligem Zimmer, sondern nach … Kay. Stimmt, ich war gestern Abend noch mit ihm in einem Club gewesen. Kein Wunder, dass ich den Geruch noch in der Nase hatte. Die Erinnerungen waren schwammig. Hatte ich zu viel getrunken? Verwirrt war ich auf jeden Fall gewesen. Und er hatte mich gezwungen, das Martyrium immer und immer wieder zu durchleben. Kaum hatte ich den Strudel aus Gefühlen im Griff, riss er die Schleusen erneut auf. Dieses Arschloch! Aber ich erinnerte mich auch an das Gefühl von … Vertrauen. Jedes einzelne Mal hatte mir mehr und mehr Kraft entzogen, bis ich wohl irgendwann einfach eingeschlafen war.

Ich spürte in meinen Körper hinein – die Glieder taten mir weh, wie ein leichter Muskelkater. Scheinbar war diese ganze Scheiße nicht nur mental und emotional sehr anstrengend, sondern sogar körperlich. Fuck. Ich fühlte mich verschwitzt und es war … unbequem. Fast so, als hätte ich wieder mit Klamotten geschla–

Ich riss die Augen auf. Scheiße! Wo zum Henker war ich? Ich hob die Decke an – mein Outfit von gestern wirkte noch vollständig.

Neben mir atmete jemand gleichmäßig. Und es klang nicht wie Rey. In mir stieg Panik auf. Langsam drehte ich meinen Kopf zur Seite. Kay. Ich rieb mir die Schläfen. Wie genau kam ich in sein Bett? Wann? Und vor allem: Warum? Vorsichtig hob ich die Decke etwas weiter. Ein Shirt trug er schon mal nicht. Er lag auf der Seite, mir zugewandt. So nah hatte ich ihn noch nie ohne Klamotten gesehen. Ganz langsam, um ihn bloß nicht zu wecken, schob ich die Decke Zentimeter für Zentimeter hinunter. Fasziniert betrachtete ich die Tattoos, die sich von der Brust über die Schulter bis auf den Arm ausbreiteten. Bedauerlicherweise konnte ich nicht viel erkennen, da sein Arm angewinkelt vor seiner Brust lag. Ein perfekt muskulöser Arm vor einer perfekt muskulösen Brust – an einer perfekt muskulösen Schulter, wie ich mir eingestehen musste. Ich hob den Zeigefinger, widerstand aber dem Drang, ihn zu berühren, als müsse ich prüfen, ob er echt war. Ich lag in der Tat mit dem heißesten Typen der Welt im Bett. Und ich wusste nicht einmal warum.

Ich löste meinen Blick von ihm, drückte mich auf die Ellenbogen hoch und sah mich im Zimmer um. In einer Ecke lag meine Reisetasche. Mein Handy! Ich musste unbedingt meinen Freunden Bescheid sagen, wo ich war!

Vorsichtig setzte ich mich auf und schwang meine Beine aus dem Bett. Dann schlich ich auf Zehenspitzen zu meiner Tasche und zog das Telefon raus.

»Die wissen, wo du bist.«

Mit einem Satz fuhr ich zu Kay herum. Er lag noch in derselben Position im Bett wie eben, die Augen geschlossen.

»Ähm …?«, brachte ich heraus.

»Komm her.« Er klopfte vor sich auf die Matratze.

Es klang fast … nett. Gar nicht wie der Befehlston, wie er ihn sonst verwendete. Zögerlich kletterte ich wieder aufs Bett, blieb aber mit einigem Abstand vor ihm sitzen. Mein Handy hatte ich noch in der Hand und war gerade dabei, es einzuschalten.

Er zeigte hinter mich auf den Nachttisch. »Ladekabel – falls du eins brauchst.«

Das Display ging an und erzählte stolz, dass es noch über ganze 4 % Akkuladung verfügte. Wortlos drehte ich mich um und stellte erleichtert fest, dass der Anschluss des Kabels passte. Das Telefon quittierte den Start des Ladevorgangs mit einem kurzen Vibrieren. Kaum hatte ich die Pin eingegeben, poppte eine Benachrichtigung von Rey auf. Ich tippte drauf und öffnete den Chat.

 Rey (07:28 Uhr): Chris? Um Himmels Willen, melde dich!!

Ich scrollte nach oben und entdeckte eine Nachricht von mir selbst – nein, sie war von Kay. Das meinte er also mit »Die wissen, wo du bist.«

»Entweder du antwortest jetzt *oder* du stellst die Frage, die dir am meisten auf der Seele brennt«, sagte er in einem Tonfall, der klarmachte, dass ich sobald keine zweite Chance erhalten würde.

Ich legte mein Handy auf den Nachttisch.

Er klopfte erneut zweimal vor sich auf die Matratze.

Ich schlüpfte wieder unter die Decke und legte mich ziemlich verkrampft neben ihn auf den Rücken. In meinem Hirn ratterte es und die Gedanken schossen durcheinander. *Eine* Frage. Ich hatte Tausende – eigentlich.

Welche war die wichtigste? Was gestern Abend passiert war? Warum sie wussten, was in mir vorging? Aber hatte Noctis nicht bereits angedeutet, dass sie »da auch alle durchmussten«?

Ich sah aus den Augenwinkeln, wie er mich beobachtete, und ich war mir sicher, dass ihm keine Regung in meinem Gesicht entging. Das war nicht förderlich bei meinem Versuch, die bestmögliche Frage zu finden. Ich wurde nervös.

Plötzlich bewegte er sich, griff um meine Taille und hob gleichzeitig meine Schulter an. Bevor ich verstand, was er vorhatte, hatte er mich bereits auf die Seite gedreht und ich lag mit meinem Rücken zu ihm. Er zog mich an sich heran und hielt mich mit seinem Arm fest. Sein Atem kribbelte an meinem Hals. Sofort beruhigte ich mich und ich fühlte mich … sicher. »Was …?«, platzte aus mir heraus, als ich auf einen Schlag begriff, was fehlte.

»Hm?« Meine Nackenhaare stellten sich auf, so nah war seine Stimme hinter mir.

»Warum explodieren meine Gefühle nicht?«

»*Das* ist deine Frage?«

»Ja, im Moment ist das die Frage, die mir am meisten auf der Seele brennt.« Ich ertappte mich dabei, wie ich mich noch etwas mehr an ihn schmiegte. Statt einer Antwort küsste er meinen Hals, genau am Übergang zur Schulter, sodass mir ein Schauer über den Rücken lief. Dann biss er leicht zu – gerade so, dass es hoffentlich keinen blauen Fleck hinterließ. Eigentlich wollte ich eine Antwort, aber noch viel mehr wollte ich, dass er nicht aufhörte. Und ich wollte ganz und gar nicht daran denken, dass ich verschwitzte Klamotten anhatte und dringend duschen musste.

»Du hast gestern einen Punkt erreicht und überschritten, an dem dein Bewusstsein akzeptiert hat, wie es läuft. Sieh es als Überdosis – die letztendlich den Schalter umgelegt hat. Gut, dass du nicht aufgegeben hast. Wenn ich das richtig sehe, hast du es damit hinter dir. Ging wesentlich schneller, als ich dachte. Andere brauchen Wochen dafür.«

»Wie hätte ich denn aufgeben können?« Ich sog scharf die Luft ein. »Ich hatte ja wohl kaum eine Chance!«

»Hm. Du hättest in Ohnmacht fallen können oder einfach im Gefühlschaos stecken bleiben können. Aber du hast dich immer wieder rausgekämpft und es durchgestanden. Ein Herzinfarkt wäre auch denkbar gewesen.« Er küsste meinen Hals erneut. Dieses Mal zog er eine Linie mit seiner Zunge nach oben bis ans Ohrläppchen. Ich bekam überall Gänsehaut.

»Okay … und *was genau* habe ich *durchgestanden*?«

»Du hattest *eine* Frage. Und du hast sie bereits gestellt.«

Verdammt.

Er griff an mein Kinn und drehte meinen Kopf in seine Richtung, gleichzeitig drückte er sich mit dem Ellenbogen nach oben und war nun zur Hälfte über mir. Unsere Nasenspitzen berührten sich und ich blickte in seine tiefschwarzen Augen. Hatte er etwa mit Kontaktlinsen geschlafen? Er legte den Kopf leicht schräg. Unsere Lippen berührten sich nicht, aber ich konnte seinen Atem fühlen, als er flüsterte: »Zwei Möglichkeiten: Entweder du stehst *jetzt* auf und gehst duschen oder wir verpassen das Frühstück.«

Mein Handy vibrierte mit Nachdruck – ein Anruf – und holte mich damit in die Realität zurück. Das war bestimmt Rey! Ich hatte mich immer noch nicht gemeldet, sie musste aber gesehen haben, dass ich ihre Nachricht gelesen hatte. Fuck! Ich seufzte gequält. Kay grinste, verlagerte sein Gewicht etwas und drückte mich damit in eine andere Position. Jetzt lag ich wieder auf dem Rücken, er stützte sich mit seinen Ellenbogen links und rechts von mir ab. Obwohl er nicht komplett auf mir lag, presste mich sein Körpergewicht in die Matratze. Mein Telefon vibrierte immer noch. Er fuhr mit seinen Lippen meine Wange entlang, von der Nase hin bis zum Ohr. Dann küsste er langsam meinen Hals hinab. Ich atmete tief ein und hielt mich an seinen Oberarmen fest. In meinem Bauch kribbelte es. Etwas weiter unten ebenfalls. Unwillentlich bog ich meinen Rücken durch. Bzzzzzzzzzt. Bzzzzzzzzzzt. Verficktes Scheißtelefon! So sehr ich mich auch in diesem Moment verlieren wollte, mein schlechtes Gewissen Rey gegenüber wurde mir mit jedem Ton wieder in Erinnerung gerufen. Ich gab einen leisen Laut der Verzweiflung von mir.

Kay hörte augenblicklich auf und ich murrte enttäuscht. Er sah mich an und lachte. »Geh ran. Ich spring kurz unter die Dusche, dann kannst du.« Er zwinkerte mir zu und bevor er sich von mir hochdrückte, biss er mir kräftig oberhalb der Schulter in den Hals.

Ich schrie vor Schreck und Schmerz auf und fasste mit der Hand unweigerlich an die Stelle. Scheiße! Er verschwand lachend im Bad und ließ mich etwas perplex zurück. Mein Telefon gab keinen Mucks mehr von sich. Ich griff danach und wählte Reys Nummer, während ich meinen Hals vorsichtig massierte, in der Hoffnung, dass der Schmerz bald nachlassen würde. Zumindest hatte ich kein Blut an den Fingern, aber es hätte vermutlich nicht viel dafür gefehlt.

»Wo bist du? Was ist passiert? Geht es dir gut?«, begrüßte mich Rey. In ihrem Ton lag Sorge – aber sie klang auch aufgebracht.

»Sorry, dass ich mich nicht früher gemeldet habe. Ich bin in irgendeinem Hotel … glaube ich.« Bei dieser Gelegenheit bemerkte ich, dass ich wirklich absolut keine Ahnung hatte, wo ich war.

»Was zur Hölle ist gestern gewesen?« Die Sorge nahm ab und der Ton verschob sich Richtung zornig.

»Wir waren in irgendeinem Club und ich muss dann eingeschlafen sein oder so. Ich weiß es nicht genau.« Das entsprach nicht ganz der Wahrheit. Mittlerweile erinnerte ich mich wieder an jedes Detail. »Jedenfalls bin ich gerade hier aufgewacht und …«

»Sieh zu, dass du hierherkommst!«

»Rey, ich habe wie gesagt keine Ahnung, wo ich bin. Ich frage Kay gleich, sobald er aus der Dusche kommt.«

»Bitte *was* …?«

»Ich melde mich, okay? Vielleicht kann mich einer der Jungs gleich zur Pension fahren. Ich muss mir nur jetzt erst mal was anziehen.«

»Was?« Rey schrie ins Telefon und mir wurde bewusst, wie sich das alles anhören musste – und wie wenig es mit der Wahrheit zu tun hatte.

»Ich habe in meinen Klamotten von gestern geschlafen. Alles gut, krieg dich wieder ein. Hier ist nichts gelaufen.« *Leider*, ergänzte ich in Gedanken.

»Okay.« Rey atmete hörbar tief durch, ob aus Erleichterung oder um sich selbst zu beruhigen, konnte ich nicht ausmachen. »Melde dich, sobald du einen Plan hast, wie du deinen Hintern zu uns bewegst. Bislang haben die Jungs noch gar nicht mitbekommen, dass du nicht hier bist. Das wird aber nicht mehr lange gut gehen, spätestens beim Frühstück fliegst du auf. Und ich habe absolut keine Lust, den Kopf für dich hinzuhalten – außer du gibst mir einen verdammt guten Grund dafür.«

»Ich …«, fing ich an zu stammeln, »ich fürchte, das ist … etwas *mehr* als nur eine kleine Schwärmerei.« Ich rieb mir die Stirn. Entweder war dieses Geständnis gut oder schlecht – aber nun war es ausgesprochen, insofern konnte ich eh nichts mehr daran ändern.

»Ich hab's doch gewusst.« Sie seufzte. »Und jetzt?«

Mir fiel ein Stein vom Herzen. Da war sie wieder, meine beste Freundin. In ihrer Stimme lag nicht ein Hauch von Vorwurf.

»Kannst du mir ein bisschen Zeit verschaffen? Ich muss einfach ein paar Dinge für mich klären.«

»Ich gebe mein Bestes. Aber melde dich bitte so schnell wie möglich, sobald du etwas klarer siehst.«

»Mach ich. Und … danke.«

»Ich hoffe, ich bereue das nicht irgendwann. Bis später!« Damit legte sie auf. Ich platzierte das Handy wieder auf dem Nachttisch und gab ihm noch etwas Zeit zu laden.

Mit einem Seufzen ging ich zu meiner Tasche und suchte mir saubere Klamotten heraus. Außer meinem geliebten Schlabberlook hatte ich nicht viel für den Alltag dabei, was die Auswahl sehr einschränkte, den Vorgang aber ungemein beschleunigte. Als ich mich mit Kleidung und Kulturbeutel wieder aufs Bett setzen wollte und kurz aufsah, erstarrte ich mitten in der Bewegung. Im Türrahmen angelehnt stand Kay mit verschränkten Armen und nur einem Handtuch um die Hüften. Auf seinen Schultern und der durchtrainierten Brust glänzten noch ein paar Wassertropfen. Er sah mich durchdringend an und ich stellte mir entsetzt die Frage, wie lange er schon da stand und … zugehört hatte.

Ich merkte, wie meine Wangen warm wurden und ich rot anlief. Ich wandte den Blick ab und betrachtete stattdessen die Sachen, die ich festhielt.

»Die Dusche ist frei. Es gibt noch ein frisches Handtuch … außer du willst lieber das hier.«

Für einen kurzen Moment fiel ich wieder in mein altes Muster. Flucht oder Angriff? Wie konnte ein Mensch nur derart gut aussehen? Seine Ausstrahlung war beinahe greifbar. Alles an ihm machte mich einfach fertig. Ich packte jedes bisschen Selbstvertrauen, das ich in mir finden konnte, auf einen emotionalen Haufen, stand auf und ging auf ihn zu. Er wich keinen Millimeter zur Seite.

Flucht oder Angriff?

Angriff!

Kurz bevor ich mich an ihm vorbei durch die Tür quetschte, zog ich ruckartig an der Ecke des Handtuchs, das sich daraufhin von seiner Hüfte löste, und sagte schlicht: »Danke.« Jedes Quäntchen Mut in mir war damit wohl für die nächsten Wochen aufgebraucht.

Er lachte und schlenderte zu einer seiner Taschen. Ich drehte mich noch einmal um, als ich im Begriff war, die Tür zu schließen, und musste mich zwingen, ihn nicht zu lange anzustarren. Seine Rückseite war genauso sehenswert wie die Front. Das Tattoo, das ich auf der Schulter gesehen hatte, setzte sich über den oberen Rücken fort und verlief in geschwungenen Bahnen bis fast zum Hintern. Es war eine Art Tribal, mit feinen Mustern an bestimmten Stellen. Ich konnte es nicht genau erkennen, aber es schien sich bei den Mustern um Schriftzüge zu handeln. Es war komplett in Schwarz gehalten, gestochen scharf und bei jeder seiner Bewegungen glitt die Farbe über die definierten Muskelstränge. Meine Aufmerksamkeit wanderte noch ein Stück weiter nach unten zu seinem knackigen Po … doch bevor ich mich vollkommen in diesem Anblick verirrte, gab ich der Tür schnell einen Schubs und verbannte ihn somit aus meinem Sichtfeld.

Ich legte meine Sachen neben dem Waschbecken ab und wischte eine Ecke des beschlagenen Spiegels frei. Kay schien extrem heiß zu duschen, denn so lange war er eigentlich nicht im Bad gewesen. Mein Blick fiel auf meinen Hals, an dem ein auffälliger blau-violetter Fleck mit dunkelroten Nuancen prangte. Fuck. Das würde ein Erklärungsproblem geben. Aber darum konnte ich mich auch später noch kümmern. Es war schließlich Winter und ich hatte mehr als einen Schal dabei.

Ich betrat den Frühstücksraum hinter Kay, der meine Anwesenheit mit dem Hotelmitarbeiter geklärt hatte.

Die Einrichtung war einfach, aber hochwertig. Halbhohe Wände, auf denen Pflanzen standen, trennten sie

Tische voneinander. Kay ging zielstrebig durch den großen Raum.

»Guten Morgen, Püppchen!«, hörte ich Noctis, noch bevor ich ihn sehen konnte. Da ich genau hinter Kay hergelaufen war, hatte sein breiter Rücken meine Sicht eingeschränkt – was mich nicht im Geringsten gestört hatte. Ich trat einen Schritt zur Seite und sah an ihm vorbei. Am Tisch vor mir saßen die anderen vier Stormkillers. Ich lächelte etwas unsicher in die Runde und wünschte ebenfalls einen guten Morgen. Kay deutete auf einen freien Stuhl am Kopfende zwischen Dee und Noctis. Er selbst setzte sich mir gegenüber ans andere Ende des Tisches.

Es war warm im Raum. Kay schien ähnlich zu empfinden, denn er zog seinen Pullover aus, sobald er sich gesetzt hatte. Die anderen trugen auch nur T-Shirts oder sehr dünn aussehende Langarmshirts. Ich wickelte meinen dicken Schal ab und hängte ihn über meine Stuhllehne. Mir entging nicht, dass Dee zu meiner rechten Seite den blauen Fleck ausgiebig betrachtete. Ebenso Bàs neben ihm. Sie ließen es allerdings unkommentiert und ich konnte keine Reaktion dazu aus ihrer Mimik ableiten. Vielleicht war das ein alter Hut? Eine Tradition? Vielleicht sahen alle so aus, die Kay morgens mit zum Frühstück brachte? Ich bemerkte einen leichten Anflug von Eifersucht.

Ein Kellner brachte uns Speisekarten und stellte zwei große Kannen Kaffee auf den Tisch. Ich war etwas verwundert, dass es noch Hotels ohne Buffet gab. Meine Entscheidung fiel auf eine süße Variante mit Croissants und Honig. Als der Kellner mit den Karten und unseren

Bestellungen verschwunden war, fing Ty an, den Kaffee in die bereitstehenden Tassen zu verteilen.

»Gut geschlafen?«, platzte Noctis in meine Gedanken.

»Äh, ja. Danke.«

Er stützte sich mit den Ellenbogen auf dem Tisch ab und musterte mich. Dann runzelte er die Stirn, beugte sich vor, sodass er mich von vorne sehen konnte, und lehnte sich dann wieder gemütlich im Stuhl zurück. Kay schien jede seiner Bewegungen genau zu beobachten.

»Aaron hat vorhin angerufen«, erzählte Bàs und legte ein Handy auf den Tisch.

»Oh?«, entgegnete Ty ihm gegenüber.

Dee beugte sich zu mir herüber, zeigte auf das Telefon und erklärte: »Das ist unser ›Band-Handy‹. Wir haben alle keinen Bock darauf, rund um die Uhr erreichbar zu sein, daher kümmern wir uns abwechselnd darum. Label, Presse, die haben alle nur diese Nummer.«

Wow, die Idee gefiel mir. Aber bei meinem Talent im Umgang – und vor allem im Vergessen – von Telefonen sollte ich wohl besser nur sehr selten dafür verantwortlich sein.

»Wir bekommen gleich Besuch«, beendete Bàs seine Ausführungen und nahm seinen Teller entgegen, den ein Kellner gerade brachte.

Als alle ihr Frühstück vor sich hatten, fasste ich mir ein Herz. »Hey, kann mich vielleicht nachher jemand zu meiner Pension fahren?«

»Wo musst du denn hin?«, fragte Ty.

Fuck. Ich hatte keine Ahnung. »Ich … frag mal kurz nach der Adresse«, sagte ich und griff an meine hintere Hosentasche. Sie war leer. Dann fiel mir ein, dass das Handy ja noch am Ladekabel hing. So viel zu Telefonen und mir. »Ähm, … ich frage nach dem Frühstück, meinte ich.« Peinlich berührt biss ich in mein Croissant. Das leise Kichern der Jungs entging mir nicht.

»Da sind sie«, vernahm ich eine bekannte Stimme hinter mir. Chris? Ich drehte mich um und sah, wie er zwei Männern den Weg zu unserem Tisch wies. Als ich mich wieder umwandte, bemerkte ich, dass Kay die Männer genau beobachtete. Einer trat in die Lücke zwischen Dee und mir, der andere blieb hinter meinem Stuhl stehen. Oh, ich hasste es, wenn mir Leute beim Essen über die Schulter sahen. Ich funkelte ihn böse an. Der Typ beachtete mich überhaupt nicht.

Der Mann rechts neben mir an der Ecke räusperte sich. »Entschuldigen Sie bitte die Störung. Ich bin Oberkommissar Köppen. Mein Kollege Kommissar Claus und ich hätten ein paar Fragen, die wir Ihnen gerne stellen würden. Möglicherweise können Sie zum Auffinden einer vermissten Person beitragen.«

Er legte einen Dienstausweis auf den Tisch. Dee nahm ihn in die Hand, sah ihn genau an, nickte dann in die Runde und gab ihn dem Mann zurück. Polizei in Zivil? Ich wurde das Gefühl nicht los, dass das hier nicht die erste Situation dieser Art für die Jungs war. Ihre Gesichter zeigten keine Regung, sie wirkten beinahe … routiniert.

»Wir hören?«, forderte Ty die Beamten auf weiterzusprechen.

»Nun, der letzte Hinweis auf den Verbleib der Person ist ein Austausch von Nachrichten auf einer Online-Plattform. Der Schriftwechsel wurde mit einem Profil geführt, das den Namen ›Noctis Stormkiller‹ trägt und ein Bild von Ihnen«, Oberkommissar Köppen sah zwischen Noctis und Ty hin und her und zeigte schließlich etwas zögerlich auf letzteren, »aufweist. Der letzte Kontakt war vor drei Tagen, am Montag. In dieser Nachricht wurde eine Verabredung für den Abend getroffen.«

Das war der Tag, als wir auf dem Wintermarkt waren. Hatte Kay nicht gesagt, dass sie danach noch mit jemandem verabredet waren? Mein Herz schlug mir bis zum Hals.

Gerade als ich den Mund öffnete, um etwas zu sagen, traf mich Kays Blick. Er war eiskalt. Einen solchen Ausdruck hatte ich bei ihm noch nie gesehen. Mir lief ein Schauer über den Rücken und ich klappte meinen Mund wieder zu. Irgendetwas stimmte hier ganz und gar nicht.

»Und Ihre Frage ist jetzt welche genau?«, hakte Ty nach.

»Nun, da sich die Person laut den Nachrichten mit der gesamten Band treffen wollte, wüssten wir gerne, ob dieses Treffen stattfand.«

»Welches Treffen? Sind Sie denn überhaupt sicher, dass es sich dabei um das richtige Profil handelte? Ich meine, Sie haben ja sicher recherchiert und festgestellt, dass unzählige Fakeprofile existieren – für jeden von uns. Ein Nachteil des Internets, nahezu jeder kann sich ausgeben, für wen er will.« Ohne den Beamten aus den Augen zu lassen, trank Ty einen Schluck Kaffee.

»Nun, wir können natürlich nicht mit hundertprozentiger Sicherheit sagen, dass das Profil tatsächlich von Ihnen betrieben wird, aber wir … nehmen es an.«

»Ich kann mich nicht daran erinnern, Nachrichten über ein Treffen am Montag mit irgendwem ausgetauscht zu haben. Um welche Plattform geht es denn überhaupt?«

Der Mann räusperte sich. »Facebook.«

Ty griff nach dem Band-Handy, tippte darauf herum und reichte es dem Beamten. »Dieses Profil? Sie können gern die alten Nachrichten durchgehen, wenn Sie das möchten.«

Köppen nahm das Gerät entgegen, wischte über das Display und kniff die Augen leicht zusammen. »Hm. Es sieht ähnlich aus, aber das ist es nicht.« Er wirkte enttäuscht, als er das Telefon nach einer Weile wieder zurückgab. »Und Sie haben sich sicher nicht am Montagabend mit einer jungen Frau getroffen?«

Kay sah ihn mit einem ähnlichen Ausdruck an, wie zuvor mich. »Nein. Warum sollten wir auch? Wir nehmen die einfach nach den Gigs mit, wenn wir eine brauchen.« Der Tonfall in Kays Stimme schnürte mir die Kehle zu. Nachdem er seinen Satz beendet hatte, traf sein Blick wieder auf mich. Ich bezweifelte, dass den Polizisten das entgangen war. Ebenso wenig wie mein frischer blauer Fleck. Oder die Tatsache, dass ich überhaupt hier am Tisch saß.

»Vielleicht haben Sie die junge Dame ja trotzdem irgendwo gesehen, sie scheint immerhin auf mehreren Ihrer Konzerte anwesend gewesen zu sein. Jeder kleine Hinweis kann uns weiterhelfen, die Sachlage aufzuklären.« Das war wieder der Mann neben mir.

Hinter meinem Stuhl raschelte es und Köppen nahm ein Foto entgegen, das sein Kollege aus einer Mappe gezogen haben musste. Er reichte es Dee. Ich war mir sicher, dass der andere hinter mir nun jeden sehr genau beobachtete, der das Foto ansah. Ich hatte das mal in einem Film gesehen. Jede noch so kleine Regung oder ein falsches Wort konnten einen Täter entlarven. Mit einem leichten Schulterzucken reichte Dee das Bild an Bàs weiter. Er gab es ebenso emotionslos an Kay. Dann erreichte es Ty, als nächstes Noctis und als der es wieder dem Polizisten geben wollte, hielt dieser es mir genau vor die Nase. Ich riss entsetzt die Augen auf und schlug mir mit der Hand auf den Mund.

»Sie kennen die Dame?«, fragte der Beamte neben mir und ließ mich nicht aus den Augen. Keiner am Tisch tat das. Mir war kotzübel.

»Ich habe mich mit ihr unterhalten …«, sagte ich mit kratziger Stimme, »nach unserem ersten Gig am Freitag. Und dann habe ich sie am Sonntag noch einmal beim Konzert gesehen. Ihr Name war Anna, oder?«

»Sie gilt als vermisst, nicht als verstorben. Ihr Name *ist* Anna, ja.«

Ich wollte widersprechen. Ich wusste, dass sie nicht mehr lebte. Ich hatte nur keine Ahnung, weshalb ich mir so sicher war. Dann fing ich wieder Kays Blick auf. Er hatte etwas Drohendes. Ich beschloss, den Mund zu halten.

»Falls Ihnen noch etwas einfällt, melden Sie sich bitte. Weiterhin viel Erfolg auf der Tour und einen guten Tag. Und entschuldigen Sie bitte die Störung.«

Sie reichten jedem eine Visitenkarte, bevor sie den Frühstücksraum schweigend verließen. Ich steckte die Karte gedankenverloren in meine Hosentasche – weiter über Anna nachdenken wollte ich im Moment nun wirklich nicht. Mir war immer noch schlecht. Unmotiviert dippte ich den Rest meines Croissants in den Honig. Ich konzentrierte mich auf meinen Teller, um einen Grund zu haben, keinen der Blicke erwidern zu müssen. Ich spürte, dass ich angestarrt wurde. Von allen. Essen konnte ich allerdings nichts, ich war mir sicher, es direkt wieder ausspucken zu müssen. Niemand sprach ein Wort. Schließlich hielt ich es nicht mehr aus und sah hoch. Ich entschied mich allerdings, meinen Blick nicht geradeaus auf Kay zu richten – die unausgesprochene Drohung steckte mir noch zu sehr in den Knochen. Stattdessen schielte ich zu Noctis. Zu meiner Überraschung grinste er mich an. Ich runzelte irritiert die Stirn.

»Was?«, fragte ich patzig.

»Och. Nichts. Aber … warum hast du gefragt, ob ihr Name Anna *war*?«

»Noctis!«, brachte Kay ihn scharf zum Schweigen. Und mich gleich mit.

»Ich mein ja nur.« Noctis zuckte mit den Schultern und trank seinen Kaffee aus. Das Grinsen stand ihm immer noch im Gesicht.

Ich sah zu Dee. Er lächelte. Was stimmte denn mit denen nicht?

»Warum habt ihr den Beamten nicht gesagt, dass sie die ganze Zeit gar nicht mit Noctis, sondern mit Ty reden?«, fragte ich, um von mir abzulenken.

»Wozu?«, antwortete Ty. »Um ihnen zu demonstrieren, wie leicht man auf eine Fälschung hereinfallen kann?«

»Ja, zum Beispiel.«

Ty verzog die Mundwinkel. »Hm. Nö. Die sollen ihren Job mal schön selbst machen.«

Diese kaltschnäuzige Art, mit dem Tod eines wirklich netten Mädchens umzugehen, erschütterte mich. War man nicht – zuletzt auch sich selbst – verpflichtet, der Polizei so gut wie möglich bei der Aufklärung zu helfen? Sie wirkten so eingespielt und so distanziert, als hätte ein solches Gespräch am Frühstückstisch schon Hunderte Male stattgefunden.

»Passiert euch das öfter?«, fragte ich in die Runde.

»Was?«, wollte Bàs wissen.

»Na, ein morgendliches Verhör, Fotos von toten – Pardon, *verschwundenen* – Mädchen und so?« Mich nahm das wirklich mit. Ich hatte Anna gemocht.

»Willkommen in unserem Leben«, antwortete Kay ruhig. In seiner Stimme lag keine Kälte mehr. Das galt auch für seine Augen.

»Wir setzen dich auf dem Weg ab. Dann müssen wir nicht zweimal los«, sagte Kay, als wir uns mitsamt Gepäck auf den Weg zum Fahrstuhl begaben. Rey hatte mir auf Anfrage die Adresse der Pension durchgegeben.

Kaum hatten wir den Lift betreten, drängte mich Kay gegen die Wand und griff mir an den Hintern. Ich wollte protestieren, aber bevor ich etwas sagen konnte, hatte er seine Hand schon wieder weggezogen. Zwischen Zeige- und Mittelfinger hielt er die Visitenkarte, die mir der Polizist gegeben hatte. »Die brauchst du nicht mehr.« Er steckte sie in seine eigene Tasche.

»Äh …« Ich sah ihn an, als wäre er von allen guten Geistern verlassen worden.

»Wir reden später darüber.« Er gab mir einen Kuss auf die Stirn und im selben Moment kündigte der Aufzug die Ankunft in der Tiefgarage an.

Neben den beiden Mercedes parkten zwei große, schwarze Vans. Meine Band schlug sich mit einem Kombi plus Anhänger herum und die reisten mit vier Autos? Das war schon ein wenig übertrieben.

Vor den Fahrzeugen standen die anderen Stormkillers und einige andere Leute. Ich entdeckte Chris und Beck, der Rest war mir unbekannt. Als sie uns sahen, sortierten sie sich zu den entsprechenden Autos. Ich erkannte darin allerdings absolut kein System. Kay schob mich zur Seitentür eines der Vans – damit hätte ich am wenigsten gerechnet.

Zu meiner Überraschung war gar nicht alles mit Equipment vollgeladen. Ich stellte meine Tasche einfach irgendwo auf den Boden, legte meine Jacke darauf und holte mein Handy für die Adresse der Pension heraus. Ich reichte es an Noctis weiter, der auf dem Beifahrersitz saß und nahm selbst auf der Rückbank platz. Kay schloss die Seitentür und rutschte neben mich. Die hinteren Scheiben waren so tiefschwarz getönt, dass es dunkel wurde, als die Innenraumbeleuchtung erlosch.

»Anschnallen«, wies Dee vom Fahrersitz aus an.

»Ich würde gerne vorher noch mein Handy zurückhaben«, erwiderte ich. Ich wollte aufstehen, aber Kay drückte mich in den Sitz und deutete auf den Gurt.

»Ich brauche noch kurz, das Navi will nicht so«, warf Noctis ein. »Kriegst es gleich wieder, wenn ich so weit bin.«

Mit einem Seufzen kam ich der Aufforderung nach und schnallte mich an. Ich hätte Rey gerne mitgeteilt, dass wir unterwegs waren. Dee fuhr aus der Tiefgarage hinaus und das Navi machte seine erste Ansage. Kay legte seinen Arm um mich und zog mich näher an sich heran. Es fühlte sich gut an. Dann drückte er mich noch fester an seinen Körper, sodass ich mich kaum noch bewegen konnte. Mit seiner anderen Hand nahm er mein Kinn und hob es an, sodass ich ihn ansehen musste. Er legte mir den Zeigefinger auf den Mund, ohne mich loszulassen. »Sshhhhhhh.«

Ich verstand, was er von mir wollte, aber nicht *warum*. Seine Finger schlossen sich so fest um meinen Unterkiefer, dass ich keine Zweifel daran hatte, dass er es ernst meinte. Warum stieg ich auch immer wieder mit denen in ein Auto? Ich nickte leicht – zumindest hoffte ich, dass er meinen Versuch bemerken würde – und tatsächlich ließ er etwas lockerer.

Dann erkannte ich den Grund: Noctis wählte auf meinem Handy eine Nummer aus und hielt es sich ans Ohr. Ich wollte protestieren, aber schon als ich Luft holte, wurde der Griff wieder fester und schmerzhafter.

»Hi, Noctis hier. Pass auf, wir machen das anders, wir packen sie einfach bei uns mit ein. … Ja, nein, ist einfacher. Zu euch wäre ein ziemlicher Umweg quer durch die Stadt und die Strecke ist ja insgesamt auch nicht weit. … Genießt es, ein bisschen mehr Platz auf der Fahrt zu haben. … Ja, gib mir die Adresse durch, dann setzen wir sie dort ab. … Klar, kein Problem. … Nein, das geht gerade nicht. Bis später!« Dann legte er auf. »Schönen Gruß von Rey«, rief er zu mir hinter und klemmte mein

Telefon dann am Armaturenbrett in eine Halterung. Kay ließ meinen Kiefer los und lockerte seinen Arm etwas.

»Was stimmt denn mit euch nicht?«, schrie ich nach vorne. »Hättet ihr nicht einfach fragen können, ob ich bei euch mitfahre, um einen Umweg zu sparen?«

»Hättest du ›ja‹ gesagt?«, hakte Dee nach.

»Nein!«

»Siehst du?« Kay lachte.

»Nicht böse sein, Püppchen. Aber ihr zwei da hinten müsst euch echt dringend unterhalten.« Noctis drehte das Radio lauter. Offensichtlich war das seine Art, eine Konversation zu beenden.

Ich schnaufte vor Wut, verschränkte die Arme vor der Brust und schaute demonstrativ aus dem Seitenfenster. Ich kam mir selbst wie ein schmollendes Kleinkind vor, aber das war nun wirklich eine unmögliche Aktion gewesen.

»Hey …«, flüsterte Kay in mein Ohr. Ich hörte das Klacken des Gurtschlosses, er musste sich abgeschnallt haben.

Ich ignorierte ihn.

Er wickelte meinen Schal von meinem Hals ab – ich hätte ihn gerne daran gehindert, aber dafür hätte ich meine Arme aus ihrer Verschränkung lösen müssen. Diese Abwehrhaltung war ich nicht bereit aufzugeben.

Ein weiteres Klacken und mein Gurt lockerte sich. Ich wandte meinen ganzen Körper dem Fenster zu. Kay ließ nicht locker. Er schob sein Bein zwischen mich und die Rückenlehne. Sein anderes Bein verhinderte, dass ich vom Sitz rutschte. Ein Arm schlang sich um meinen Oberkörper, bis seine Hand sich über meine noch immer überkreuzten Unterarme schloss. Wenn er meinte, er könne sie einfach auseinanderziehen, hatte er sich geschnitten. Dann glitt seine freie Hand unter mein Shirt. Sie strahlte eine angenehme Wärme aus. Ich hatte seinen Geruch in meiner Nase und seine Wärme umgab mich komplett. Zu allem Überfluss zog er mich ein Stück nach hinten, sodass ich mit meinem Rücken an ihm lehnte. Ich war mir nicht sicher, ob ich mich umdrehen und ihm eine Ohrfeige verpassen oder ihn abknutschen sollte. Ich entschied mich für eine Mischung aus beidem – die Reihenfolge würde ich spontan entscheiden. Aber als ich mich bewegen wollte, ging es nicht. Er drückte meine Unterarme so fest zusammen, dass er mich an Ort und Stelle fixierte.

»Wir müssen nicht reden, wenn du nicht willst«, hauchte er so nah an meinem Ohr, dass ich seinen Atem spüren konnte. Was *ich* wollte, wusste ich nicht. Was mein Körper wollte, war hingegen sehr deutlich. Und es hatte nichts mit verbaler Konversation zu tun.

»Das war nicht in Ordnung«, sagte ich leise.

»Ich weiß«, flüsterte er zurück. »Ich mach's wieder gut.«

Seine Hand auf meinem Bauch bewegte sich in langsamen Kreisen. Zwischendurch kniff er immer mal wieder fest zu, was zwar schmerzhaft war, aber die anschließenden Streicheleinheiten umso intensiver machte.

Nach ein paar Minuten begann ich, mich etwas zu entspannen.

Er gab mir mit der flachen Hand einen Klaps mitten auf meinen Bauch und öffnete erst den Knopf, dann den Reißverschluss meiner Jeans. In einer fließenden Bewegung, die ich kaum wahrnahm, klemmte er mein linkes Bein zwischen seinem und der Rückenlehne ein. Mein rechtes drückte er nach unten und fixierte es zwischen seinem und der Kante der Sitzfläche. Ich wurde etwas unruhig. Dass ich meine Arme nicht bewegen konnte, hatte ich inzwischen akzeptiert. Aber die Beine waren noch einmal eine ganz andere Nummer. Ich versuchte, erst das eine, dann das andere aus der Umklammerung zu lösen, doch ich hatte keinen Erfolg. Je mehr ich mich bewegte, desto gewaltsamer hielt er mich an Ort und Stelle.

»Entspann dich und hör auf mit der Zappelei«, sagte er.

»Ich …«, fing ich an. *Ich habe noch nie die Kontrolle abgegeben? Ich bin zu zerbrechlich für so etwas? Ich fühle mich dem – dir – nicht gewachsen?* Alles das hätte ich gerne gesagt, aber nichts davon konnte ich aussprechen.

»Sshhhhhh.« Ich spürte erst seinen Atem an meinem Hals, dann seine Lippen. Er fuhr mit den Zähnen einmal von oben nach unten an der Seite entlang und dirigierte damit meinen Kopf nach links auf seine Schulter. Ich gab nach und ließ mich nach hinten fallen. Er streichelte sanft meinen Bauch. Eine Weile saßen wir einfach nur so da. Mein Atem wurde wieder etwas ruhiger. Ich schloss die Augen und entspannte mich tatsächlich.

Auf einmal glitt seine Hand schnell nach unten. Ehe meine inzwischen trägen Gedanken hinterherkamen, umkreiste er mit einem Finger meine Klitoris. Mir entwich ein leises Stöhnen. Dann kniff er plötzlich zu. Ein stechender Schmerz durchfuhr mich und ich schrie kurz auf, aber er hatte seine Finger schon wieder gelöst und drang stattdessen mit zweien davon in mich ein. Noch bevor ich mich daran gewöhnen konnte, begann er, sie schnell in mir zu bewegen. Der Schmerz hatte immer noch nicht nachgelassen, aber nun wurde er überdeckt von etwas, das ich so noch nie gefühlt hatte. Kay traf mit seinen gekrümmten Fingern immer wieder einen extrem empfindlichen Punkt – was mich zur Ekstase brachte. Ich vergaß die anderen, das fahrende Auto, die Welt um uns herum und stöhnte laut auf. Alle Muskeln in mir spannten sich an und begannen zu pulsieren – ich war kurz davor zu kommen. Plötzlich hielt er still und zog seine Finger aus mir heraus. Ich knurrte frustriert. Das war jetzt bitte nicht sein Ernst!

Er ließ mich los, glitt von der Bank, packte mich von hinten an den Hüften und hob mich herum, sodass ich auf der Rückbank kniete. Mit der nächsten Bewegung zog er meine Jeans samt Panty herunter. Er drückte meinen Oberkörper mit einer Hand gegen die Rückenlehne und fixierte ihn dann mit einem festen Griff im Nacken. Mit der anderen Hand packte er meinen Beckenknochen und bohrte seine Finger so in mein Fleisch, dass ich noch einmal kurz aufschrie. Er quittierte das mit einem kräftigen Schlag auf meinen Hintern, dann griff er wieder zu – und das nicht gerade sanfter. Ich spürte seinen Schwanz zwischen meinen Beinen. Ich hätte sie gerne etwas gespreizt, um es ihm – und vor allem mir – ein wenig zu erleichtern, aber die Jeans, die noch oberhalb meiner Knie hing, hinderte mich daran. Er löste die Hand aus meinem Nacken und presste im nächsten Moment seine Eichel zwischen meine Schamlippen. Ich atmete tief durch und bog meinen Rücken etwas, um den Winkel anzupassen. Dann drang er ruckartig in mich ein und zog sich kurz wieder etwas zurück, nur um noch härter vorzustoßen. Erneut umfasste er meinen Nacken – der feste Griff hatte etwas Beruhigendes, ohne dass ich einen rationalen Grund dafür ausmachen konnte. Der Schmerz durch seine Finger an meinem Becken mischte sich mit purer Lust, die er durch seine schnellen, harten Stöße in mir auslöste. Er variierte den Rhythmus, zog sich mal mehr und mal weniger weit zurück. Insgesamt wurde er aber immer schneller und drang so tief in mich ein, wie es die Position nur ermöglichte. Ich stöhnte nicht mehr, ich schrie. Die Schmerzen dämpften alles ab und stachelten es auch gleichzeitig an. Jegliches Gefühl für Zeit ging verloren. Meine Muskeln fingen an zu pulsieren, und ein Druck baute sich auf, den ich kaum noch aushalten konnte. Ich war bereits am Limit, aber mein Körper setzte noch ein Level obendrauf.

Ich kam so heftig, dass ich hyperventilierte. Meine Arme und Beine zitterten, ich stand auf der Kippe zum Delirium. Vielleicht auch schon einen Schritt weiter.

Ein kräftiger Klaps auf meinen nackten Hintern holte mich ein wenig in die Realität zurück. Kay lockerte den Griff an meinem Becken und ich bemerkte, dass er sich aus mir zurückgezogen hatte. Er atmete schwer und zog mich an sich. Dann ließ er sich in einer Drehung mit mir auf die Rückbank fallen, sodass ich quer über seinem Schoß saß.

»Wieder da?«, fragte er mit einem leisen Lachen.

»Hm?« Zu mehr war ich nicht fähig. Mein Mund war wie ausgetrocknet.

Ich schmiegte mich an ihn und genoss seine Wärme, seinen Geruch, seine Anwesenheit. Von allem, was mich vor Kurzem noch in den Wahnsinn trieb, konnte ich im Augenblick nicht genug bekommen.

KAPITEL VIII

Ich hasste es, wenn ich mich zurückhalten musste. Im Van war zwar mehr Platz als im Mercedes – was auch der Grund war, weshalb wir ausnahmsweise mal in einem saßen – aber ein bisschen mehr Freiraum hätte mir gefallen. Andererseits war sie jetzt schon überfordert, sonst wäre sie zwischenzeitlich nicht kurz weggetreten gewesen.

Nachdem wir unsere Klamotten gerichtet hatten, saß sie wieder auf meinem Schoß und klammerte sich immer noch leicht benommen an meinen Kapuzenpulli. Irgendwie süß. Ich hielt sie mit einem Arm fest, damit sie nicht hinunterrutschte. Mit der freien Hand zog ich mein Handy aus der Tasche an meinem Hosenbein. Eine Nachricht von Noctis?

Ich öffnete sie, betrachtete das Foto, das er geschickt hatte – mit Chris und mir in eindeutiger Aktion.

📱 *Kaos (12:44 Uhr):* Wer hat, der kann und der sollte auch. Neidisch?

Nach meiner Antwort packte ich das Telefon wieder weg, setzte mein dreckigstes Grinsen auf und sah nach vorne.

Wie zu erwarten war, drehte Noctis sich um, zog eine Schnute und nickte mit großen Augen. Ich musste schallend lachen. Er streckte mir die Zunge raus und kletterte zwischen den Sitzen durch nach hinten. Chris' Smartphone brachte er mit.

»Noch etwa 'ne Viertelstunde, dann sind wir da. Hat ja bisher wunderbar funktioniert mit dem *Gespräch*.« Er lachte und ging wieder nach vorne.

»Wie lange sind wir unterwegs?«, rief ich ihm hinterher.

»Ihr wart über eine Stunde beschäftigt, falls das deine Frage ist.«

Ich entsperrte Chris' Handy und ging die letzten Chatverläufe durch. Da sie eingerollt auf meinem Schoß lag, konnte ich das Telefon bequem außerhalb ihres Sichtfelds halten. In ihren Nachrichten stand allerdings nur jede Menge uninteressantes Zeug.

An Rey schickte ich bei dieser Gelegenheit noch unsere Ankunftszeit.

▯ *Chris (12:53 Uhr):* Noch eine Viertelstunde etwa. K

Ich schaltete das Display aus und drückte Chris das Telefon in die Hand. Es dauerte keine zwei Sekunden und das Gerät kündigte Reys Anruf durch penetrantes Vibrieren an. Ich verdrehte genervt die Augen.

»Hm?« Das Geräusch, das Chris von sich gab, als sie den Anruf annahm, klang niedlich.

»Wieso? Hä? Was?« Sie schaute mich verwirrt an. »Hast du Rey gerade eine Nachricht geschickt?«

»Ja. Damit sie keinen Grund hat anzurufen. Leg auf.«

»Ähm …« Sie konzentrierte sich scheinbar wieder auf das Gespräch. »Rey? Ja … Nee … Macht nichts. Dann warte ich halt, kein Problem.«

Mir wurde es zu blöd, also hob ich sie von mir herunter und verfrachtete sie wieder auf den Platz am Fenster.

»Au!«, entfuhr es ihr, als ich sie unsanft absetzte. »Ja? Nein, es ist nichts. Nein, wirklich. Ich … Können wir später darüber reden? … Ja, bis dann!«

Ich ging derweil nach vorne, lehnte mich über Noctis und beförderte aus dem Handschuhfach einen Joint zutage. Nachdem ich ihn angezündet hatte, setzte ich mich wieder neben Chris. Sie hatte ein Bein untergeschlagen und saß halb auf ihrem Fuß. Ich drehte mich in ihre Richtung und hielt ihr wortlos den Joint hin.

»Ich … also eigentlich …« So niedlich und so unschlüssig.

»Na ja, es hilft nicht direkt gegen die Schmerzen, aber es macht sie … *egaler.*« Durch ihre Position wusste ich ganz genau, was ihr wehtat – und warum. Gut so, damit blieb ich ihr die nächste Zeit im Gedächtnis.

Wortlos nahm sie ihn entgegen und zog daran. Braves Mädchen.

»So. Und jetzt zum eigentlichen Grund, warum wir dich hier haben wollten. Du hast dich und uns ziemlich in die Scheiße geritten heute Morgen.« Ich beobachtete sie genau.

Nach ein bisschen Husten zog sie ein weiteres Mal am Joint und atmete den Rauch langsam aus. Sicherheitshalber nahm ich ihr das Ding ab, bevor ich leer ausging.

»Ich … ich *weiß* einfach, dass sie tot ist. Und mir fehlt vielleicht die Übung und … Kaltschnäuzigkeit, mit der ihr euch offensichtlich *sehr* gut auskennt.«

»Warum bist du dir so sicher?« Welche Eigenschaft sich auch immer gerade in ihr manifestierte, je eher wir dahinterkamen, *was* sie alles abkriegen würde, desto besser.

»Ich weiß es einfach! Himmel! Ich weiß nicht, warum, aber ich weiß es!« Sie wurde laut. Ich mochte es, wenn sie schrie, aber andere Gründe waren mir lieber.

»Wir wissen es alle.«

Sie sah mich mit großen Augen an. »Woher?«

»Du bist wirklich süß. Mich schreist du an, wenn ich dich genau dasselbe frage.« Die ehrliche Antwort wäre gewesen: *weil wir dabei waren.* Aber für diese Art von Wahrheit war es noch zu früh.

Sie kaute auf der Innenseite ihrer Backe herum. Ich wartete gespannt, zu welcher Schlussfolgerung sie kommen würde.

»Wusstet ihr es auch in dem Moment, als ihr das Bild gesehen habt?« Oh. Interessante Idee.

»Nein, vorher schon. Der Punkt an der ganzen Sache ist: Das wird wieder passieren. Und du hast dich verdächtig gemacht, obwohl du nichts mit ihrem Tod zu tun hast. Das ist ganz große Scheiße. Also tu mir einen Gefallen und mach es nicht noch schlimmer. Halt einfach deine Klappe zu dem Thema – auch deinen Freunden gegenüber.«

»Aber … ich meine, vielleicht liege ich ja doch falsch?«

Ich sah sie mitleidig an. »Du liegst nicht falsch. Sie ist tot und daran gibt es nichts zu rütteln.« Ich hielt ihr den Joint wieder hin. »Vergiss einfach die ganze Sache und rede nicht mehr davon, okay?«

»Ich weiß nicht, ob ich das kann.« Immerhin war sie ehrlich.

»Das wirst du müssen, sonst werden wir dafür sorgen.« An ihrem entsetzten Gesichtsausdruck erkannte ich, dass meine Drohung auf fruchtbaren Boden gefallen war. Ich legte noch etwas nach und ergänzte: »Du weißt, wozu Daemon fähig ist.«

Wenig später hielt der Wagen an.

Die Seitentür schwang auf und Noctis grinste uns an. »Endstation, bitte aussteigen, Püppchen.«

Ich schnappte mir meine Jacke und kletterte aus dem Van. Es schneite mal wieder leicht. Als Chris hinter mir in der Tür auftauchte, griff ich sie am Unterarm, um ihr herauszuhelfen. Sie verzog das Gesicht. Offensichtlich hatte ich vorher fest genug zugedrückt, um für blaue Flecken zu sorgen. Gut so.

Ich zog sie zu mir heran und schob ihren Schal beiseite. Das Mal an ihrem Hals war noch gut zu sehen und hatte mittlerweile eine interessante Marmorierung. Ich lächelte zufrieden. Als ich sie gerade wieder warm einpacken wollte, schnellte Noctis' Zeigefinger dazwischen und drückte mitten auf den Fleck.

»Au! Spinnst du?« Sie schlug reflexartig nach seinem Arm, erwischte ihn aber nicht.

»Was denn? So empfindlich?«, fragte er lachend.

»Rey wird das hoffentlich überschminken können für den Gig heute Abend. War das wirklich nötig?« Sie sah mich an.

Ich hob die Augenbrauen und nickte leicht.

»Ja. Da hat jemand sein Revier markiert«, raunte Daemon, der mittlerweile hinter ihr stand, in ihr Ohr.

Sie machte vor Schreck einen Satz zur Seite. Dann wich sie möglichst unauffällig weiter vor ihm zurück. Ihr Verhalten war so auffällig, dass es jeder hätte deuten können. Meine Fähigkeit, sämtliche ihrer Emotionen in ihren Augen zu lesen, brauchte ich in diesem Fall nicht.

»Ich gehe mal rein, dann braucht ihr nicht hier zu warten.« Sie zeigte auf das kleine Hotel, auf dessen Parkplatz wir standen.

»Kommt nicht infrage«, entschied ich knapp. Es ging mir schon gegen den Strich, sie überhaupt hier zu lassen. Aber alleine erst recht nicht.

»Gut«, sagte Chris resigniert und setzte sich mit untergeschlagenem Bein in die offene Seitentür.

Ich tauschte ein paar Blicke mit Daemon und er hockte sich direkt neben sie. Prompt wollte sie aufstehen, aber er drückte sie an der Schulter wieder hinunter. Ich trat etwas näher. Noctis lehnte neben der Tür am Van. Damit waren sämtliche Fluchtwege abgeschnitten.

»Was ist los?«, fragte Daemon sie direkt.

»Ich … bin etwas verwirrt. Das ist alles.« Die Lüge war mehr als deutlich herauszuhören.

»Und das hat nicht zufällig etwas damit zu tun, was du im Club mitbekommen hast?«, bohrte er weiter nach.

Sie zupfte nervös an ihren Fingern. So süß und so durchschaubar.

»Ich weiß nicht, was ich gesehen habe. Ich kann es mir einfach nicht erklären. Ich meine, ich habe Sätze gehört, aber sie ergeben keinen Sinn.«

»Wir sollten uns mal unterhalten. Nicht auf dem Boden eines Vans auf einem Parkplatz, sondern in Ruhe unter vier Augen. Oder sechs. Acht. Meinetwegen auch zwölf. Und bis dahin behältst du einfach alles für dich. Auch und vor allem die Dinge, die du noch nicht verstehst.« Daemon klang sehr überzeugend.

»Ich … okay.«

Hinter uns fuhr ein Kombi mit Anhänger auf den Parkplatz. Sofort sprang Chris auf und zog ihre Tasche aus dem Wagen.

»Ach, Püppchen, eins noch«, sagte Noctis, als er die Beifahrertür öffnete, um einzusteigen, »Ich habe deine Freundesliste bei Facebook mal auf privat gestellt. Ist nicht gut, alles öffentlich zu haben.«

»Bitte was …?«, schimpfte sie und funkelte ihn böse an.

»Ich bin nur besorgt, sonst nichts.« Er grinste von einem Ohr zum anderen. »Und ich war so frei, ein Foto auf deinem Profil zu posten, das ich während der Fahrt gemacht habe.« Er sprang auf den Sitz und schlug die Tür zu, bevor sie ihn erreichen konnte.

Ich nahm sie lachend in den Arm und gab ihr einen Kuss auf die Stirn, dann stieg ich ein und zog die Seitentür zu. Daemon startete den Motor und wir verließen den Parkplatz, als die anderen gerade ausstiegen. Keiner von uns hatte auch nur ansatzweise Lust, sich mit denen zu unterhalten.

KAPITEL 11

Ich ließ meine Reisetasche fallen und zog panisch mein Handy aus der Hosentasche. Mit zitternden Fingern entsperrte ich das Display und sah, noch bevor ich die App auswählte, den roten Punkt, der mehr als hundert Benachrichtigungen ankündigte. Fuck, er hatte uns doch nicht etwa wirklich fotografiert? Mein Herz rutschte in die Hose, als sich mein Profil lähmend langsam aufbaute.

»Hey! Alles klar? Du siehst aus, als hättest du einen Geist gesehen.« Rey wedelte mit ihrer Hand vor meinem Gesicht herum.

»Noctis hat irgendwas auf meinem Profil gepostet und ich habe keine Ahnung, was. Ich muss das löschen. Schnell.«

»Ach, das warst gar nicht du selbst? Das ist voll süß, lass das bloß stehen. Ich habe es auch schon kommentiert.«

»Oooookay …« Ich ließ das Telefon langsam sinken und begrüßte Rey mit einer Umarmung.

Dann fasste ich mir ein Herz und ging zu unseren Jungs. Ich hatte keine Ahnung, was Rey ihnen erzählt hatte, und dementsprechend auch keinen Plan, wie sie auf mich zu sprechen waren.

»Hey, du Verschollene!« Tyler lächelte, hob die Arme und drückte mich. Was auch immer sie ihnen eingeredet hatte, es musste gut gewesen sein.

Sie holten ihre Sachen aus dem Auto und wir gingen gemeinsam zur Rezeption.

Ich mochte alle Mitglieder der Stormkillers mittlerweile auf eine absurde Art gerne – selbst Noctis – aber es tat gut, wieder unter meinen Freunden zu sein. Auch wenn ich mir eingestehen musste, dass ich Kay jetzt schon vermisste – und er war kaum zwei Minuten weg. Ihr Leben war so … *anders* als unseres und ich war mir nicht sicher, ob *gut* anders oder *schlecht* anders.

Während Carsten an der Rezeption warten musste, schaute ich auf mein Handy. Ich wusste schließlich immer noch nicht, was Noctis auf meinem Profil veranstaltet hatte.

Mit einem Lächeln betrachtete ich das Bild. Es zeigte Dee lachend am Steuer und Noctis, der sich mit einer Grimasse in den linken Teil des Fotos drängelte. Garniert war es mit Filtern, die alles in Regenbogenfarben einhüllten und mit diversen Herzchen dekorierten. Ein klassisches Selfie eines Irren. Die Überschrift lautete: *»Roadtrip mit zwei hammergeilen und superheißen Typen (vor allem der links im Bild)!«* Ich musste lachen. In den Kommentaren tauschten sich meine Freunde darüber aus, wer dort genau zu sehen war und warum – und ob es sich wirklich um zwei Stormkillers handelte oder nur eine Fotomontage. Ich löste das Rätsel und tippte: *»Ja, es sind Dee und Noctis. Und es ist meine persönliche Erinnerung daran, Noctis nie wieder unbeaufsichtigt in die Nähe meines Handys zu lassen.«*

Bis über beide Ohren strahlend packte ich das Telefon weg. Ich mochte sie wirklich.

Jeder von uns bekam eine Schlüsselkarte und wir beschlossen, uns eine halbe Stunde später wieder in der Lobby zu treffen, da Chris uns heute etwas früher an der Location sehen wollte. Ich hätte lieber etwas mehr Zeit mit Rey alleine gehabt, aber ich war im Moment eher nicht in der Position, um Ansprüche zu stellen.

Rey schloss unsere Tür auf und vor uns offenbarte sich ein schlichter, aber moderner Raum mit zwei Einzelbetten und einem Teppichboden, der eine schwarz-weiße Abbildung einer Straßenkarte darstellte. Die Einrichtung war komplett in Weiß gehalten, die bodenlangen Gardinen tiefschwarz. Nur das große Bild an der Wand war ein quietschbunter, abstrakter Farbklecks.

»Hübsch«, sagte ich, als ich mich umsah.

»Ich nehme das da.« Rey stellte ihre Tasche vor das Bett am Fenster. »Bei dir weiß man ja nicht, ob du es überhaupt nutzt.« Sie zuckte mit den Schultern und setzte sich auf die Bettkante.

»Was soll das denn jetzt heißen?« Ein bisschen beleidigt war ich schon.

»Na ja. Ich verstehe dich, Chris. Und die Jungs haben es auch eingesehen, nachdem ich es lang und breit und männertauglich erklärt hatte. Ihr habt halt nicht viel Zeit für … was auch immer da zwischen euch läuft. Ich meine, wir fahren in ein paar Wochen wieder zurück nach Hause in unser altes Leben und die touren weiter. Und selbst wenn … ich weiß ja nicht …, aber jetzt erzähl, was läuft da? Ich will jedes Detail hören!« Sie zog eine Augenbraue hoch und sah mich erwartungsvoll an.

Ich zog meine Schuhe aus und ließ mich auf das Bett ihr gegenüber sinken, wobei ich mich wieder halb auf meinen Fuß setzte. Dann musste ich erst einmal verdauen, was sie gerade gesagt hatte. Wir würden wieder nach Hause fahren und sie tourten weiter. Scheiße. Daran hatte ich noch gar nicht gedacht. In meinem Hals formte sich ein Kloß. Ich zog meine Jacke aus und warf sie Richtung Garderobe. Was hatte ich mir überhaupt eingebildet? Dass ich ewig mit ihnen durch die Gegend touren würde? Als was denn? Oder dass Kay und ich irgendwann eine Familie gründen und Kinder in die Welt setzen würden? Diese Vorstellung war vollkommen hirnrissig. Aber es war genau dieser Wunsch, auf dem alle meine bisherigen Beziehungen beruht hatten. Allerdings waren wir ja in gar keine Beziehung … oder doch? Der Kloß nahm mir die Luft zum Atmen. Ich brauchte Platz, also wickelte ich den Schal ab und warf ihn zu meiner Jacke. Meine Augen fingen leicht an zu brennen.

»Oh mein Gott, Chris! Was ist *das* denn? Ja wohl bitte kein Knutschfleck!«, rief Rey und zeigte auf meinen Hals.

Fuck, den blauen Fleck hatte ich völlig vergessen. Ich hätte sie vorwarnen sollen.

»Nein, kein Knutschfleck«, antwortete ich. Eine Träne löste sich und lief mir über die Wange.

»Chris? Was ist es dann?« Sie klang alarmiert.

»Ich … du hast recht. Ich habe da gar nicht dran gedacht. Wir fahren wieder nach Hause.« Eine weitere Träne kullerte hinunter.

»Oh. Deshalb die Tränchen?«

Ich presste die Lippen zusammen und nickte. Sie reichte mir ein Taschentuch. Nach wenigen Minuten hatte ich mich wieder gefangen und die Tränen getrocknet.

»Lass uns schon mal mit den Klamotten für nachher anfangen, ja?«, bat ich sie. Ich brauchte Ablenkung.

Sie nickte und ich schob mir die Ärmel hoch. Die Heizung funktionierte offensichtlich sehr gut hier drin.

Ich stand auf, hob meine Tasche aufs Bett und fing an, alles, was noch sauber war, herauszuziehen.

»Rey?«, fragte ich, ohne mich umzudrehen. »Kannst du mir wieder so etwas Cooles zusammenbasteln wie gestern und vorgestern?«

Keine Reaktion.

»Rey?«

Schweigen.

Ich drehte mich um. Sie saß da wie versteinert. Ich sah sie verwirrt an. »Was ist denn?«

»Chris … wenn du über irgendetwas sprechen willst, dann tu es bitte.«

Ich runzelte die Stirn. Dann folgte ich ihrem Blick.

Verdammte Scheiße. An meinen Unterarmen prangten blau-grüne Flecken, die dem Ding an meinem Hals in der Farbintensität in nichts nachstanden. Sie waren lediglich kleiner. Mit Horror dachte ich an mein Becken – ich wollte überhaupt nicht wissen, wie das aussah.

Ich seufzte. Dann setzte ich mich wieder umständlich auf die Bettkante. Mittlerweile tat mir auch mein Fuß weh, er war es nicht gewöhnt, als Hocker missbraucht zu werden.

»Rey … das sieht schlimmer aus, als es ist«, versuchte ich die Situation zu retten.

Ich rieb mir die Schläfen. In was für eine Scheiße hatte ich mich da nur manövriert?

»Ich schreibe jetzt den Jungs eine Nachricht, dass wir hier noch Zeit brauchen, und dann erzählst du mir sämtliche Einzelheiten. Deal?«

»Da gibt es nicht viel zu erzählen …«

»Deal?«, wiederholte sie sich.

»Deal«, gab ich mich geschlagen.

»Ich höre?« Sie begann, eine Nachricht zu tippen. Da mein Handy vibrierte, musste sie sie in unsere Band-Gruppe geschickt haben.

»Wir … hatten etwas Spaß.« Ich bemühte mich, möglichst unschuldig zu gucken, aber ein leichtes Schmunzeln konnte ich nicht verbergen, als ich daran dachte.

Sie zeigte mit ihrem Finger im Wechsel auf meine lädierten Stellen. »Nach *Spaß* sieht das nicht aus. Chris, ich kenne dich. Und auch zwei deiner Ex-Freunde. Und wir haben uns mehr als einmal über Sex unterhalten.«

»Vielleicht musste ich es einfach mal ausprobieren? Ich gebe zu, ich war etwas überrumpelt, aber … es hat sich gelohnt.« Ich versuchte nicht weiter, mein Grinsen zu verstecken.

Rey zog schon wieder eine Augenbraue nach oben. »Puh. Und wie kommt das Ding da nun hin?« Sie deutete auf meinen Hals.

»Das ist ein … Biss?«

»Dein Ernst?« Sie kam näher und beäugte es genauer. »Ich krieg das abgedeckt. Hoffe ich.« Sie setzte sich wieder und sah mich fragend an. »Und du bist dir ganz sicher, dass du das auch so willst?«

»Ich habe so etwas noch nie vorher erlebt und jetzt bin ich irgendwie … angefixt.« Wir mussten beide lachen.

»Okay, aber pass bitte auf dich auf. Macht ein Safeword aus oder so, ja?«

»Ja, Mama.«

Rey nickte und packte ihre Tasche aus. Offensichtlich war ich aus dem Gespräch entlassen. Mein Handy vibrierte schon wieder und allmählich ging mir das Geräusch auf die Nerven. Ich staunte nicht schlecht, als ich die Benachrichtigung sah. Das Display zeigte »Noctis (privat)« als Absender an. Er musste den Kontakt angelegt haben. Was zum Henker hatte er noch mit meinem Handy getrieben? Ich schüttelte den Kopf und öffnete die Nachricht. Es war ein Foto. Er hatte Kay und mich tatsächlich unbemerkt während der Fahrt fotografiert.

▯ *Noctis (privat) (14:05 Uhr):* Dachte, du willst das vielleicht haben.

Mein Herz machte einen kleinen Sprung und ich musste lächeln. Die Aufnahme war vermutlich entstanden, kurz bevor er mir mein Handy zurückgegeben hatte. Es zeigte mich eingerollt – und komplett angezogen – auf Kays Schoß. In einem ersten Impuls wollte ich es als Hintergrundbild festlegen. Aber plötzlich bekam ich Zweifel. Was, wenn ich mehr in das, was zwischen uns lief, hineininterpretierte, als es wirklich war? Das Bild lief nicht weg und ich entschied mich, erst einmal das regenbogenbunte Selfie von Dee und Noctis zu nehmen. Zufrieden betrachtete ich mein Werk. Dann öffnete ich den Chatverlauf mit Noctis wieder und tippte.

▯ *Chris (14:08 Uhr):* Danke. Was werde ich denn noch an Neuerungen auf meinem Handy entdecken?

▯ *Noctis (privat) (14:09 Uhr):* Finde es selbst heraus. ;-)
»Hey Träumerin!«, lenkte Rey meine Aufmerksamkeit vom Display ab.

»Hm?«

»Klamotten! Jetzt! Du klebst doch sonst auch nicht so an deinem Handy.« Sie lachte und schüttelte den Kopf.

Wortlos hielt ich ihr das Foto hin, das Noctis mir geschickt hatte. Sie lächelte und stieß ein lang gezogenes »Oooooooh« aus. Ich warf auch noch einmal einen Blick darauf, dann legte ich mein Handy zur Seite und beteiligte mich am Outfit-Drama. Auf jeden Fall würde ich etwas mit langen Armstulpen brauchen.

Nach einer Viertelstunde lagen zwei Stoffhaufen vor uns – einer für jede von uns. Beide bestanden jeweils aus vielen kleinen Einzelteilen, insgesamt würden wir aber halbwegs angezogen aussehen.

Ich hatte mich entgegen meiner Natur wieder für einen kurzen Rock entschieden, Rey für knappe Shorts. Der Rest bestand hauptsächlich aus aneinandergenähten Löchern und bunten Farben, die dort durchschimmerten. Rottöne für mich, grün für Rey. Im Anschluss sortierte Rey noch ihren Make-up-Koffer und schimpfte leise vor sich hin.

»Was ist?«, fragte ich.

»Ich brauche eine Weile, wenn dein Biss unsichtbar werden soll. Ich könnte es jetzt machen, allerdings ist das, was ich dabeihabe, nicht wirklich wasserfest und ich bezweifle, dass es den Aufbau überlebt. Ich habe beim Packen nicht mit … *so etwas* gerechnet.«

»Weißt du was? Lass es einfach«, entschied ich mit einem Schulterzucken.

»Das willst du nicht. Irgendwer macht ein Foto und postet das, wenn du Pech hast. Und dann gehen die Spekulationen los.«

»Genau. Auch schlechte Werbung ist Werbung. Wir machen das hier doch eigentlich alles, weil wir einen Fuß in die Tür kriegen wollen, oder?«

»Hm. Das überzeugt mich nicht. Lass uns da nachher noch mal drüber sprechen, ja? Und sag den Jungs lieber, dass es ein stinknormaler Knutschfleck ist, okay?«

Um 14:57 Uhr fuhren wir auf den Parkplatz hinter der Halle. Chris hatte den anderen gestern erklärt, dass er mindestens zwei von uns um diese Zeit vor Ort haben wollte, um noch ein paar Dinge zu klären. Auf Tylers Anwesenheit hatte er dabei besonders bestanden. Wir entschieden, dass ich mit ihm vorgehen sollte, während Rey und Carsten derweil anfingen auszuladen. Da es nur leicht schneite, machte uns zumindest das Wetter keinen Strich durch die Rechnung.

»Ich bin gespannt, wie die anderen so drauf sind«, murmelte Tyler, als wir zum Hintereingang gingen.

»Hm. Ich hatte gar nicht mehr auf dem Schirm, dass die nächsten beiden Konzerte mit einem zusätzlichen Support angesetzt waren.«

»Ich hätte das auch vergessen, hätte Chris uns nicht daran erinnert.« Tyler lachte.

Wir öffneten die Tür und betraten einen Raum, von dem aus zwei Flure und drei Türen abgingen.

»Wow. Und jetzt?«, fragte ich, als ich mich umsah.

»So, wie ich das Gebäude von außen einschätze, liegt die Halle eher in dieser Richtung.« Tyler zeigte auf einen der Flure.

Da ich keine bessere Idee hatte, folgten wir dem Korridor um einige Ecken und hörten tatsächlich irgendwann auch Stimmengewirr und das typische Poltern des Aufbaus. Plötzlich standen wir mitten in einer großen Halle, allerdings an dem Ende, das der Bühne gegenüberlag. Überall wuselten Leute herum, es war deutlich mehr los als sonst um diese Zeit. Offensichtlich wollten sie früher fertig werden. Ein Typ wickelte gerade Kabel um seine Hand und den Ellenbogen auf. Er kam mir bekannt vor. Ich hatte ihn heute Morgen in der Tiefgarage gesehen. Schnurstracks ging ich auf ihn zu. »Hey, wir suchen Chris. Hast du eine Idee, wo wir ihn finden können?«

Er unterbrach seine Bewegung und nickte in eine Richtung. »Da durch, den zweiten Gang rechts. Linke Tür. Da könnte er sein.«

Ich bedankte mich und wir setzten unseren Weg fort.

In besagtem zweitem Gang stand die ebenso besagte Tür sperrangelweit offen. Noch ehe wir ihn sehen konnten, hörten wir ihn. Er unterhielt sich mit einer Frau.

Bevor wir eintraten, klopfte ich zweimal an den Türrahmen, um uns anzukündigen.

»Ah. Bisschen früher wäre schöner gewesen. Aber gut, jetzt seid ihr ja da.« Für seine Verhältnisse war diese Begrüßung schon recht ordentlich.

Ich zuckte entschuldigend mit den Schultern.

Die Frau, mit der er gesprochen hatte, musterte mich mit abschätzendem Blick von oben bis unten. Dann hob sie die Augenbrauen und seufzte. Sie stand lässig mit der

Schulter an die Rückwand des Raumes gelehnt neben Chris. Sie trug ihre langen, pechschwarzen Haare, die ihr bis zum Hintern reichten, offen, hatte perfekt nachgezogene Augenbrauen und akkurat aufgetragenen schwarzen Lippenstift. Ihre Haut erinnerte an Porzellan. Links von ihr saß ein Typ mit dunklen Locken und Lederjacke breitbeinig auf einem Stuhl und hatte einen Fuß auf einer Kiste Bier abgestellt.

Wir gingen zwei Schritte in den Raum hinein und blieben beide stehen. Tyler fühlte sich scheinbar genauso unwohl wie ich. Die Frau besaß eine unglaubliche Präsenz, sie füllte den Raum quasi vollständig aus. Bisher hatte ich das so nur bei jedem Einzelnen der Stormkillers erlebt.

Ich wollte verhindern, dass ich mehr als nötig schwitzte und zog meine Mütze und die dicke Winterjacke aus. Chris zeigte in eine Ecke des Raums und ich legte meine Sachen dort ab. Tyler tat es mir gleich.

Die Frau beäugte uns weiterhin mit einem abfälligen Gesichtsausdruck. Ich wandte mich an Chris: »Ja, sorry. War spät gestern.«

So breit, wie er grinste, hatte er meine Anspielung verstanden.

»Das sind Chris und Tyler von Flight of the Snowflake, der anderen Support-Band«, stellte er uns den beiden vor. An uns gerichtet fuhr er fort: »Und das sind Rabea und Jason von Midnight's Bloodshed. Wir müssen heute ein bisschen anders planen als sonst, weil wir nicht nur *zwei* Supports haben, sondern auch wenig Zeit für den Umbau und noch weniger Platz.« Er strich sich mit Daumen und Zeigefinger über die Augenbrauen.

Man sah ihm deutlich an, dass er absolut keine Lust auf die folgende Diskussion hatte. »In Zahlen heißt das, ihr spielt jeweils 20 Minuten mit maximal fünf Minuten Unterbrechung dazwischen. Wir können nicht alles vorher aufbauen, weil auf der Bühne in dem Bereich, den ihr nutzen werdet, nicht genug Platz ist für zwei Drum-Sets.«

»Ich kann das meiste vormontieren und wenn ein oder besser zwei Leute mit anpacken, geht das relativ fix.« Tyler zuckte mit den Schultern.

»Steht die Running-Order denn schon fest?«, fragte Rabea mit einer Stimme, die für jede Telefonsex-Hotline eine Goldgrube gewesen wäre.

»Nein.« Chris schaute gequält. Ich ahnte, was er erwartete, und er lag richtig. Keiner hier war bereit, als Erster auf die Bühne zu gehen. Weder ich noch Rabea, wie ein Blick zu ihr bestätigte.

»Dann ist es doch einfach«, säuselte sie und wandte sich dann zu mir um. »Ihr fangt an.«

»Und warum sollten wir das tun?«, hakte ich nach.

»Weil wir besser sind«, erklärte Jason mit einem selbstgefälligen Grinsen.

Wow. Der Typ definierte Arroganz völlig neu.

»Und woher genau nimmst du diese Erkenntnis?« Ich schnaubte. Der machte mich wirklich wütend.

»Ihr seid bloß unser Ersatz, weil wir im Moment anderweitig gebucht sind. Wir spielen die zweite Hälfte der Stormkillers-Tour als Support. Den Job machen wir übrigens, weil wir es können. Nicht, weil wir Glück hatten.«

Ich begann, innerlich zu kochen. *Einatmen, ausatmen. Ruhig bleiben.*

Ich wandte mich an Chris: »Das *Problem* besteht heute und morgen, ja? Dann machen wir doch einen Kompromiss. Heute wir, morgen die.« Meine Stimme zitterte mehr, als mir lieb war. Ich war so wütend, dass ich in Gedanken beiden beinahe den Tod an den Hals wünschte.

»Klingt fair«, sagte Chris in einem Tonfall, der klarmachte, dass es ihm eigentlich scheißegal war – Hauptsache, er musste nicht den Schiedsrichter in einem aufkeimenden Zickenkrieg spielen. »Dann kommt mal mit und wir schauen uns das vor Ort an.«

Mir war mittlerweile so heiß vor Zorn, dass ich schnell noch meinen Schal auf den Jackenstapel warf und Chris dann hinterherstapfte.

Hinter mir lachte Rabea schallend. Es klang bösartig. »Ach du Scheiße! Was ist das denn für ein Knutschfleck? Wie alt bist du? Zwölf?«

Ich ließ es unkommentiert und verfluchte Kay innerlich für den Mist, den er mir damit eingebrockt hatte, während ich mir bildlich vorstellte, wie Rabeas Genick langsam in der Mitte durchbrach.

Kaum standen wir im vorderen Bereich auf der Bühne, um abzusprechen, wer, was, wann, wo und wie aufbauen und anschließen sollte, damit der Wechsel möglichst schnell vonstattengehen konnte, vibrierte meine hintere Hosentasche. Ein Anruf.

Genervt zog ich das Handy heraus und schaute aufs Display: »Ty (privat)«. Wem hatte Noctis denn noch meine Nummer gegeben? Ich musste dringend meine Kontakte überprüfen. Seufzend nahm ich das Gespräch an.

»Hi Ty.« Meine Güte, klang das dämlich. Aber ich wollte absolut kein Geheimnis daraus machen, mit wem ich telefonierte.

»Ist Chris in deiner Nähe? Die Sackratte geht nicht ans Telefon.«

»Ja, ich freue mich auch, dich zu hören. Moment, ich gebe dich weiter.« Ich hielt dem irritiert dreinschauenden Chris das Handy hin. »Für dich. Ein gut gelaunter Rockstar, viel Erfolg«, sagte ich süffisant.

Er nahm mein Telefon entgegen, wandte sich um und ging ein paar Schritte von uns weg.

Ich drehte mich zu Rabea um und konnte ein leichtes, triumphierendes Lächeln nicht verbergen. Zu meiner Verwunderung war sie allerdings völlig unbeeindruckt. Vielleicht musste ich ihr einfach ein wenig deutlicher auf die Sprünge helfen, wem von uns beiden der Platz *näher* an den Stormkillers zustand. »Kennt ihr euch schon?«, fragte ich so beiläufig wie möglich und deutete auf Chris mit meinem Handy. »Ty meine ich. Oder die anderen.«

Sie bedachte mich mit einem Blick, mit dem man ein naives Kind ansah, das noch an den Weihnachtsmann glaubte. »Ja klar. Wir sind uns vorhin im Wellnessbereich des Hotels über den Weg gelaufen. Von denen sieht ja wirklich einer schärfer aus als der andere. Vor allem ohne Klamotten.« Sie sah mich abfällig an. »Ich freue mich schon darauf, wenn wir unser Gespräch heute Abend an der Hotelbar fortsetzen … oder auf dem Zimmer.«

Ich hätte ihr am liebsten ins Gesicht getreten. »Dann pass gut auf, in wessen Bett du landest. Nicht dass du morgen auch mit so einem *Ding* hier stehst.« Ich drehte demonstrativ meinen Hals in ihre Richtung. Ihre Miene verriet mir absolut nichts über ihre Gedanken.

Chris kehrte mit meinem Telefon zurück und beendete damit unser kleines Geplänkel. Ich packte es in die Tasche und wir widmeten uns alle wieder unserer eigentlichen Aufgabe.

Nach ungefähr zehn Minuten hatten wir eine Einigung erzielt und einen groben Plan abgesteckt.

Chris jagte uns direkt wieder von der Bühne, damit der Aufbau für die Stormkillers weitergehen konnte. Bevor er verschwand, fragte ich noch nach dem passenden Ort für unser Equipment. Sichtlich genervt erklärte er mir den Weg zu einem kleinen Abstellraum. Dann beeilten wir uns, Rey und Carsten zu finden, die vermutlich schon halb erfroren waren. Außerdem wollte ich möglichst viel Abstand zwischen mich und Rabea bringen. Die Tatsache, dass sie mitsamt ihrer unfassbar sexy Ausstrahlung in demselben Hotel – mit demselben Wellnessbereich – eingebucht war wie *meine* Stormkillers, nagte sehr an mir. Ja, ich kochte förmlich vor Eifersucht. Ich hatte einen Vorgeschmack auf das Unausweichliche bekommen: Wir würden wieder nach Hause fahren, während ihre Tour weiterging.

Nachdem wir Rey und Carsten auf den neusten Stand gebracht hatten, schafften wir unsere Kisten und Taschen in den zugewiesenen Raum. Es war wirklich nur eine kleine Abstellkammer, aber wir bekamen alles unter.

»Und jetzt?«, fragte Rey und betrachtete unser Werk.

»Chris hat uns für halb sechs wieder hierherbestellt. Wir haben also noch gut zwei Stunden, um unseren Fresskorb zu plündern«, brummte Tyler.

Ich verzog die Mundwinkel. »Ich möchte mich eigentlich nicht mehr als nötig in diesem Aufenthaltsraum aufhalten – ich will denen nicht unbedingt über den Weg laufen. Meine Laune ist sowieso am Boden.«

»Hm.« Carsten rieb sich die Stirn. »Nach dem, was ihr erzählt habt, bin ich auch nicht scharf darauf, die kennenzulernen. Es wird sich zwar nicht vermeiden lassen, aber … vielleicht lieber später als früher.«

»Wir müssen unsere Jacken nur kurz da rausholen. Dann suchen wir uns einen Bäcker oder so was, ja?« Ich sah zu Tyler. Er nickte mir zu und wir machten uns auf den Weg.

Wir hatten es geschafft, unbehelligt das Gebäude zu verlassen, und saßen nun in einem gemütlichen Bäckerei-Imbiss. Der kurze Fußmarsch an der kalten Luft hatte gutgetan.

»Hat eigentlich irgendwer von euch in letzter Zeit die Kommentare über uns gecheckt?«, fragte ich zwischen zwei Bissen von meinem belegten Baguette.

Rey sah kurz von ihrem Handy auf. »Ich wollte genau das gerade tun.« Sie grinste.

»Ich Insta, du Facebook?«, schlug ich vor und schaltete mein Display ein.

Ihr Grinsen gefror und ihre Augen weiteten sich. »Nein!«

»Hui, ganz ruhig.« Ich legte mein Handy vorsichtig auf den Tisch, als wäre es eine geladene Waffe, und hob beschwichtigend die Hände.

Sie sah mich mit großen Augen an. »Geh nicht auf eins ihrer Profile. Lass es einfach.«

»Und warum nicht, wenn ich fragen darf, liebe Rey? Sind die Kommentare sooo schlimm?«

Sie starrte betreten auf ihr Telefon. »Nein. Die Kommentare nicht. Aber … die Bilder.«

Ich tauschte ahnungslose Blicke mit unseren Jungs aus. Nahezu zeitgleich öffneten wir alle die entsprechenden Apps.

Ich wünschte, ich hätte dieses eine Mal auf Rey gehört. Der Beitrag war keine zwei Minuten zuvor gepostet worden. Eine kurze Fotostrecke mit der Überschrift »Ein wenig Backstage-Spaß«. Zu sehen waren Rabea und zwei Typen, die ich nicht kannte – vermutlich aus ihrer Band. Ty, Noctis und Kay waren ebenfalls abgebildet. Auf einem Foto lümmelten sie alle gemeinsam auf einer Sitzgruppe herum und lachten. Ein anderes zeigte Noctis, wie er verträumt nach oben blickte, während Rabea ihn auf die Wange küsste. Auf dem nächsten saß Rabea quer auf Kays Schoß.

Ohne dass ich es verhindern konnte, bildeten sich Tränen in meinen Augen und liefen meine Wange herunter. Wortlos legte ich mein Handy mit dem Display nach unten auf den Tisch. Das war alles wie ein böser Traum. Nur dass ich mir keine Hoffnungen machte, einfach aufzuwachen, und alle meine Gefühle wären nur noch eine flaue Erinnerung. Stattdessen war ich in einen Strudel gefallen, aus dem ich aus eigener Kraft nicht mehr hinauskam – und jeder Moment mit den Jungs zog mich nur weiter hinunter.

Sie hat alles nur geträumt, hallte es in meinem Kopf. Dee! Ich verstand zwar nicht, was in diesem Club vorgefallen war, aber es könnte die Lösung für mein Problem sein. Dann wäre alles nur ein böser Traum. Nichts, was nicht ein guter Film mit einer großen Portion Eis beheben könnte.

»Chris …?« Reys Stimme war kaum mehr als ein Flüstern.

Ich schüttelte nur den Kopf und versuchte, meine Lippen zu einem Lächeln zu verziehen. An ihren Gesichtern sah ich, dass es mir gründlich misslang.

Erneut griff ich zu meinem Handy. »Ich hätte jetzt gerne einen Joint«, murmelte ich leise, während ich die Liste meiner Kontakte öffnete. Ich konnte nur hoffen, dass Noctis einfach alle ihre Nummern eingespeichert hatte. Unter »Dee« fand ich nichts, aber mir fiel ein, dass sie ihn auch nie so nannten. Deimon, Daimon, irgendetwas in der Art. Schließlich entdeckte ich den Eintrag. Ich sendete eine Nachricht an »Daemon (privat)«.

▯ *Chris (16:18 Uhr):* Chris hier, offensichtlich hat Noctis deine Nummer auch auf meinem Telefon eingespeichert. Können wir unser anstehendes Gespräch vielleicht etwas vorziehen? Ich hätte da eine Frage.

▯ *Daemon (privat) (16:20 Uhr):* Hey Chris! Jetzt gerade ist es ein bisschen ungünstig. Um was geht es denn?

▯ *Chris (16:21 Uhr):* Kannst du mir helfen, Dinge zu vergessen?

▯ *Daemon (privat) (16:22 Uhr):* Was für Dinge?

▯ *Chris (16:23 Uhr):* Menschen, Gefühle, solche Dinge.

▯ *Chris (16:23 Uhr):* Ich kann nicht mehr.

▯ *Daemon (privat) (16:24 Uhr):* Wo bist du?

Ich atmete tief durch. Meine Freunde hatten die ganzen Minuten geschwiegen. Rey war zwischendurch zur Theke gegangen und kam gerade mit einem Triple-Choc-Cookie wieder, den sie auf meinen Teller legte.

»Man kann sich leider nicht aussuchen, in wen man sich verguckt. Tut mir leid, dass er so ein Arschloch ist, Chris.« Sie berührte kurz meinen Arm, dann setzte sie sich wieder auf ihren Platz.

»Ich weiß, es ist ein alter Spruch und du willst den jetzt nicht hören«, sagte Tyler zaghaft, »aber lieber ein Ende mit Schrecken als ein Schrecken ohne Ende.«

▯ *Chris (16:26 Uhr):* In einer Bäckerei. Können wir uns irgendwo treffen?

▯ *Daemon (privat) (16:27 Uhr):* Er ist schon unterwegs. Kopf hoch, Püppchen, und lass dein Handy an. N

Ich runzelte die Stirn. »Kapier ich nicht.«

»Na ja, es ist besser, dass es so früh rausgekommen ist, sonst hättest du noch viel mehr … investiert.« Tyler wirkte verwundert.

»Ich meine nicht den Spruch«, sagte ich und schüttelte den Kopf. »Ich verstehe die Nachricht nicht, die ich gerade bekommen habe.« Hinter Tyler – gut durch die große Glasfront zu erkennen – fuhr gerade ein schwarzer Mercedes mit dunkel getönten Scheiben auf den Parkplatz direkt vor dem Gebäude. »Was zum …? Das ist jetzt irgendwie creepy.« Ich hielt mein Handy mit der geöffneten Nachricht noch in der Hand, als Dee ausstieg. Er schaute auf sein Smartphone, während er mit eiligen Schritten auf die Eingangstür zuging und den Imbiss betrat. Er sah sich kurz um, dann trafen sich unsere Blicke. Ich konnte seinen Gesichtsausdruck nicht deuten. War das etwa Sorge? Er kam auf unseren Tisch zu und steckte das Telefon in die Tasche seiner Sweatshirt-Jacke. »Komm mit.«

Die ganze Zeit über hielt er den Blickkontakt aufrecht. Ich bewegte mich nicht, ich war viel zu verwirrt.

»Jetzt, Chris«, sagte er mit Nachdruck.

Wie in Trance hängte ich mir meine Jacke und den Schal über den Arm und nahm meine Mütze in die Hand. Das Handy verstaute ich in meiner Hosentasche und griff mit der freien Hand den Cookie. Ich starrte meine Freunde an und wusste nicht genau, was ich sagen sollte.

Tyler fand als Erster seine Sprache wieder. »Wir treffen uns spätestens um halb sechs, … oder?« Das letzte Wort galt eher Dee als mir. Er nickte. Dann verließ ich mit ihm die Bäckerei.

Ich warf alles bis auf den Cookie auf die Rückbank – auch um mich zu vergewissern, ob dort nicht noch jemand saß, und stieg dann auf der Beifahrerseite ein.

»Wie …?«, setzte ich an, während ich mich anschnallte.

»Noctis hat dir eine Tracking-App installiert. Ich hab sein Handy dabei, damit konnte ich dich finden.«

Uff. Ich hatte keine Worte dafür, also schwieg ich.

»Und offensichtlich war das nicht die schlechteste Idee«, fuhr Dee fort. Er steuerte den Wagen vom Parkplatz hinunter und bog in die Richtung ab, in der die Halle definitiv *nicht* lag.

»Ich stehe nicht so auf Überwachung«, entgegnete ich patzig.

»Mag sein. Aber falls du es immer noch nicht begriffen hast: Wir stehen sehr darauf, dich *lebend* zu sehen.«

»Den Eindruck hatte ich vorhin nicht. Ihr habt doch … anderweitig genug Spaß.« Ich spie die Worte aus, als wären sie pures Gift. »Wozu dann also der Aufwand?«

»Weil wir auf *dich* stehen.« Er sah mich kurz an, bevor seine Aufmerksamkeit wieder zurück zur Straße wanderte.

»Was meinst du mit *wir*? Also, *ihr*?«

»Guck nicht so, Püppchen. Bloß weil wir Kaos' Spielregeln akzeptieren, heißt das nicht, dass du uns andere … kalt lässt. Ich vermute, dein Wunsch, jemanden zu vergessen, hat etwas mit Kaos zu tun und dem Foto mit Rabea? Oder mit dem von Noctis und Rabea?«

Eigentlich war es wirklich eindeutig, dennoch fühlte ich mich … ertappt.

»Ja.« Ich wusste nicht, wie ich mich rausreden sollte – und ich wollte es auch eigentlich nicht. Also blieb ich bei der nackten Wahrheit. Tatsächlich hatten mir beide Bilder wehgetan. Das von Kay mehr als das von Noctis, aber auch mit letzterem war ich ganz und gar nicht einverstanden. Sein freches Grinsen zog mich immer wieder in seinen Bann – selbst die Tracking-App nahm ich ihm nicht *wirklich* übel. Und es hatte schließlich auch einen Grund, warum ich das Foto von Dee und ihm als Hintergrundbild ausgewählt hatte. Ich konnte mich so oft selbst belügen, wie ich wollte: Es ging nie darum, Außenstehenden oder meinem eigenen Ego damit zu demonstrieren, dass ich zwei leibhaftige Rockstars persönlich kannte – sie waren mir aus unerfindlichen Gründen einfach *wichtig*. Und je länger ich Dee ansah, desto mehr musste ich mir eingestehen, dass es bei dem Bild nicht nur um Noctis ging. Was ich im Club von Dee mitbekommen hatte und bislang nicht verstand, erschreckte und verwirrte mich. Dennoch vertraute ich ihm genug, um zu ihm in ein Auto mit – wieder einmal – unbekanntem Fahrtziel zu steigen.

»Dann lautet die Antwort auf deine Frage ›Nein‹«, platzte er in meine Gedanken.

»Weil du nicht kannst oder weil du nicht willst?«

»Weil es nichts bringen würde. Und weil ich nicht will.«

Ich stieß einen tiefen Seufzer aus. »Es geht mir nicht gut, Dee.« Dieser Satz hatte mich einiges an Überwindung gekostet. Wenn überhaupt, wollte ich nur mit Rey über Gefühle reden. Am liebsten aber einfach gar nicht. Seit ungefähr einer Woche lief einfach alles aus dem Ruder und ich hatte Angst, daran zu zerbrechen. »Ich verstehe mich selbst nicht mehr und euch noch viel weniger. Und Kay … ich dachte – nein, ich hatte gehofft –, es wäre ihm irgendwie ernst, aber da war ich wohl naiv.« Wieder einmal bildete sich ein Kloß in meinem Hals.

»Sie ist bloß ein Spielzeug. Zugegeben, ein *sexy* Spielzeug, aber nicht mehr.«

Nicht hilfreich. Eine einzelne Träne löste sich aus meinem linken Auge. Ich hasste es, dass ich zurzeit so nah am Wasser gebaut war. »Und wie genau soll diese Information mir jetzt helfen?«

»Lern, damit umzugehen.« Das war ja jetzt wohl hoffentlich nicht sein Ernst?

»Danke, nein. Das ist ganz sicher nicht das Leben, das ich mir vorstelle.«

»Gut. Dann hör mir jetzt genau zu: Vergiss das Leben, das du dir irgendwann mal bunt ausgemalt hast. Es wird anders kommen. Und ich bin mir ziemlich sicher, dass es dir am Anfang nicht gefallen wird. Vielleicht wirst du es niemals so richtig mögen. Aber, und das ist jetzt Ankündigung, Versprechen und Drohung in einem: Wir sind für dich da.«

Er setzte den Blinker und bog in die Einfahrt eines Fast-Food-Restaurants ein. »Hast du Hunger?«

»Nein.« Der plötzliche Themenwechsel stresste mich, erinnerte mich aber daran, dass ich den Cookie immer noch in der Hand hielt. Ich fing an, ihn zu knabbern, während Dee eine unvernünftige Menge an Burgern, Beilagen und Getränken am Schalter vom Drive-in bestellte.

Nachdem er die Tüten und Becher bei mir im Fußraum verstaut hatte, fand ich auch meine Worte wieder. »Wir leben im 21. Jahrhundert. Ich denke schon, dass ich mir mein Leben so gestalten kann, wie ich will.«

»Ja und nein. Du … veränderst dich. Du *wirst*. Das lässt sich nicht aufhalten.«

»Ich werde *was*?«

»Tja, das kann dir niemand sagen. Zumindest jetzt noch nicht.«

»Kannst du verdammt noch mal aufhören, in Rätseln zu sprechen?« Diese Herumeierei trieb mich in den Wahnsinn.

»Du *wirst*, genauso wie wir bereits *sind*. Wenn dir die Wortwahl nicht passt, denk dir eine andere aus. Aber es ist scheißegal, wie du es nennst, es lässt sich weder aufhalten noch abwenden. Und nein, wir wissen auch nicht, warum es passiert oder nach welchem Muster es jemanden trifft. Es ist einfach so. Am Ende werden nur noch wir da sein, also bekomm deine Eifersucht in den Griff, dann wird alles gut.«

»Was meinst du damit, dass nur noch ihr da sein werdet? Ehrlich, red endlich Klartext!«

»Deine Freunde werden alt und sterben. Du nicht. Wir auch nicht. Klar genug?«

Ich lachte laut auf. »Das glaubst du jetzt aber gerade selbst nicht wirklich, oder?«

»Und das ist genau der Grund, warum man dieses Gespräch eigentlich nicht führt.« Dee stieß die Luft genervt durch die Nase aus. »Dein Hirn verarbeitet es besser, wenn du es selbst erlebst. Ich meine, du *weißt*, dass ich bestimmte … Fähigkeiten habe. Du hast es mit eigenen Augen gesehen. Und du *weißt* ebenfalls, dass du selbst … Dinge erkennst, die sich anderen nicht erschließen. Und trotzdem weigerst du dich, simple Aussagen zu akzeptieren.«

»Ich weiß gar nichts! Das ist ja genau mein Problem!«, schrie ich ihn an.

»Doch. Du weißt, dass jemand tot ist, nur anhand eines Fotos. Findest du das … *normal*?«

Natürlich nicht! Und als würde es nicht schon reichen, setzte Dee noch einmal nach und bohrte das imaginäre Messer weiter, tiefer in meinen Verstand: »Du erkennst noch wesentlich mehr. Du siehst uns nicht so, wie alle anderen. Du nimmst neben den puren Äußerlichkeiten noch etwas anderes wahr. Nenn es, wie du willst, die

Aura, die Ausstrahlung, das, was wir *sind*. Daher *weißt* du auch, wann du Tywyllwch vor dir hast und wann Noctis. … Und du findest uns alle heiß.« Er grinste mich frech an.

Ich hätte ihm für diese Bemerkung am liebsten eine Ohrfeige verpasst – und eine zweite für das dreckige Grinsen. Stattdessen sah ich ihn nur mit aufgerissenen Augen an. Er hatte recht. Mit allem. Ich öffnete den Mund, um etwas zu sagen, klappte ihn aber kurz darauf einfach wieder zu. Mir fehlten die passenden Worte. Also tat ich das einzig Logische und drehte das Radio lauter.

Wir fuhren auf den Parkplatz hinter der Halle. Dee war schon aus dem Wagen ausgestiegen, als ich mich gerade abschnallte. Das Gesagte hallte in Fetzen durch meine Gedanken. Es fühlte sich an wie ein Puzzle, das sich langsam zusammensetzte – allerdings fehlten weiterhin strategisch wichtige Teile.

Dee öffnete die Beifahrertür und hielt mir die Hand hin. Ohne darüber nachzudenken, griff ich zu. Er zog mich vom Sitz aus dem Auto hinaus auf meine – noch etwas wackeligen – Beine, direkt in seine Arme. Ich vergrub mein Gesicht an seiner Schulter in der weichen Jacke.

Mit der Hand in meinem Nacken drehte er meinen Kopf so, dass er mir ins Ohr flüstern konnte: »Es beruht auf Gegenseitigkeit, Püppchen.« Dann spürte ich seine warmen, weichen Lippen an meiner Wange. Mein Herz begann zu rasen. Gänsehaut breitete sich von dem Punkt, auf den er mich gerade geküsst hatte, wie Wellen über meinen ganzen Körper aus. Ich wollte–

»Hilf mir beim Tragen.« Er holte mich so abrupt aus meinen Gedanken, dass ich ein leises Keuchen ausstieß.

Gleichzeitig entließ er mich aus der Umarmung und ich fror erbärmlich – was nicht nur am kalten Novemberwetter lag.

Schweigend griffen wir die Tüten mit dem Essen und die Getränkehalter mit den bunten Pappbechern. So bepackt folgte ich Dee auf direktem Weg zur Stormkillers-Garderobe.

Vor der geschlossenen Tür, die mit einem Schild mit ihrem Logo gekennzeichnet war, holte ich tief Luft. Ich hatte Angst, was mich dahinter erwarten würde. Ich wollte kein viertes Mal losheulen heute. Erst recht nicht, wenn diese Schlampe es sehen konnte. Dee schien mein Zögern zu bemerken, denn er wartete und gab mir die Zeit, die ich brauchte. Nach einigen Atemzügen, mit denen ich erfolglos versuchte, mich zu beruhigen, nickte ich ihm zu. Da er keine Hand für die Klinke frei hatte, trat er mit seinem schweren Schuh gegen die Tür. Keine zwei Sekunden später wurde sie geöffnet und sofort drangen Stimmen und Gelächter an meine Ohren. Weibliches Gelächter. Dee betrat den Raum und die Stimmen schwangen in Gegröle um. Offenbar wartete dort eine hungrige Meute. Ich nahm meinen gesamten Mut zusammen und ging hinterher.

Die Garderobe war kleiner, als ich von den Fotos her vermutet hatte. Ty stand mit einem mir unbekannten Typen und seinem Bass in einer Ecke, offensichtlich hatten sie geplaudert, aber jetzt sahen sie mich an. Mein Blick schwenkte einmal quer durch das Zimmer und blieb an Rabea hängen, die neben Kay auf der Armlehne der Couch saß, halb auf ihm. Sie ignorierte mich.

»Essen fassen!«, rief Dee in diesem Moment.

Das Gegröle flammte wieder auf, wurde aber jäh von Kay unterbrochen: »Alle raus, die hier nichts verloren haben.«

Ich stellte die Tüten auf dem Tisch ab und wandte mich wieder zur Tür. Der Anblick von Rabea, die Kay ihre Titten genau vor die Nase hielt, war mir zu viel. Spielzeug hin oder her. Ich kam nur drei Schritte weit, dann packten mich zwei muskulöse Arme von hinten um meine Brust und Taille und ich wurde einfach wieder herumgehoben. Ich schrie vor Schreck kurz auf und zappelte mit den Beinen.

»Du bleibst hier, du gehörst dazu.« Bàs lachte mir fröhlich ins Ohr. Er stellte mich wieder genau vor dem Tisch ab. Gerade noch rechtzeitig, dass ich sehen konnte, wie Kay Rabea von der Couch schob und zur Tür zeigte. Auf ihrem Weg durchbohrte sie mich mit messerscharfen Blicken. Ich lächelte zurück – ich fühlte mich sicher mit Bàs in meinem Rücken, der mich immer noch festhielt. Rabeas Abgang brachte auch ihre Bandkollegen dazu, sich zum Ausgang zu bewegen.

Kay wirkte *zufrieden*. Leider hatte sich Rabeas Schatten auf ihm so sehr in meine Netzhaut eingebrannt, dass ich es nicht ignorieren konnte.

Bàs strahlte Ruhe und Sicherheit aus – genau das, was ich gerade brauchte. Wie alle anderen Stormkillers war er deutlich größer als ich. Sogar größer als Kay, schätzte ich.

»Setzen wir uns?«, fragte ich leise über meine Schulter.

Er legte den Kopf leicht schief, dann ließ er sich ohne Vorwarnung rückwärts auf die Couch fallen und zog mich einfach mit. Ich landete auf seinem Schoß und wollte reflexartig von ihm herunterkrabbeln, um mich neben ihn zu setzen – aber so weit kam ich erst gar nicht. Er hielt mich mit beiden Händen an der Hüfte fest und vereitelte meinen Fluchtversuch. Schmerzhaft wurde ich an die Eskapaden mit Kay erinnert. Er musste gemerkt haben, dass ich bei der Berührung zusammenzuckte, und lockerte den Griff etwas. Seine Hände verblieben aber an Ort und Stelle.

Ich vermied es, Kay direkt in die Augen zu sehen, aber ich war mir sicher, dass er uns genau beobachtete. Noctis ließ sich neben uns nieder. Bàs angelte sich einen Burger vom Tisch. Hunger hatte ich keinen, aber allmählich meldete sich Durst. Ich entschied, mich einfach ohne groß zu fragen zu bedienen, und schnappte mir einen der Pappbecher.

»Du siehst ein wenig fertig aus, Püppchen«, bemerkte Noctis, bevor er sich eine Handvoll Pommes griff.

»Ich müsste wohl etwas mehr schlafen, ja«, gab ich zurück.

»Oh ja, das solltest du.« Dees Grinsen rangierte irgendwo zwischen belustigt und bösartig. »Aber dafür hast du ja jetzt eine App.«

»Ich habe *was*?«, fragte ich entgeistert, obwohl ich mir die Antwort bereits denken konnte.

»Ja, ich hab dir so eine Meditations-App runtergeladen. War Daemons Idee. Für besseren Schlaf und so. Ich glaube, die taugt was, waren auch nur ein paar Euro«, erklärte Noctis in diesem Moment und bestätigte meinen Verdacht.

»Paar Euro?«, wiederholte ich betont langsam, obwohl ich ihn akustisch sehr gut verstanden hatte.

»Ja. Und du solltest das dringend ändern, dass man, ohne dein Passwort einzugeben, Zeug im Playstore kaufen kann. Nicht gut, wenn dein Telefon mal in falsche Hände geraten sollte.«

Die Reaktionen der anderen bedienten alle Facetten zwischen leisem Kichern und lautem Gelächter. Ich starrte Noctis einfach nur fassungslos an. Er aß derweil unbeirrt weiter, als wäre sein Verhalten das normalste der Welt.

»Sonst noch etwas, das ich wissen sollte?«, zischte ich schließlich.

Er runzelte die Stirn, als würde er ernsthaft darüber nachdenken. »Ich habe dir die Nummern meiner Lieblings-Pizzalieferanten eingespeichert.« Er klang wie ein unschuldiges Kind, das seinen Eltern voller Stolz und Freude ein selbstgemaltes Bild präsentierte.

Bàs gluckste hinter mir. »Trag's einfach mit Fassung. Er ist, wie er ist.«

»Sieh es positiv, Püppchen«, warf Kay ein. Seine Stimme löste ein leichtes Kribbeln in mir aus – ich konnte nichts dagegen tun, obwohl ich eigentlich sauer auf ihn sein wollte. »Oder wäre es dir lieber gewesen, er hätte stattdessen ein Video gedreht?«

Ich erstarrte. Um mich herum ertönte Gelächter. Wussten sie etwa *alle* Bescheid? Mir war klar, dass ich mich in diesem Van vollkommen hatte gehen lassen, und bisher hatte ich versucht, es auszublenden, dass wir nicht alleine gewesen waren. Aber die Erkenntnis, dass offensichtlich jeder hier im Raum im Bilde darüber war, was während der Fahrt zwischen Kay und mir gelaufen war, traf mich wie ein Schlag. Offensichtlich hatten sie darüber gesprochen. Über einen der intimsten Momente, den ich mir vorstellen konnte. Es war mir unglaublich peinlich und ich fühlte mich verletzt. Ich schaute betreten auf den Becher in meiner Hand, denn ich wusste nicht, wohin ich den Blick sonst richten sollte. Ansehen wollte ich gerade keinen von denen.

»Es ist halb, Chris«, sagte Dee.

Wortlos beugte ich mich vor und stellte meinen Becher auf den Tisch. Dann schob ich Bàs' Hände weg und murmelte: »Ich muss zum Aufbau.«

Niedergeschlagen schlurfte ich aus dem Raum. Dieses Mal hielt mich keiner auf – auch wenn ich genau diese Geste im Moment mehr gebraucht hätte als alles andere.

Ich fand meine Freunde zusammen mit meinen derzeit größten Feinden auf der Bühne. Der Aufbau verlief schleppend, bei jedem gemeinsam genutzten Teil entbrannten Diskussionen. Der Mikrofonständer sollte zwei Zentimeter mehr nach hier oder dort, die Kabel eher an dieser Stelle entlanggelegt werden als an jener, die Farbe des Tapes, mit dem etwas verklebt wurde, gefiel nicht.

Rey war meine Stimmung nicht entgangen, aber sie stellte keine Fragen. Ich half hauptsächlich Tyler mit seinem Schlagzeug, da wir ausgemacht hatten, dass ich ihn auch morgen dabei unterstützen sollte. Je besser ich wusste, welches Teil zu welcher Markierung auf seinem Teppich gehörte, desto schneller könnten wir das am Folgetag bewerkstelligen, wenn es auf jede Minute ankam. Wann immer Rabeas Stimme, die wieder irgendetwas zu bemängeln hatte, an mein Ohr drang, wurde ich genervter und unkonzentrierter. Tyler musste jedes noch so kleine Detail mehrfach erklären, bis es sich den Weg in mein Hirn erkämpft hatte. Ich verfluchte mich für mein bisheriges Desinteresse seinem Drumset gegenüber – und bezweifelte, dass ich mir *irgendetwas* bis morgen behalten würde.

»Klappt das bei euch?«, fragte plötzlich Bàs neben mir. Ich hatte ihn überhaupt nicht wahrgenommen. Seit wann und vor allem warum war der denn jetzt hier?

»Schleppend, ja«, antwortete Tyler ihm. »Mit etwas mehr Konzentration würde es wohl besser laufen.« Der Seitenhieb galt eindeutig mir.

»Oh! Prominente Hilfe?«, säuselte Rabea prompt hinter mir. Ich stieß scharf die Luft aus. Die dumme Pute konnte ich jetzt wirklich nicht auch noch gebrauchen. Sie war so nah an Bàs herangekrochen, dass sie *wie zufällig* mit ihrer Hand seinen Rücken berührte.

»Hast du nicht *irgendwo* anders *irgendetwas* anderes zu tun?«, giftete ich sie an.

Sie zog eine Augenbraue hoch. »Das hätte ich, wenn ihr euch mal beeilen würdet.«

»Ich kann es nicht leiden, wenn mich jemand antatscht, dem ich es nicht explizit vorher erlaubt habe.« Bàs richtete sich zu voller Größe auf und drehte sich zu ihr um. In seiner Stimme und in seinem Blick lag etwas Drohendes. Sogar Rabea verstand das, denn sie zog ihren Arm augenblicklich zurück. »Und jetzt verzieh dich. *Bitte.*«

Sie hob beschwichtigend beide Hände, machte auf dem Absatz kehrt und verschwand zum anderen Ende der Bühne.

Ich schaute zu Bàs hoch und lächelte. Er zwinkerte mir kurz zu.

»So geht man also mit solchen … anstrengenden Personen um«, konstatierte Tyler sichtlich beeindruckt.

»Ihr braucht mehr Biss.« Bàs zuckte mit den Schultern und legte dann mit einer fließenden Bewegung seinen Arm um meine Schultern. Ich konnte Rabea nicht sehen, da ich mit dem Rücken zu ihr stand, aber ich hoffte sehr, dass sie gerade Gift und Galle spuckte.

»Und jetzt weiter im Takt. Wird Zeit, dass du lernst, wie man so eine Schießbude aufbaut.« Bàs schob mich vor sich und hielt mich an der Taille fest. Sofort fühlte ich mich wieder sicher. Er wirkte wie ein Schutzschild, der alles von mir abschirmte, sodass ich mich vollständig auf meine Aufgabe konzentrieren konnte. Rabea wurde unwichtig, einfach alles um mich herum verschwand in einem Nebel, der mich nicht länger interessierte. Was zählte, war zu lernen, wie welches Teil des Drumsets platziert werden musste. Ich sog die Informationen auf wie ein Schwamm. Bàs ließ mir dabei genug Bewegungsfreiheit, dass ich Tyler gut folgen konnte.

Als wir fertig waren, lehnte ich meinen Kopf zurück, legte ihn schräg und sah ihm von unten in die Augen. »Ist das …?«

»Eine von meinen Fähigkeiten? Ja«, flüsterte er in mein Ohr und umarmte mich kurz etwas fester.

»Ich werde das irgendwann verstehen, oder?«

»Ja.« Er gab mir einen sanften Kuss auf den Scheitel.

Ich schloss die Augen und versuchte, die Informationen und Emotionen in meinem Kopf zu sortieren. Mein Herz schlug so heftig, dass ich befürchtete, jeder könne dessen schnellen Takt sehen.

»Ich … gehe mal irgendetwas … anderes machen«, stammelte Tyler.

Ich nickte nur und drehte mich zwischen Bàs' Händen um. Er zog mich sofort näher an sich heran und legte einen Arm um meinen Rücken. Mit der anderen Hand drückte er meinen Kopf seitlich an seine Brust. Ich hörte seinen gleichmäßigen Atem und seinen beruhigenden Herzschlag. Meine Finger krallten sich in den Stoff seines schwarzen Kapuzenpullis. Was auch immer das für eine Verbindung zwischen uns war, sie tat mir gut. Sehr gut. Mein Zeitgefühl ging verloren und es war mir auch egal, wie lange wir so dort standen. Irgendwann bewegte er seine Hand unter mein Kinn und drückte es sanft nach oben, bis ich ihn ansah. Seine Augen waren genauso schwarz wie Kays. Dann fuhr er mit seinem Daumen meine Wange entlang. Aus seinem Lächeln wurde ein Grinsen. Er beugte sich ganz langsam zu mir herunter, bis sich unsere Lippen fast berührten. »Nicht erschrecken.«

»Was?«, entfuhr es mir, dann packten mich auch schon zwei starke Hände und hoben mich nach hinten. Bàs ließ im selben Moment los.

»So. Genug geturtelt, wir haben noch ein bisschen was zu erledigen.« Noctis stand genau vor mir. »Und du mit Sicherheit auch.« Er hob den Zeigefinger und tippte mir auf die Nasenspitze.

»Was?«, brachte ich erneut im gleichen Tonfall hervor.

»Ach komm schon, Püppchen. Was ihr halt so tut, umziehen, schminken, Haare kämmen, so was eben. Du weißt schon, was ich meine.« Er stupste noch einmal auf meine Nase.

Bàs bekam vor lauter Lachen kaum noch Luft.

Noctis bewegte seinen ausgestreckten Finger wieder in meine Richtung, aber diesmal wich ich zur Seite aus. Er bohrte ihn stattdessen in den blauen Fleck an meinem Hals.

Mit einem kurzen Aufschrei schlug ich seinen Arm beiseite.

»Na na!«, belehrte er mich, »Sei froh, dass du das Ding da hast.«

»Was?«

»Hättest du es nicht, wäre der gute Bàs hier nicht so anständig. Und ich auch nicht.«

Ich verstand kein Wort, verkniff mir aber eine vierte Wiederholung derselben Frage. Ich hob nur ahnungslos die Unterarme und zog die Schultern hoch.

»Ach Püppchen.« Noctis kam auf mich zu, sein Blick passte perfekt zu seinem dreckigen Grinsen. Unwillkürlich wich ich vor ihm zurück, bis ich mit dem Rücken an einen Pfeiler am Bühnenrand stieß. Er baute sich genau vor mir auf und nahm meinen Kopf in beide Hände. Mit seinen Daumen schob er mein Kinn hoch. Sein Becken drückte er so fest gegen mich, dass ich mich nicht mehr bewegen konnte – was durch das Bein, das er zwischen meine gestellt hatte, zusätzlich erschwert wurde. Seinen Oberschenkel presste er gegen meinen Schritt – und bewegte ihn kaum sichtbar, allerdings deutlich spürbar für mich. Abgesehen davon, dass ich immer noch Schmerzen an gewissen Stellen hatte, war es … heiß.

Er beugte sich so weit zu mir herunter, dass er genau so nah an mir war, wie kaum eine Minute zuvor noch Bàs. »Hat Daemon es dir nicht erzählt?«

»Was?«, entfuhr es mir erneut, aber es klang nicht so entsetzt-verwirrt wie die letzten Male, sondern eher kleinlaut mit einem Hauch von *mach weiter*.

»Du hast diese … Anziehung auf jeden von uns. Freundlicherweise hat Kaos da allerdings einen Riegel vorgeschoben. Einen sichtbaren. Eine stille Warnung an jeden anderen, dass der Spaß oberhalb deines Bauchnabels endet. Verstanden?«

Ich spürte seinen Atem auf meinen Lippen und den Schmerz zwischen meinen Beinen, der allmählich hinter einem Kribbeln verschwand. Denkfähig war ich schon lange nicht mehr. Meine Hände befanden sich zwischen uns an seiner Brust. Anfangs als Abwehrreaktion gedacht, ertastete ich jetzt jeden einzelnen Muskelstrang durch sein dünnes Shirt. Ich schmolz sprichwörtlich dahin und wäre ich nicht eingeklemmt gewesen, wäre es vermutlich wortwörtlich so geschehen.

Ich hörte einen dumpfen Schlag und spürte einen Ruck an meinem Kiefer, als Bàs ihm gegen den Oberarm boxte. »Sagtest du nicht, wir hätten noch was zu tun?«

Statt einer Antwort nahm Noctis eine Hand von meinem Kopf weg und zeigte Bàs den ausgestreckten Mittelfinger. Ohne den Blickkontakt zu mir zu unterbrechen, wanderte seine Hand an ihren früheren Platz zurück.

Dann überwand er die wenigen Millimeter, die unsere Lippen noch trennten, und biss mir ganz sanft in die Unterlippe. Mir entwich ein leises Keuchen, aber noch bevor ich realisierte, was gerade passiert war, zog er sich wieder einige Zentimeter zurück. Er legte den Kopf leicht schräg und sah mich an …

KAPITEL IX

»Und jetzt?«, fragte Daemon, während er drei Flaschen Bier aus der Kiste neben sich holte und je eine an Tywyllwch und mich weiterreichte.

»Gute Frage«, antwortete ich. Mit einem *Flopp* flog der Kronkorken quer durch den Raum und verfehlte Tywyllwch nur knapp. »Wir sollten beide nicht mehr aus den Augen lassen. Und Beck vielleicht auch besser nicht. Der macht einen guten Job und ich habe keine Lust, mich spontan mit einem neuen Tontechniker rumschlagen zu müssen. Der Rest ist ersetzbar.«

»Hm, hm.« Tywyllwch setzte sein Feuerzeug an und schoss seinen Kronkorken in meine Richtung zurück. Mit einem Lachen fing ich ihn auf und warf ihn in der gleichen Bewegung Daemon an den Kopf.

»Ey! Könnt ihr mal bei der Sache bleiben?« Daemon rieb sich die Schläfe. Ein kleiner, blutiger Kratzer war zu sehen. Ich hatte wohl genau den richtigen Winkel erwischt.

Gemütlich lehnte ich mich zurück und stützte einen Fuß auf dem niedrigen Couchtisch ab. Die Oberfläche des Tisches war komplett unter mehr oder weniger leeren Pappschachteln und Essensresten verschwunden. Immer wieder schön, dass wir die Sauerei später nicht selbst aufräumen mussten. Ich kramte die kleine Metalldose aus meiner Hosenbeintasche und fischte einen Joint heraus. Genüsslich zündete ich ihn an und beobachtete die Rauchwolken. Tywyllwch trank gerade den Rest aus seiner Flasche in einem Zug, als die Tür aufging. Na endlich. Je eher wir einen Plan hatten, desto besser.

»Setzen«, begrüßte ich Bàs und Noctis.

»Deine liebevolle Art überwältigt mich immer wieder aufs Neue, Kaos.« Noctis grinste und warf mir eine Kusshand zu. Ich antwortete ihm mit meinem ausgestreckten Mittelfinger. Sie griffen sich im Vorbeigehen jeder eine Flasche und ließen sich auf die Sitzecke fallen. Ich warf Bàs die Metalldose zu, dann brachte ich die beiden auf den neuesten Stand. »Ich hatte einen Anruf. Offensichtlich verfolgt uns eine Gruppe Jäger – zumindest wäre es ein großer Zufall, wenn sie nicht früher oder später auf uns kommen, sollte das bislang noch nicht der Fall sein. Sie hinterlassen eine Spur von Leichen, die genau unserer Tourstrecke folgt.«

»Und der Zusammenhang ist sicher, weil …?«, hakte Bàs nach.

»Der Zusammenhang ist sicher, weil es kürzlich einen Befragten gab, der es gemeldet hat.«

»Ich will ja nicht der Stimmungskiller sein«, warf Noctis dazwischen, »aber … welche Art Leichen?«

Ich nahm einen tiefen Schluck und warf die leere Flasche an die Wand gegenüber. Sie zerbarst in unzählige Splitter, die klirrend zu Boden fielen. Daemon reichte mir wortlos eine neue.

Obwohl meine Reaktion als Antwort ausreichend war und mir ihre Blicke verrieten, dass sie verstanden hatten, sprach ich es aus: »Sowohl als auch. Drei Eingeweihte und ein … Wolf.«

Tywyllwch zeigte keine Regung, aber in seinen Augen konnte ich genau ablesen, was in ihm vorging. Wir waren ohnehin schon zu wenige, jeder einzelne Verlust war einer zu viel. Und dass es ausgerechnet jemanden erwischt hatte, der ihm ähnlich war, ließ ihn nicht kalt.

Obwohl niemand wusste, *warum* wir waren, was wir waren, oder weshalb wir überhaupt existierten – jedem aus dieser großen, schrägen Familie war vollkommen klar, dass wir bessere Chancen hatten, je mehr es von uns gab. Wir lebten überall verteilt, auch wenn es einige wenige Cluster gab. Es entstanden im Lauf der Zeit schon verschiedene Ansätze, die verstreuten Individuen zu organisieren, aber jeder Versuch scheiterte oder verlief im Sand. Die Clubs mit ihren Schleusen waren immerhin ein Überbleibsel dieser Anstrengungen – sie waren untereinander vernetzt und sollte sich ein bekannter Jäger dort hineinverirren, würde er das Etablissement nicht mehr lebend verlassen.

Auch Regina mit ihrer Pension war einer der Knoten, zu denen viele Fäden führten. Aber alle diese Einrichtungen halfen nicht, den »Nachwuchs« rechtzeitig zu finden und zu beschützen. Es konnte praktisch jeden im Alter zwischen 23 und 25 treffen. Wer die Verwandlung ohne Hilfe überhaupt durchstand, war in der Regel für die Jäger sehr leicht aufzuspüren – ebenso für uns, aber den Wettlauf gewannen wir meistens nicht. Die Jäger waren eben das, was wir nie wirklich geschafft hatten: organisiert.

Es war ein unglaubliches Glück, dass wir Chris zuerst entdeckt hatten. So konnten wir sie vor typischen Anfängerfehlern bewahren. Unkontrollierter Blutrausch oder anderweitig merkwürdiges Verhalten in der Öffentlichkeit – alles, was in der Klatsch- oder Tagespresse auftauchen und die Jäger auf sie aufmerksam machen könnte. Noch wusste niemand, welcher Fluch sie treffen, zu was sie *werden* würde.

»Ja, Scheiße«, fasste Tywyllwch treffend zusammen. Er hielt seine leere Hand in Daemons Richtung, dem es mittlerweile aber offensichtlich zu blöd geworden war und der deshalb den Bierkasten einfach mitten auf dem Müllberg auf dem Tisch abstellte.

Bàs zog ausgiebig an seinem Joint. »Wir haben also nicht nur eine eigene Spur aus Leichenteilen hinter uns, sondern auch noch die der Jäger, ja? Zusätzlich die Polizei am Arsch, einen nervösen Eingeweihten, eine überforderte *Halbe* und deren drei Freunde, bei denen keiner von uns einen Plan hat, was die mittlerweile alles wissen?«

»Ja, Scheiße«, wiederholte sich Tywyllwch und brachte damit präzise auf den Punkt, was wir alle dachten.

Nach einer Schweigeminute beendete Daemon die Stille und klatschte sich mit den flachen Händen auf die Oberschenkel. »So. Wer übernimmt wen? Ich kann mit Chris reden, damit der hilft, auf Beck aufzupassen. Wird ihn ankotzen.«

»Hm«, setzte Tywyllwch an, während er seine leere Flasche geräuschvoll in den Kasten fallen ließ. »Ich checke unsere Fake-Profile und seh zu, dass die Spur für die IT der Bullen ins Leere läuft. Bei der Gelegenheit erstelle ich auch wieder einen Schwung neue.«

»Ich kann Rey auf den Zahn fühlen. Und du«, murmelte Bàs und zeigte auf Daemon, »behebst dann das Problem, falls es notwendig sein sollte.«

Ich nickte leicht vor mich hin und sah zu Noctis. »Auf wen von uns hört unser Schneeflöckchen-Chris wohl eher?«

»Das ist eine verdammt gute Frage.« Er runzelte die Stirn. »Lassen wir sie es selbst entscheiden. Sie ist zwar im Moment völlig verwirrt, aber nicht doof. Entweder sie trägt deine *Markierung* beim Auftritt sichtbar – dann redest du mit ihr. Oder sie überdeckt sie – dann mache ich es. Egal wie, das ist keine zufällige Entscheidung. Sie weiß, warum das Ding da ist.« Er klimperte mit seinem Ring gegen die Flasche.

»Hm, hm. Guter Plan.« Ich warf einen Blick auf die Uhr an meinem Handy. »In einer Viertelstunde stehen die auf der Bühne, dann wissen wir es.«

KAPITEL 12

Rey beugte sich über das kleine Waschbecken, um näher am Spiegel zu sein, während sie ihren Lidstrich perfektionierte. Ich war bereits komplett fertig und wartete nur noch auf meine übliche Dosis Haarspray.

»Ich bin unglaublich dankbar, dass es das Klo hier hinten gibt. Ich hätte mich echt nicht irgendwo umziehen wollen, wo sich Rabea aufhält.« Ich zupfte noch ein bisschen an den Schichten meiner Klamotten. Es war etwas mehr Haut zu sehen als beim letzten Outfit, aber ich fühlte mich pudelwohl.

»Oh ja«, murmelte Rey, bedacht darauf, nicht zu viele Muskeln im Gesicht zu bewegen. Sie setzte den Pinsel kurz ab, betrachtete ihr Werk und sah mich dann durch den Spiegel an. »Ich bin froh, dass ich dir doch noch den blauen Fleck abdecken durfte. Das sah schon etwas … pubertär aus.«

Ich zuckte mit den Schultern. »Hm. Ich weiß immer noch nicht, was ich von der ganzen Sache halten soll.«

»Meinst du, von *wem*?« Rey lachte und schüttelte die Haarspraydose.

Natürlich war nichts von dem, was heute passiert war, unbemerkt an meinen Freunden vorbeigegangen. Weder mein »Knutschfleck« von Kay, noch Dee, der mich aus der Bäckerei abgeholt hatte, und auch nicht die Umarmungen mit Bàs und Noctis beim Aufbau. Rey zog mich damit auf, seitdem wir die Bühne verlassen hatten. Die Jungs enthielten sich jeglicher Kommentare – was mir eindeutig lieber war.

Nachdem wir ausreichend eingenebelt waren und sich jede Haarsträhne genau dort befand, wo Rey sie haben wollte, machten wir uns wieder auf den kurzen Weg zum Aufenthaltsraum, um Carsten und Tyler einzusammeln.

»Hi! Wir sind Flight of the Snowflake aus dem schönen Berlin! Wir vertreiben euch jetzt ein bisschen die Wartezeit auf die Stormkillers! Habt Spaß!«, sagte ich mein Sprüchlein ins Mikrofon. Wir hatten uns für unsere schnellsten Titel entschieden – aus Prinzip. Wir hatten keine Ahnung, was Midnight's Bloodshed musikalisch aus dem Hut zaubern würden, aber es konnte definitiv nicht schaden, schon einmal gut vorzulegen.

Es lief wie am Schnürchen und die 20 Minuten vergingen wie im Flug. Die Halle war gewohnt leer, aber die Leute, die da waren, feierten mit. Beck hielt sich nach wie vor an sämtliche Absprachen.

Ich verzichtete darauf, unsere Nachfolge-Kombo anzukündigen, und so verbeugten wir uns wie gewohnt und huschten von der Bühne. Prompt wechselten die Lichtverhältnisse von Zuschauerbereich und Bühne und wir machten auf dem Absatz kehrt, um in Windeseile unsere Instrumente einzusammeln und Platz für die nächste Band zu machen. Noch bevor Midnight's

Bloodshed loslegten, waren wir schon im Gang verschwunden und verstauten unsere Habseligkeiten.

»Ich muss zugeben, ich bin etwas neugierig.« Rey tippelte von einem Fuß auf den anderen.

»Ich auch. Obwohl ich mir die Uschi eigentlich absolut nicht ansehen will«, stimmte ich ihr zu.

»Dann los, wir können das hier auch später noch ordentlich wegräumen.« Tyler grinste.

Wir liefen zum Seiteneingang zurück, betraten die Halle aber nicht. Von hier aus konnten wir die Bühne sehen, blieben aber außerhalb ihres Sichtfelds. Ich war mir sehr sicher, dass die uns auf ähnliche Art und Weise beobachtet hatten.

Rabeas Bühnenpräsenz war … beeindruckend. Sie vereinnahmte den gesamten Raum und riss jeden mit, der sich darin aufhielt. In mir brodelte unschöner, blanker Neid mit einem Hauch von Anerkennung. Einem winzig kleinen Hauch. Ich war wie gebannt.

»Guck mal!« Plötzlich versperrte ein leuchtendes Handydisplay meine Sicht. Ich machte erschrocken einen Satz zurück und prallte gegen etwas Hartes – das sich als Noctis' Körper herausstellte. Der Bildschirm zeigte ein Foto von Rey und mir. Eine perfekte Aufnahme, die von einem Profi hätte stammen können.

»Wow!«, entfuhr es mir. Das Bild war nachbearbeitet worden, ganz klar, denn solche Farben hatten die Scheinwerfer nicht abgegeben. »Hast du das gemacht?«

»Wer sonst?« Er klang beinahe beleidigt.

»Ich meinte nur …, weil ich dich nicht gesehen habe.«

Er zuckte mit den Schultern, was ich zwar nicht sehen konnte, da ich immer noch fasziniert auf das Bild starrte, das er vor meine Nase hielt, aber ich spürte die Bewegung in meinem Rücken.

»Kannst du mir das schicken?«, fragte ich schräg nach oben über meine Schulter.

»Lad es dir selbst runter. Ist bei Facebook.«

Ich brauchte eine Weile, bis ich diese Information gänzlich verarbeitet hatte. »Auf *eurer* Seite? Mit den Hunderttausenden Followern?« Ich schrie ihn beinahe an.

»Wo sonst?« Schon wieder hatte seine Stimme einen beleidigten Unterton. Oder eher … gekränkt?

Ich biss mir auf die Unterlippe, um nicht noch etwas Falsches zu sagen. Zumindest hatte ich das Gefühl, gerade nichts richtig zu machen.

Er schob mich ein Stück zur Seite, weg von den anderen.

»Hör mal, Püppchen, wir beide müssen uns unterhalten.« In seiner Mimik lag nur noch purer Ernst. Bisher hätte ich nicht gedacht, dass er zu so einer Einstellung überhaupt fähig war.

»Okay? Das ist ja nichts Neues. Und irgendwann erzählt ihr mir dann auch mal etwas, ja? Dieses Wir-müssen-reden-Ding hab ich schon mehrfach gehört und trotzdem bin ich immer noch nicht schlauer.« Ich konnte mir diese Spitze einfach nicht verkneifen.

Jetzt wirkte er geknickt. Sofort tat mir mein Satz leid.

»Es ist wichtig. Am besten heute Abend noch. Bleibst du bitte hier?«

Ich starrte ihn mit offenem Mund an. Eine Bitte? Ich hatte mich mittlerweile so an den andauernden Befehlston gewöhnt, dass diese Formulierung direkt auffiel.

»Ähm … klar.«

»Fein. Wo unsere gemütliche Garderobe ist, weißt du ja.« Er zwinkerte mir zu, dann war er auch schon verschwunden. Ich blieb – mal wieder – verwirrt zurück.

»Alles in Ordnung?« Rey kam einen Schritt auf mich zu und zog mich etwas weiter in den Gang. »Die sind gleich durch, wir sollten verschwinden.«

»Ja, klar. Ich … bleib nachher noch. Aber lass uns erst mal alles einladen und dann weitersehen.« Wir winkten Tyler und Carsten zu uns und machten uns an die Arbeit, unsere Habseligkeiten auf den Parkplatz zu schaffen. Kaum traf mich die kalte Novemberluft, erinnerte ich mich daran, dass meine Jacke noch auf der Rückbank im Mercedes liegen musste. Verdammt.

»So, passt. War die letzte Kiste, oder?«, fragte Carsten und klappte den Kofferraumdeckel zu.

»Jepp, alles da.« Tyler sah fragend zu uns. »Und nun?«

»Können wir vielleicht irgendwo hier in der Nähe was trinken gehen oder so? Noctis will nachher mit mir reden und ich … will nicht allzu weit weg. Und ich brauche ja auch noch meine Sachen aus deren Auto«, stammelte ich. Es war mir unangenehm, meine Freunde schon wieder auszugrenzen. »Aber wenn ihr schon zurückwollt, dann kann ich auch so hier warten. Kein Problem.« Die Lüge war dermaßen offensichtlich, dass Rey lachen musste.

»Nee, Süße, wir bleiben mit dir hier. Sonst sehen wir dich ja gar nicht mehr. Und meine Ersatzjacke will ich auch wiederhaben – nicht, dass die auch noch in irgendeiner Luxuskarre verschwindet wie deine eigene.« Sie lächelte, aber der Seitenhieb tat weh. Dennoch war ich sehr dankbar, dass sie mir aushelfen konnte, sonst wäre ich zwischenzeitlich wohl erfroren.

»Da drüben.« Carsten zeigte einmal quer über die an den Parkplatz angrenzende Straße.

»Ja, das sieht nett aus.« Tyler nickte.

Als wir ankamen, stellte sich das Lokal als Kneipe mit beeindruckender Sandwich-Auswahl heraus. Genau richtig.

Wir suchten uns einen Platz in einer Nische. Erst als ich die dicke Jacke auszog, fiel mir ein, dass wir uns nicht umgezogen hatten. Nach dem Tag, den ich mittlerweile hinter mir hatte, kam es darauf aber nun auch nicht mehr an.

»Na, was kann ich euch Hübschen bringen? Solltet ihr jetzt nicht eigentlich da drüben auf dem Konzert sein? Ihr seht mir ja scharf aus.« Eine ziemlich kräftige Dame um die sechzig Jahre stand an unserem Tisch und musterte uns der Reihe nach. Ihrer rauen Stimme nach zu urteilen, machte sie den Job nicht erst seit gestern und ihr gesamtes Auftreten erweckte den Eindruck, dass sie durchaus in der Lage war, für Ruhe und Ordnung sorgen zu können. Und sie war eindeutig die Chefin hier.

»Nee, von da kommen wir ja gerade. Wir haben jetzt erst mal Feierabend.« Tyler lächelte sie an. Dann ergänzte er noch: »Wir sind eine der Vorbands.«

»Und da kommt gerade die andere.« Ich stöhnte auf, als Rabea und ihr Gefolge das Lokal betraten.

Die Kneipenwirtin drehte sich um, beäugte die Neuankömmlinge und schaute dann wieder zu mir. »Wenn ihr wollt, kann ich euch da hinten die Tische zusammenschieben, da passt ihr alle zusammen dran.«

»Oh, bitte nicht!«, platzte ich schnell heraus. Etwas ruhiger fügte ich hinzu: »Ein bisschen Abstand ist nicht schlecht.«

»Ah. Verstehe. Na ja, das Musikbusiness ist nicht einfach, was? Was kann ich euch denn bringen?«

Wir suchten uns aberwitzige Sandwichkreationen aus und entschieden demokratisch, dass auch Tyler ein Bier gegönnt sein sollte, Fahrer hin oder her.

»Was machen die denn hier?«, raunte ich den anderen zu, nachdem die Wirtin mit unseren Bestellungen von dannen gezogen war.

»Dasselbe wie wir?«, entgegnete Carsten nüchtern.

»Ja, schon klar. Die könnten aber auch einfach in ihr supertolles Hotel gehen und den Stormkillers dort auflauern. Im Wellness-Bereich oder so.« Aus mir sprach die pure Eifersucht.

»Reg dich ab, Chris. Guck lieber mal hier!« Rey hielt mir ihr Smartphone vor die Nase und strahlte. Es zeigte das Foto, das Noctis aufgenommen hatte.

»*Ich bin ja schon ein bisschen arg Fan. [N]*«, lautete die Überschrift. Die Welt wurde gerade wieder ein wenig schöner.

Der Security vor der Stormkillers-Garderobe sah nur kurz auf, als ich auf die Tür zusteuerte. Er nickte mir zu und ging einen Schritt zur Seite.

Als ich die Garderobe am frühen Abend verlassen hatte, war das Chaos schon recht ansehnlich gewesen.

Aber es war nichts im Vergleich zu dem Bild, das sich mir jetzt bot. Was zum Henker hatten die hier veranstaltet? Ich suchte mir einen halbwegs sauberen Platz auf der großen Sitzecke und zog Reys Jacke aus. Mein Blick fiel auf den Bierkasten, der mitten auf dem Tisch auf Bergen von Unrat thronte. Zwei geschlossene Flaschen befanden sich noch darin. Ich angelte mir eine davon heraus und begab mich auf die Suche nach einem Kapselheber. Mit spitzen Fingern hob ich einzelne Pappschachteln an und durchsuchte auch die Taschen einer Sweatshirt-Jacke, die neben mir auf der Couch lag. Erfolglos. Na toll. Nun saß ich wieder einmal wie bestellt und nicht abgeholt hier herum und starrte eine geschlossene Flasche an.

Nach wenigen Minuten wurde die Tür aufgestoßen und Kay und Noctis platzten herein. Ich fuhr erschrocken aus meiner Grübelei hoch und hätte beinahe die Bierflasche in hohem Bogen von mir geworfen.

»Püppchen!« Noctis strahlte mich an.

Kay zog die Augenbrauen hoch. »Haben wir dich bei irgendwas … gestört? Du bist so zusammengezuckt.«

»Nein, ich war nur in Gedanken, wie ich … ähm … wie ich die Flasche aufbekomme«, antwortete ich kleinlaut. Ich sollte dringend den Umgang mit einem Feuerzeug in diesem Zusammenhang lernen. Und mir konsequenterweise dann auch ein solches zulegen.

Kay lachte kurz, setzte sich neben mich und hebelte den Kronkorken in einer beiläufigen Bewegung mit seinem Ring ab. Verdammter Angeber.

»Danke«, knurrte ich etwas mürrisch.

Er legte seinen Arm um meine Schultern, zog mich zu sich heran und gab mir einen Kuss auf die Stirn. So sehr ich gekränkt sein wollte wegen der »Rabea-Vorkommnisse«, so wenig konnte ich ihm widerstehen.

Einer nach dem anderen trudelten nun auch die restlichen drei Stormkillers ein. Und einer nach dem anderen begann, sich umzuziehen.

Wohlwollend stellte ich fest, dass Kay nicht der Einzige mit einem ziemlich beeindruckenden Tattoo war. Sowohl Ty als auch Noctis trugen das Bandlogo zwischen den Schultern – einen stilisierten Tribal-Drachen. Bàs hatte die Oberarme mit Zeichen dekoriert, die ich als verschiedene Runen identifizierte. Und Dees Rücken schmückte eine wunderschöne Frau mit beängstigend aussehenden, leeren Augen.

Ich fragte mich wirklich, woher sie die Zeit nahmen, so viel zu trainieren. Ihr Körperbau lag mit Sicherheit nicht an ihrer Ernährung – denn in die hatte ich mittlerweile einen kleinen Einblick bekommen.

»Auf geht's, Püppchen.« Noctis griff sich seine Jacke.

Wenig später parkte Noctis den Wagen in einem schmalen Weg an einem umzäunten Gelände. Unbeleuchtet. Natürlich. Wie der Rest des Waldes. Ich wandte mich zu ihm um und sah ihn fragend an.

»Aussteigen, Püppchen. Wir sind da.« Er strahlte wie ein kleines Kind, das sich auf einen Besuch auf dem Abenteuerspielplatz freute.

Ich tat wie mir geheißen und angelte meine eigene Jacke, Schal und Mütze von der Rückbank. Reys ließ ich lieber hier – der empfindliche Stoff passte eher nicht in einen Wald. Dick eingepackt wartete ich, welche Richtung Noctis einschlagen würde.

Schweigend gingen wir einige Meter am Zaun entlang, bis wir an eine Stelle kamen, an der der Maschendraht etwas eingebogen war. Wortlos stieg er darüber und hielt mir die Hand hin. Ich griff zu und mit einem großen Schritt überwand ich das Hindernis ebenfalls. Klasse, ich wollte schon immer nachts im Wald irgendwo einbrechen. Nicht.

»Verrätst du mir, was das hier wird?« Ich hatte wenig Hoffnung, eine sinnvolle Antwort zu erhalten. Sicherheitshalber zog ich meine Mütze tiefer ins Gesicht und meinen Schal bis über die Nase hoch.

»Es hat etwas mit harten Dingen zu tun, die in ein gefühlt viel zu enges Loch müssen.«

Abrupt blieb ich stehen.

Noctis drehte sich zu mir um, grinste und zog mich kurzerhand am Arm weiter. »Entspann dich, Püppchen. Dann klappt das besser.«

»Bitte *was*?« Meine Stimme klang wesentlich weniger hysterisch, als ich mich fühlte. Ich hätte wissen sollen, dass es *niemals* eine gute Idee sein konnte, mit diesem Irren nachts irgendwohin zu fahren. Alleine. Und der Einzige, der mein Handy notfalls orten konnte, schleppte mich gerade durch irgendwelches Gestrüpp auf eine kleine Hütte zu. Mit der freien Hand tastete ich nach meinem Telefon. Verdammt! Es war in meiner Tasche – und die lag im Auto. Klar, ich hatte ja auch keine Hosentaschen an mir, in denen ich es hätte verstauen können. Mir lief ein Schauer eiskalt den Rücken hinunter und ich fing an, wie ein Weberknecht zu zittern.

»Guck, da sind wir schon«, sagte Noctis, als wir an einer instabil aussehenden Holztür auf der Rückseite des Gebäudes ankamen.

Ohne mich loszulassen, trat er die Tür kurzerhand ein. Mit einem Krachen sprang sie auf. Ich schrie vor Schreck.

»Püppchen! Mach dich mal locker!« Noctis lachte und schob mich vor sich her in die Dunkelheit des Schuppens.

Ich versuchte, irgendetwas zu erkennen, das ich notfalls zur Verteidigung nutzen konnte. Aber das wenige Mondlicht, das durch die Türöffnung fiel, reichte bei Weitem nicht aus. Ich hörte Noctis in der Nähe des Eingangs in irgendwelchen Dingen herumwühlen. Mit ausgestreckten Händen tastete ich in absoluter Finsternis – und zum ersten Mal in meinem Leben war es mir egal, ob ich dabei in Spinnweben oder schlimmere Dinge greifen könnte.

Plötzlich fanden meine Finger etwas Stangenähnliches. Aus Metall. Ich zog daran und verursachte einen ziemlichen Radau, als sich die Stange aus einer Halterung löste und offensichtlich noch weitere davon mitriss, die geräuschvoll auf den Boden knallten.

Meinen ohnehin schon furchtbar angespannten Nerven war das zu viel und aus Reflex machte mein Körper einen Satz nach hinten. Ich blieb mit den Fersen an einer vermutlich etwa kniehohen Kiste hängen, die offensichtlich genau in meiner unfreiwilligen Sprunglinie stand. Meine Faust verkrampfte sich um die erbeutete Stange und so hatte ich keine Chance, meinen drohenden Sturz abzufedern.

»Oh gut! Du hast sie gefunden!«, rief Noctis, während er mich in einer fließenden Bewegung aus der Luft fischte und wieder auf meine Füße stellte. Wie schnell war der Typ bitte? Die letzten Fluchtgedanken, die sich noch in meinem Kopf befanden, jagte ich jedenfalls augenblicklich zum Teufel.

Ich hörte, dass er eine der Stangen aufhob, dann fühlte ich seine Hand an meiner.

»Nachtsicht ist nicht so dein Ding, oder? Nimm meine Hand, dann führe ich dich um die Stolperfallen herum.«

Ich würde warten, bis wir wieder draußen waren, bevor ich ihm das Ding in meiner Faust über den Kopf zog. *Sicher ist sicher.*

Kaum stand ich wohlbehalten im Mondlicht – das mir gegen die Dunkelheit in der Hütte jetzt vorkam wie ein Scheinwerfer – ließ ich seine Hand los und hob drohend die Metallstange in seine Richtung. »Kannst du mir jetzt *bitte* mal sagen, was wir hier tun?«

Mit einer Unschuldsmiene, die irgendwo zwischen »hinreißend« und »unfassbar sexy« rangierte, zeigte er auf das Teil in meiner Hand. »Das ist ein Minigolfschläger. Wir … spielen Minigolf. Ich mag Minigolf. Du nicht?« Erwartungsvoll sah er mich an.

Fassungslos starrte ich zurück. Der Typ machte mich einfach nur fertig.

Nachdem ich meine Gedanken sortiert und entschieden hatte, dass ich mich nicht in akuter Gefahr befand, ließ ich die Anspannung in Form eines herzhaften Lachens los. Gefolgt von zwei, drei kleinen Tränchen der Erleichterung. »Du bist so ein Idiot!«, warf ich ihm an den Kopf. »Und ja, natürlich mag ich Minigolf.« Mit einem Ende meines Schals wischte ich mir die Tränen von der Wange.

Noctis stellte sich genau vor mich und legte einen Arm um meine Taille. Er zog mich an sich heran und ich ließ es mehr als nur gerne zu. Ich vergrub mein Gesicht an seiner Brust im weichen Stoff der Jacke.

»Püppchen. Du musst dringend lernen, uns zu vertrauen. Jedem von uns.« Seine Stimme klang zum zweiten Mal heute ungewohnt ernst. Statt einer Antwort schniefte ich nur kurz.

Nach wenigen Sekunden des Schweigens fand er zu seiner alten Form zurück. »Falls du aber auf die eine oder andere Weise *enttäuscht* sein solltest, dass ich dich nicht nachts mitten im Wald anfalle und unanständige Dinge mit dir mache … wir können das natürlich später gerne noch nachholen.« Er schob mich ein Stückchen von sich weg, drückte mir einen Kuss auf meine linke Wange und sah mir dann in die Augen. »Aber erst spielen wir Minigolf!«

Ich nickte mit einem Lächeln und war froh, dass er keine Antwort oder Reaktion auf seine vorherige Bemerkung von mir zu erwarten schien. Ich hätte absolut nicht gewusst, was ich dazu hätte sagen sollen. Oder denken. Oder fühlen.

Noctis ging zielstrebig auf eine der Bahnen zu. Es war nicht die mit der Nummer 1. Nicht dass ich in der Dunkelheit eine Zahl auf diese Entfernung hätte entziffern können – aber ich erkannte, dass auf der Bahn ein Hindernis installiert war.

»Du fängst an«, bestimmte er, während er einen Ball aus seiner Jackentasche zog und auf den Abschlagpunkt legte.

»Hier?«, hakte ich nach.

»Ja. Die ersten Bahnen liegen im Schatten der Bäume. Und wie gut du im Dunkeln klarkommst, haben wir ja gerade eindrucksvoll gehört.«

Ich verzog die Lippen zu einer Schnute, konnte ihm aber nicht widersprechen. Da der Vollmond erst wenige Nächte zurücklag und am Himmel kein Wölkchen zu sehen war, reichte mir das bisschen Licht tatsächlich aus. Ich stellte mich in Position und schlug gegen den Ball. Er rollte in Richtung des Hindernisses, aber ich war wohl deutlich zu zaghaft gewesen. Beschämt trottete ich hinterher, um zum nächsten Schlag anzusetzen. Noctis wich mir nicht von der Seite.

»Hör mal, Püppchen …«, begann er schließlich. Er klang wieder ernst.

Unbeirrt trieb ich den Ball Stückchen für Stückchen weiter in Richtung Ziel. Ich zählte die benötigten Schläge nicht mit, da ich nicht den Eindruck hatte, dass wir einen Wettkampf ausfochten. Oder überhaupt nach irgendwelchen Regeln spielten.

»Ich weiß nicht, was genau du im Club mitbekommen hast. Du warst ja ziemlich … weggetreten.«

Ich sah kurz zu ihm auf. »Ich weiß es selbst nicht. Ich erinnere mich aber daran, dass du irgendwann mit der hübschen Kellnerin weg warst.«

Mit einem sanften *Plopp* kullerte der Ball in das vorgesehene Loch. Wortlos nahm Noctis ihn heraus und ging damit zurück zum Abschlag.

»Hm, hm.« Er legte den Ball auf die Markierung. »Vielleicht fange ich anders an.« Mit einem einzigen Schlag beförderte er den Ball durch das Hindernis. »Du weißt, dass wir alle bestimmte … Fähigkeiten haben. Manche sind besser, andere schlechter.« Der Ball kam eine Handbreit vor dem Loch zum Liegen. »Und dir passiert das auch gerade.« Mit einem sanften Schubser seines Schlägers schob er den Ball ins Ziel. Er hob ihn auf und zeigte auf eine andere Bahn. »Die da.«

Schweigend ging ich hinter ihm her. Kaum war die Kugel platziert, begann ich damit, sie Schlag um Schlag in die richtige Richtung zu bewegen.

»Manche sind sogar so schlecht, dass andere ein wirkliches Problem damit haben«, setzte Noctis wieder an.

»Inwiefern?«, hakte ich nach, ohne die Aufmerksamkeit von meinem Spiel abzuwenden.

»Hm. Stell es dir vor wie eine Lotterie. Man bekommt mit etwas Glück ein paar nette Boni – zum Beispiel ich, ich kann in der Dunkelheit ziemlich gut sehen und mich relativ schnell bewegen. Aber genauso gut kann es sein, dass man etwas … weniger praktische Eigenschaften zugeteilt bekommt. Und das muss auch leider nicht immer fair oder ausgewogen sein.«

Ich hielt kurz inne und sah ihn an. »Noctis? Kannst du bitte zum Punkt kommen?«

»Tjaaa, der *Punkt* ist … wir wissen nicht, was *du* noch so aus der Lostrommel ziehen wirst. Oder wann. Tote-auf-Fotos-Erkennen hast du ja schon. Was wir aber sehr sicher wissen, ist, dass du nicht alleine sein solltest.«

Mit dem gefühlt zwanzigsten Schlag plumpste der Ball ins Loch. »Ich *bin* nicht alleine.«

»Fein. Ich finde es gut, dass du kein Problem damit hast, wenn ab sofort einer von uns wie ein Pickel am Arsch an dir klebt.«

»Bitte *was* …?«

»Na ja. Das ist die logische Konsequenz daraus. Findest du nicht?«

Ich starrte ihn fassungslos an. Mal wieder. Er fischte unbeirrt den Ball aus dem Loch und ging zurück zum Anfang der Bahn. Das konnte er doch jetzt nicht wirklich ernst meinen? »Noctis, ich habe ein Leben!«

»Du *hattest* ein Leben, Püppchen. Jetzt hast du ein anderes.«

»Ich … nein! Das kommt überhaupt nicht infrage! Ich verbringe ohnehin schon viel zu wenig Zeit mit *meinen* Freunden. Meine ganzen Probleme gibt es ja überhaupt erst, seit ich euch kenne!«

Er beförderte den Ball mit einem einzigen Schlag ins Ziel. Ohne dem Ergebnis weitere Beachtung zu schenken, ging er zu einer Bank, die sich neben der Bahn befand. »Setz dich. Bitte.«

Ich bewegte mich in die Richtung, blieb aber vor ihm stehen. Der Drang, sich mit dem wenigen Stoff an meinen Oberschenkeln auf eine Parkbank zu setzen, tendierte gegen null. Kurzerhand packte er mich an meiner Hüfte und zog mich seitwärts auf seinen Schoß. »Ich hab dich gern, Püppchen. Und ich möchte dich wirklich gerne behalten. Du musst wissen, es gibt eine … Gruppierung, die solche wie uns jagt. Wir nennen sie deshalb schlicht *Jäger*. Vielleicht haben sie einen anderen Namen, aber das ist ja auch egal. Diese Jäger haben ein Problem mit den etwas … weniger sozial verträglichen Eigenschaften, die einige von uns haben.«

»Welche wären das zum Beispiel?«, unterbrach ich ihn. Die Jungs waren ungehobelt und hatten allesamt vermutlich nicht die beste Kinderstube genossen, aber so verwerflich, dass sie deshalb jemand verfolgen müsste, war das alles doch nun auch wieder nicht.

»Du hast schon davon gelesen. Oder einen Film darüber gesehen. Oder vielleicht auch zwei.« Er druckste etwas herum – als fielen ihm die Worte wirklich schwer. »Menschen neigen dazu, Dinge etwas zu dramatisieren, wenn sie Wind davon bekommen. Eigentlich gibt es nur sehr wenige Eingeweihte – aus gutem Grund. Aber manchmal rutscht eben doch dem ein oder anderen etwas durch und–«

»Welche. Eigenschaften. Bitte.«

»Welche Fabelwesen kennst du?«

»Willst du mich verarschen?«

Er stieß einen kurzen Seufzer aus. »Nein. Ungefähr alle popkulturell verarbeiteten, nicht ganz menschlichen Wesen oder ›Gestaltwandler‹ lassen sich auf eine Begegnung mit jemanden wie uns zurückführen.«

»Noch mal: Willst du mich verarschen?«

Er zog mich etwas näher an sich heran. Hatte er Angst, ich würde aufspringen und weglaufen? Er lehnte seinen Kopf gegen meine Schulter. Wie automatisch wanderte meine Hand in seine Haare und meine Finger begannen, die Stelle leicht zu kraulen. Nach ein paar Atemzügen fuhr er endlich fort:

»Okay. Stell dir vor, jemand müsste ab und zu Blut trinken, um zu überleben. Wie würdest du ihn bezeichnen?«

»Vampir?«

»Ist das etwas … Gutes oder eher etwas Schlechtes?«

»Puh. Kommt auf den Film drauf an. Manchmal ist es sexy. Manchmal beängstigend. Oft irgendwie romantisch. Nur wenn sie glitzern, dann wird es albern.« Ich musste leicht kichern.

»Was, wenn ich dir sage, dass Blutdurst eine der Eigenschaften ist, die man aus unserer beschissenen Lotterie ziehen kann?«

Ich brauchte einen kurzen Moment, um seine Worte zu verarbeiten. »Du willst mir gerade sagen, dass es Vampire gibt?«

»Nein. Es gibt nur welche von uns, die diese Eigenschaft haben. Neben anderen Eigenschaften. Und irgendjemand hat dann mal alle mit Blutdurst in eine Schublade gesteckt und das Label ›Vampir‹ draufgeschrieben.« Er zuckte leicht mit den Schultern. »Den anderen ging es nicht besser. Die mit den als gesellschaftlich schlecht geltenden Eigenschaften wurden alle in Schubladen gesteckt und ihnen wurden absurde Namen verpasst. Werwölfe zum Beispiel. Oder Kelpies. Inkubi. Dabei sind keine zwei Wesen gleich, selbst wenn sie ein paar Merkmale teilen. Verstehst du, was ich meine?«

»Ich bin mir nicht ganz sicher. Du glaubst, ich könnte zu einem Vampir werden? Oder einem Werwolf?« Ich konnte selbst kaum fassen, dass ich diesen Unfug ernsthaft aussprach.

»Ja und nein. Du könntest einen unkontrollierten Blutdurst entwickeln. Oder plötzlich deine Gestalt verändern. Oder eben etwas völlig anderes. Vielleicht sogar etwas, wofür es noch keine Schublade oder einen Namen gibt. Aber wenn es so weit ist, dann brauchst du Hilfe – und zwar schnell. Sonst steht – was auch immer – am nächsten Tag in der Zeitung oder auf Facebook. Und dann finden dich die Jäger schneller, als wir dich schützen können. Und das will ich nicht.«

Er löste seinen Kopf von meiner Schulter und sah mich mit seinen dunklen Augen an. Der Blick brach mir fast das Herz. Ich lehnte meine Stirn an seine. Ich war mir sicher, dass er mir die Wahrheit erzählt hatte, und es interessierte mich brennend, welcher der Jungs welche Eigenschaften besaß. Und ebenso sicher wusste ich, dass er es mir nicht sagen würde. Nicht jetzt. Nicht hier. Aber irgendwann. Also flüsterte ich einfach nur ein zartes »Okay.«

KAPITEL 13

Ein zarter Kuss streifte meine Schläfe. Zufrieden kuschelte ich mich näher an den warmen Körper neben mir. Ich spürte, wie sich ein Arm um mich legte und mich in eine feste Umarmung zog. Geborgenheit.

Ein penetrantes, sehr bekanntes Geräusch riss mich aus dem Schlaf. Reys verdammter Wecker!

»Mach das Scheißding aus«, murmelte ich missmutig, während ich mich demonstrativ auf die andere Seite drehte. Das Bett war gemütlich, die Decke kuschelig und angenehm warm und in der Luft hing ein sanfter Duft von Vanille … Moment. Irgendetwas kam mir seltsam bekannt vor. Ich fühlte mit der Hand neben mich, aber da war niemand. Schon wieder so ein Traum? Ich hatte die Phase, in der ich dachte, ich würde wahnsinnig, mittlerweile hinter mir gelassen! Oder etwa doch nicht?

»Guten Morgen«, nuschelte Rey ein Bett weiter.

Statt einer Antwort stieß ich nur ein missmutiges Brummeln aus.

»Gut geschlafen? Wann warst du denn hier? Ich habe dich gar nicht gehört«, setzte Rey die Konversation unbeirrt fort.

»Hm. Ich habe geschlafen wie ein Babystein. Das war schön. Und eigentlich bin ich damit auch noch gar nicht wirklich fertig.« Hauptsächlich wollte ich den Traum zurück.

»Nee, sorry Süße. Das Frühstück ruft. Und heute ist die Strecke auch mal wieder länger.« Rey gähnte ausgelassen und steckte mich damit an. »Jetzt sag, wann warst du hier? Wie war dein Abend? Oder willst du, dass ich dich löchere, wenn die Jungs dabei sind?« Sie kicherte und warf ein Kissen nach mir.

»Du bist eine Nervensäge«, meckerte ich und versuchte, in Gedanken den gestrigen Abend zu rekonstruieren. »Wir waren Minigolf spielen.« Das erschien mir als Zusammenfassung vollkommen ausreichend. »Auf dem Rückweg bin ich wohl eingeschlafen und wenn ich ehrlich bin, habe ich nicht die geringste Ahnung, wie ich in mein Bett gekommen bin. Aber …« Ich befühlte die Kleidung unter der Decke, um mich selbst zu vergewissern. »Ich bin tatsächlich mal umgezogen.«

»Yeay!« Rey setzte sich auf und schwang die Beine aus dem Bett. »Minigolf, ja? Dein Ernst?«

»Ja. Irgendwo im Wald. Es war dunkel, aber trotzdem … nett.«

»Nett ist die kleine Schwester von Scheiße!« Sie sprang lachend auf und zog mir die Decke weg. Plötzlich hielt sie inne und runzelte die Stirn. »Das Shirt kenne ich gar nicht.«

Ich stutzte und sah an mir herab. »Ich auch nicht. Und nein, es war absolut nicht scheiße. Es war ein schöner Abend. Wenn auch etwas kalt.« Alles andere wollte ich lieber für mich behalten. Zumindest, bis ich selbst etwas mehr Durchblick und auch nur den Hauch einer Chance hatte, Reys Fragen, die in Hülle und Fülle auf mich hereinprasseln würden, beantworten zu können. Noch war mir selbst zu viel unklar. Zum Beispiel, wo zum Henker dieses T-Shirt herkam und warum ich es anhatte. In der Theorie verdächtigte ich Noctis. In der Praxis auch.

Den größten Teil der Fahrt hatte ich verschlafen. Für die rund 250 Kilometer brauchten wir weit über drei Stunden, obwohl sich der Verkehr in Grenzen hielt. Das Wetter war ebenfalls auf unserer Seite, es war zwar kalt, aber trocken. Hier und dort flogen auf der Autobahnböschung Reste von dreckigen Schneehaufen am Seitenfenster vorbei, aber die Straßen waren frei.

Einen Nachmittagssnack an einer Raststätte später, checkten wir routiniert in einer kleinen Pension ein, suchten unsere Outfits zusammen und fuhren um 16:30 Uhr auf den Parkplatz hinter der nächsten Location. Wir entschieden, dass wir Midnight's Bloodshed besser geballt begegnen sollten – wenn es sich nicht gänzlich vermeiden ließ und danach sah es leider nicht aus.

Dementsprechend luden wir alles aus, was wir tragen oder auf dem Rollwagen schieben konnten, und machten uns gemeinsam auf den Weg, Chris zu suchen.

Es dauerte nicht lange und wir hörten schon Rabeas Stimme durch die Gänge schallen.

»Immerhin weist sie uns den Weg. Denke ich.« Tyler klang nicht ganz überzeugt.

»Ich würde lieber Stunden planlos in einem Labyrinth zubringen, statt mir die Olle anzutun«, maulte ich.

»Nur noch heute, dann sind wir die erst mal los.« Rey wollte mich wohl aufmuntern. »Es klingt, als würde sie mit Chris sprechen, oder?«

Wie abgesprochen blieben wir kurz stehen und spitzten die Ohren. Tatsächlich, eine der anderen Stimmen gehörte ziemlich sicher zu Chris. Die dritte trieb mir einen Schauer über den Rücken. Ich atmete schwer aus und merkte, wie mein Adrenalinpegel nach oben schoss. Kay.

KAPITEL X

»Leg es wieder auf den Tisch.« Meine Stimme klang ruhig. Zu ruhig offenbar, denn sie reagierte nicht auf mich.

»Ach, komm schon. Ich bin doch nur ein bisschen neugierig.« Rabea schüttelte das Paket in verschiedene Richtungen, als könnte ihr dieses Vorgehen den Inhalt verraten.

»Ich wiederhole mich ungern.« Jetzt war der Tonfall scharf genug, um Wirkung zu zeigen.

»Spielverderber.« Rabea zog einen Schmollmund, den sie offenbar über Jahre hinweg bis zur Perfektion trainiert hatte. Aber sie stellte das Päckchen zurück auf den Tisch, neben dem wir standen.

»Ah, da seid ihr ja!« Chris sah in Richtung der offenen Tür und nickte den Ankömmlingen zu.

Ich musste mich nicht umdrehen, um wissen, wer da stand. Ich konnte es direkt in Rabeas Augen ablesen.

»Hey«, hörte ich Rey. Ich blickte über meine Schulter, die anderen nickten nur höflich.

»Chris, hier ist Post für dich. Lass das bitte nicht zur Gewohnheit werden – und sag wenigstens Bescheid, wenn du etwas an eine Location liefern lässt.« Chris deutete auf das Paket, das unübersehbar von Amazon stammte.

»Ich hab nix bestellt«, antwortete sie knapp. Sie war so richtig angefressen. Süß.

»Dein Name steht aber drauf.« Er rieb sich genervt die Stirn.

»Whatever. Wo können wir unsere Sachen verstauen?« Man merkte ihr wirklich an, dass sie den Raum schnellstmöglich wieder verlassen wollte.

»Vielleicht ist es ja Fanpost?«, säuselte Rabea. »Ihr habt doch Fans … oder?«

Ich verkniff mir gerade noch so ein Lachen. In Chris' Augen konnte ich sehr konkret erkennen, wie gut sie Rabea leiden konnte.

»Ich hab keinen Bock auf Zickerei. Ihr könnt euren Kram da hinten in der Ecke stapeln.« Chris zeigte auf eine Nische im hinteren Teil des Raums. »Seht zu, dass ihr um halb sechs mit dem Aufbau anfangt. Ich bin in der Halle, wenn noch was ist. Ach ja, denkt dran, heute andersrum, ne?« Damit ging er Richtung Tür.

»Darüber wollte ich noch kurz mit dir sprechen!«, pfiff Rabea ihn zurück.

Genervt blieb er stehen und rollte mit den Augen. »Was?«

»Na ja, die Reihenfolge kam gestern beim Publikum gut an, oder?«

Da hatte sie recht.

»Kommt nicht infrage. Wir haben eine Abmachung.« Tyler sprang ein, bevor Snowflake-Chris ihr an die Gurgel gehen konnte.

»Was meinst denn *du*, Kay?« Rabea schaute mich mit großen Augen an. Ebenfalls eine Mimik, die sie offensichtlich zur Genüge und sehr erfolgreich einstudiert hatte.

Ich zog eine Augenbraue hoch. »Halt mich bloß aus dieser Scheiße raus.«

Sie setzte an, etwas zu sagen, besann sich dann aber, nachdem sie meinen Blick richtig gedeutet hatte.

»Leute. Mir ist das zu blöd. Ehrlich. Wir bleiben bei dem, was wir gestern besprochen haben.« Damit setzte Chris seinen Weg fort und verließ den Raum.

»Na dann. Könnte peinlich für euch werden«, sagte Rabea in Richtung der Snowflakes. Ihr Lächeln war aufgesetzt und fast schon ein bisschen bösartig. Und in ihren Augen konnte ich eindeutig ablesen, dass sie bereit war, notfalls nachzuhelfen. Das könnte spannend werden. Niederlagen gehörten nicht in ihr Repertoire.

Ich setzte mich gemütlich auf die Tischkante und beobachtete die Schneeflöckchen dabei, wie sie ihr Equipment in die zugewiesene Ecke räumten. Rabea platzierte sich neben mir, hielt aber Abstand. Gut so. Sie hatte zwar geduscht, aber ich konnte trotzdem noch an ihr riechen, was sie die letzte Nacht getrieben hatte. Abgesehen davon, dass sie auch nicht zu überhören gewesen war. Tywyllwch hatte zwei Zimmer weiter offensichtlich sehr viel Spaß mit ihr gehabt.

Als sie fertig waren, wandte ich mich Rey zu: »Bàs will mit dir reden.«

»Oh?« Sie wirkte überrascht, aber nicht abgeneigt.

Statt etwas zu sagen, zog ich mein Handy aus der Hosentasche und schrieb ihn an. Je eher er herausfand, was sie wusste, desto besser. Mir war auch egal, wie.

»Er ist gleich hier«, kommentierte ich mein Vorgehen knapp. Dann wanderte mein Blick zu Chris. Sie fühlte sich immer noch unwohl, das war an ihrer ganzen Haltung abzulesen. Ich war mir nicht sicher, ob es hauptsächlich an Rabeas Anwesenheit lag oder an meiner. Oder an der Kombination aus beiden. Mir hingegen war es sehr recht, dass ich sie in meiner Nähe hatte. Alles in mir schrie danach, dieses Mädchen zu beschützen vor dem, was auf sie zukommen *könnte*. Und ihr bei dem zu helfen, was definitiv auf sie zukommen *würde*. Letzte Nacht hatte Daemon über sie gewacht, aber mir missfiel diese Art. Die Sicherheit war trügerisch wie die einer Kamera. Wir würden es zwar sofort mitbekommen, wenn etwas passierte – aber wir wären viel zu weit entfernt, um eingreifen zu können. Das würde in Zukunft anders laufen müssen. Ob sie es einsah oder nicht.

Wie beiläufig schlenderte sie auf die andere Seite des Tisches und ich drehte mich ein wenig, um sie weiter beobachten zu können. Sie beäugte das Paket, die Neugier schien gewonnen zu haben. Wortlos zog ich ein Klappmesser aus der Seitentasche meiner Hose, befreite die Klinge und reichte es ihr mit dem Griff voran.

»Danke«, sagte sie leise und begann, das Klebeband zu durchtrennen. Dann reichte sie mir mein Messer zurück und öffnete den Karton. Mit spitzen Fingern zog sie ein Kleid heraus und hielt es mit ausgestreckten Armen vor sich in die Luft. »Äh …«

»Wow, das ist sexy!« In Reys Stimme lag Anerkennung.

Rabea schnaubte verächtlich.

Ich stieß einen leisen Pfiff aus. Das war wirklich heiß. Und es würde schwierig werden, es ihr nicht direkt wieder vom Körper zu reißen, wenn sie es einmal anhatte.

»Aber ich habe das nicht bestellt. Was mache ich denn jetzt damit?«

»Oh! Es ist da! Wie schön!« Ich war so auf Chris fixiert gewesen, dass ich Noctis' und Bàs' Ankunft gar nicht bemerkt hatte.

»Hast du etwas damit zu tun?«, fragte Chris Noctis scharf.

»Zumindest ist es exakt sein Stil«, sagte ich mit einem breiten Grinsen.

Das Kleid war kurz. Sehr kurz. Vermutlich reichte es angezogen gerade so über den Hintern. Es bestand aus mehreren durchscheinenden Lagen dünnem, schwarzen Stoff, die an verschiedenen Stellen wie ausgebrannt wirkten. Die wichtigsten Körperteile würde es wohl verdecken, der Rest fiel eher der Transparenz zum Opfer. Mir gefiel es wirklich gut.

»Na ja …«, murmelte Noctis. »Also technisch gesehen hast du es selbst bestellt. Ich dachte, es steht dir bestimmt. Probier mal an!«

»Moment. Sehe ich das richtig, dass du mit meinem Handy in meinem Amazon-Account warst und das Ding bestellt hast? Auf meine Kosten?« Sie fasste das Offensichtliche zusammen.

»Ja. Ich hab gesehen, dass du Prime hast, daher dachte ich, das könnte mit der Lieferung noch passen, damit du es heute tragen kannst.« Noctis strahlte förmlich übers ganze Gesicht.

Ich fing schallend an zu lachen, auch Bàs konnte sich nicht mehr zurückhalten. Chris schloss kurz die Augen und atmete hörbar mehrfach tief ein und aus. Dann zog sie ihr Smartphone aus der Tasche und tippte darauf herum.

»Okay«, sagte sie schließlich mit einem langen Seufzer. »Es war nicht allzu teuer.«

»Und es ist wirklich ziemlich heiß«, ergänzte ich.

»Perlen vor die Säue«, stellte Rabea mit einer hochgezogenen Augenbraue fest. Als sie statt Zustimmung nur ablehnende Blicke erntete, drehte sie sich auf dem Absatz herum und verließ den Raum.

Ich stieß mich von der Tischkante ab, ging zu Chris und zog sie in meine Arme. Sie ließ es zu. »Trag's mit Fassung«, flüsterte ich und gab ihr einen Kuss auf die Stirn, »… und das Kleid mit Stolz.«

»Hm«, brummte sie an meiner Brust.

»Du kommst heute Abend mit zu uns. Brauchst du noch was aus deiner Pension? Dann schicke ich jemanden, es zu holen.«

»Bitte was?« Sie hob den Kopf und sah mich an.

»Noctis hat es dir erklärt. Ich diskutiere das nicht.«

Sie schwieg eine Weile und zuckte dann mit den Schultern. »Das Übliche. Ladekabel, Zahnbürste, frische Klamotten – oder einfach gleich meine komplette Tasche. Und wo genau soll ich bitte schlafen?«

Ich fuhr sanft mit dem Daumen über das Mal an ihrem Hals. »In meinem Bett.« *Wo du hingehörst.*

Ich nickte Bàs kurz zu, als er sich mit Rey auf den Weg machte. Dann zog ich Chris wieder näher an mich heran und hatte nicht vor, sie sobald wieder loszulassen.

KAPITEL 14

Rabea war während des Aufbaus verdächtig still gewesen. Immerhin hatte sie ihre bekannt-arrogante Art beibehalten, sonst hätten wir uns ernsthaft Sorgen gemacht. Da Rey nicht rechtzeitig wieder aufgetaucht war, hatte uns Ty geholfen. Auch wenn ich es nicht zugeben wollte, auf die Jungs war wirklich Verlass.

Nun standen wir aber alle vier wieder versammelt und geschniegelt und gestriegelt am Bühnenrand und warteten darauf, dass Midnight's Bloodshed ihr letztes Lied beendeten und wir in Windeseile umbauen konnten.

Gitarre und Bass standen bereits auf der Bühne auf Halterungen parat, auch das Keyboard war komplett aufgebaut und musste nur nach vorne gezogen werden. Das Drumset hatten Tyler und ich so weit vormontiert, dass es ebenfalls schnell gehen sollte. Vorausgesetzt, die anderen beeilten sich mit dem Abbau.

Rey hatte sich bislang nicht zu ihrer Unterredung mit Bàs geäußert – dafür war allerdings auch gar keine Zeit gewesen. Stattdessen hatte sie sich in epischer Breite darüber ausgelassen, wie gut mir das Kleid stand. Tatsächlich saß es wie eine zweite Haut. Um mich etwas angezogener zu fühlen, hatte ich mich zusätzlich für relativ lange Armstulpen und verschiedene Schichten Nylon- und Netzstrümpfe entschieden. Und ich trug eine Hotpants darunter. *Sicher ist sicher.*

Der rot-blau-violett marmorierte Fleck an meinem Hals garnierte das Ensemble – denn ich selbst war nicht in der Lage gewesen, ihn vernünftig abzudecken, und Rey schlicht nicht da.

Rabea verbeugte sich, warf ein paar Küsschen ins Publikum und die Band ging auf der entgegengesetzten Seite der Bühne ab. Als das Licht erlosch, huschten wir nach oben und fingen an.

Wider Erwarten klappte alles reibungslos.

Wir verließen die Bühne und machten auf dem Absatz kehrt, als das Licht wieder anging.

Noch während ich mir den Schultergurt meiner Gitarre überwarf, trat ich kurz auf das Pedal und testete routinemäßig flink die Saiten. Nach wenigen Sekunden drehte ich mich zum Mikro um. »Hey, wir sind Flight of the Snowflake aus dem schönen Berlin! Wir haben ein bisschen was für euch vorbereitet, bevor wir dann endlich Platz für die Stormkillers machen!«

»Fuck!«, zischte es neben mir.

Ich sah zu Rey, die den Tränen nahe mit zittrigen Fingern an den Saiten ihres Basses friemelte.

»Was?«, flüsterte ich in ihre Richtung.

»Die Arschlöcher müssen dran herumgedreht haben.«

Ich atmete tief ein und wandte mich wieder dem Mikrofon zu. Ich musste Rey irgendwie Zeit verschaffen und von ihr ablenken. Normalerweise stimmten wir unsere Instrumente in weit weniger als zwei Minuten. Aber unter Stress und den Augen des bereits angeheizten und ungeduldigen Publikums konnten es auch gut und gerne mal fünf werden. Fuck.

»Seid ihr gut drauf?«, hörte ich mich selbst fragen. Etwas Besseres war mir absolut nicht eingefallen.

Die Leute fingen an zu grölen und zu jubeln. Es klang, als würden einige auch … kreischen. Das war irgendwie schräg und nicht ganz das, was ich erwartet hatte.

Dann fiel mir auf, dass niemand in meine Richtung sah, sondern alle Augenpaare auf das andere Ende der Bühne gerichtet waren. Ich folgte ihren Blicken und sah Ty, der mit einer Hand in die Menge grüßte und in der anderen seinen Bass hielt. Er ging schnurstracks auf Rey zu, nahm ihr ihr Instrument ab und hielt ihr seins hin. Dann schwang er sich Reys Bass kurzerhand auf den Rücken und stellte ihr mit raschen Handgriffen noch den Gurt auf die richtige Länge.

»Ich habe gesehen, wie Jason beim Umbau dran gefummelt hat. Wir lassen euch nicht hängen«, erklärte er Rey laut genug, dass ich es auch hören konnte.

Nach getaner Arbeit drehte er sich zum Publikum um, hielt die Arme ausgestreckt nach unten und bewegte die Handflächen schnell, als wolle er eine Laolawelle starten. Dann riss er seine Arme nach oben und entlockte den Anwesenden damit ein lautes »Ooooooooooh-Heeee-eeeey!«. Auf seinem Weg zum Seitenabgang wiederholte er das Ganze noch einmal und war dann verschwunden.

»Wir starten passend zum Wetter mit ›Winter's Attack‹!«, kündigte ich an und schaute zu Tyler, der sofort grinsend anzählte.

Das Publikum gab uns das Gefühl, wir wären bereits der Main Act. Und alles nur, weil sich einer der Brüder kurz auf der Bühne hatte blicken lassen und sein Bass als Teil von ihm noch dort verblieben war. Sie feierten, applaudierten und tanzten. Und wir rissen sie mit. Vermutlich waren das die besten 20 Minuten unserer bisherigen Bandgeschichte.

»Vielen Dank! Ihr seid wunderbar!«, begann ich mit glühenden Wangen meine Abmoderation. »Wir sind Flight of the Snowflake aus Berlin und wünschen euch ganz viel Spaß mit den Stormkillers!«

Chris sprang auf uns zu, kaum dass wir die Bühne verlassen hatten. »Das habe ich auch noch nicht erlebt.« Mit einem ungläubigen Kopfschütteln nahm er Rey den Bass ab, den sie wie ein rohes Ei in ihren Händen hielt. Sie strahlte ihn einfach nur an.

»Wir treffen uns nach der Stormkillers-Show noch kurz im Aufenthaltsraum. Wir müssen etwas besprechen. Wenigstens einer von euch sollte dabei sein – besser ihr alle.« Er wirkte ungewohnt ernst. »Und jetzt hopp! Holt euren Kram von der Bühne!«

KAPITEL XI

Mit schweren Schritten betraten wir nacheinander den Aufenthaltsraum. Unsere Garderobe wäre mir weitaus lieber gewesen, aber hier gab es wenigstens noch Bier. Im Vorbeigehen fischte ich mir eine Flasche aus dem Kasten, ging zum Tisch und öffnete sie an der Tischkante.

Die Snowflakes und Stagehand-Chris saßen auf fünf der acht Stühle drumherum. Ich stellte die Flasche direkt vor Schneeflöckchen-Chris ab, hob das Leichtgewicht kurz hoch, setzte mich und platzierte sie quer auf meinem Schoß. Sie protestierte nur minimal.

Daemon verteilte die übrigen Flaschen auf dem Tisch und verwendete dann den Kasten hochkant als Hocker. Die anderen schnappten sich jeweils einen Stuhl. Bevor Chris sein Handy zückte, zündete er erst mal einen der vor ihm liegenden, vorbereiteten Joints an und gab ihn direkt weiter. Gute Idee, die würden wir brauchen.

»Schaut euch das mal an.« Er öffnete ein Video und gab sein Telefon weiter. Tyler und Carsten betrachteten das lichterloh in Flammen stehende Gebäude und runzelten die Stirn. Rey zuckte mit den Schultern.

»Das sieht ja furchtbar aus«, kommentierte Chris das Schauspiel auf dem Display, als das Handy sie erreichte.

»Absolut. Habt ihr eine Ahnung, *was* da aktuell brennt?«, fragte ihr Namensvetter.

Sie schüttelten synchron die Köpfe.

»Unsere Location für morgen«, klärte ich sie auf.

»Oh«, entfuhr es Rey.

»Ja, genau. Oh. Im Klartext heißt das, wir läuten die Tourpause einen Tag früher ein. Das Label kümmert sich bereits um einen Ersatztermin in der Region«, führte Chris das weiter aus. »*Eigentlich* sehen wir uns erst in gut einer Woche wieder – aber es kann sein, dass ihr eure Couch schon vorher verlassen müsst. Kommt halt drauf an, wann dieser Termin sein wird.« Er zündete einen der verbliebenen Joints an und nahm einen tiefen Zug.

»Uff. Das sind von Berlin aus über 600 Kilometer. Und das Hotel für morgen Nacht kann ich auch nicht mehr stornieren. Geschweige denn kurzfristig ein anderes buchen.« Carsten rieb sich die Schläfen.

»Euch wird nicht viel anderes übrig bleiben.« Chris nahm einen weiteren Zug. »Steht so im Vertrag.«

»Ich weiß.« Carsten seufzte. »Also gut. Abfahrt nach Hause dann schon morgen, statt übermorgen. Und hoffen, dass der Nachholtermin möglichst direkt am nächsten Tourblock klebt.«

Auf meinem Schoß rutschte Chris unruhig hin und her. Zu meinem Bedauern hatte sie sich bereits wieder umgezogen. Aber letzten Endes war es mir egal, welcher Klamotten sie sich entledigte, bevor ich unanständige Dinge mit ihr in meinem Bett anstellte. Je detaillierter ich darüber nachdachte, desto ungeduldiger wurde ich. Ihre Zappelei in der Nähe meines besten Stücks war dabei nicht unbedingt hilfreich. *Nur noch ein bisschen Geduld …*

Chris' Reisetasche befand sich bereits im Kofferraum eines der Mercedes. Bàs und Rey hatten vorhin ihre Sachen aus der Pension eingepackt. Von Bàs wusste ich auch, dass sie Rey tatsächlich nichts erzählt hatte. Gutes Kind. Daemon hatte sich dennoch eingeschaltet und dafür gesorgt, dass die Rothaarige auch die Fragen vergaß, die ihr gestellt worden waren.

»Wir sollten los. Die Strecke morgen ist ja nun doch etwas länger als geplant«, bemerkte Tyler.

Rey sah zu ihrer Freundin. »Chris, wir sammeln dich morgen früh ein, ja?« Sicherlich nicht.

Sie nickte.

Wir saßen noch eine Weile am Tisch und warteten, bis die drei Schneeflöckchen und Stagehand-Chris den Raum verlassen hatten und außer Hörweite waren.

»Die Location, die in Rauch aufgegangen ist – die gehörte einer von uns«, erklärte Bàs an Chris gewandt.

Sie sah ihn fragend an. Dann riss sie ihre Augen weit auf und ihre Lippen formten ein stummes »Oh.« Sie nahm mir den Joint aus der Hand und zog kräftig daran.

»Und genau deshalb fährst du nicht alleine nach Hause«, entschied ich. »Wir gehen der Sache in der Zwischenzeit nach. Falls es kein Zufall war, dass die Hütte abgebrannt ist – und danach sieht es nun wirklich nicht aus – müssen wir das wissen.«

»Ich muss aber zurück. Ich muss ein paar Dinge an der Uni regeln und …«, setzte sie zum Protest an.

»Du sollst auch gar nicht hierbleiben. Ich sagte nur, du fährst nicht alleine.« Nachdem ich ihr den Joint wieder weggenommen hatte, zeigte ich quer über den Tisch. »Er wird dich begleiten und nicht aus den Augen lassen. Ob dir das nun gefällt oder nicht. Du hast jetzt einen neuen Mitbewohner.«

EPILOG

Mit einem dumpfen *Plönk* schloss sich der Kofferraumdeckel, alle Reiseutensilien waren ordentlich verstaut. Seufzend ließ ich mich auf den Beifahrersitz fallen. Der Abschied von den anderen war mir nicht leichtgefallen, aber wir würden uns ja bald wiedersehen.

»Anschnallen«, ertönte es neben mir vom Fahrersitz.

Bereitwillig gehorchte ich und ließ das Gurtschloss einrasten. Bis Berlin hatten wir einige Stunden Fahrt vor uns – also lehnte ich mich in eine gemütliche Position zurück, zog meine Schuhe aus und warf sie in den Fußraum.

»Fahr anständig, ich habe viel zu viel gefrühstückt«, sagte ich nach links.

»Mache ich doch immer.« Er grinste mich kurz frech an, dann wandte er sich wieder der Straße zu.

Es dauerte nicht lange, bis wir die Autobahn erreichten. Ich schloss die Augen und dachte an die vergangenen Tage. Es war stressig gewesen – keine Frage, aber ich lebte dafür, auf der Bühne zu stehen. Der Rest der Tour würde grandios werden und die Vorfreude darauf ließ einige zarte Schmetterlinge durch meine Eingeweide flattern. Einzig diese Schlampe, die sich für ach so wichtig hielt, trübte meine Laune etwas.

»Sag mal, was hältst du eigentlich von dieser Schwarzhaarigen?«, fragte ich und versuchte, dabei so beiläufig wie möglich zu klingen.

»Hm. Warum? Sag mir bitte nicht, dass du eifersüchtig bist oder so.« Er lachte.

»Absolut nicht.« Die Lüge war offensichtlich. Ich mochte es nicht, wenn sich so ein Weibsstück zwischen mich und die Stormkillers drängen wollte.

»Ach komm, die spielt nicht in deiner Liga. Ihr spielt nicht mal dasselbe Spiel. Lass den Jungs ihren Spaß, du gewinnst am Ende ohnehin.«

»Hm, hm.« Ich drehte mich etwas zu ihm um, kniff die Augen leicht zusammen und lächelte ihn an. »Wenn du das sagst.«

»Es ist meine Meinung, du wolltest sie hören.« Zur Bestätigung nickte er und lachte leise.

Ich beschloss, das Thema ruhen zu lassen und stattdessen nach einem vernünftigen Sender im Radio zu suchen.

Ein Knall direkt rechts neben mir ließ mich aufschrecken. Noch bevor ich verstand, was passiert war, begann das Auto zu schlingern und kam nach rechts auf die Standspur ab. Wir trafen den Anfang der Leitplanke und wie über eine Rampe geschleudert, hob der Wagen ab. In einer endlosen Zeitlupe drehte sich die Welt um uns herum, immer wieder um die eigene Achse. Im Kampf gegen die Schwerkraft hielt mich der Gurt mal mehr und mal weniger im Sitz. Das Innere des Fahrzeugs wand sich um uns herum, kam näher und entfernte sich wieder, ich prallte dagegen und fühlte mich im nächsten Moment wieder schwerelos und ohne Halt. Dann durchschnitt plötzlich ein ohrenbetäubendes Knirschen und Krachen die Luft. Kunststoff brach, Glas zersplitterte und Metall verformte sich unter enormem Druck, als würde ein Riese das Auto einfach in seiner Hand zerquetschen. Die Überreste des Armaturenbrettes schossen auf mich zu, als sich der Motorblock seinen Weg in den Innenraum bahnte. Ich konnte nicht mehr atmen, mich nicht mehr bewegen. Dann übermannte mich der Schmerz und alles um mich herum versank in tiefer Schwärze.

Vibes of Chaos: Revelation (Vibes of Chaos Band 2)
erscheint ebenfalls im Chaospony Verlag.

ISBN des Taschenbuchs: 978-3-947682-17-1

MEHR AUS DEM CHAOSPONY VERLAG

Die Chronik der Zombieflauschapokalypse

Niedlich. Kuschelig. Untot.

Ein Kompendium gesammelter Augenzeugenberichte, relevanter Zeitungsausschnitte und geheimer Informationen.

Zusammengetragen von 21 Zeitzeugen und in Buchform gebracht zu einer Zeit, in der Printmedien und Internet noch existierten.

Es war ein Wettlauf mit der Zeit, doch das vorliegende Werk wurde gerade noch rechtzeitig fertig gestellt. Es ändert nichts am Los der Menschheit. Aber wenigstens konnte das Schicksal lückenlos dokumentiert werden.

Das Ende ist nicht nur nah, es beginnt genau heute. Und es ist sehr niedlich.

Eine vollkommen schräge Anthologie.

ISBN 978-3-947682-10-2

CONTENT NOTES

Alkohol-/Drogenkonsum

Gewalt an Frauen (blutig, teilw. auch mit Todesfolge),
nicht einvernehmliche sexuelle Handlungen
(erwähnt und explizit)

Toxisches Verhalten

Systematische Degradierung von Frauen

Autounfall mit Todesfolge (explizit)